Kazan

Oliver Curwood

Alpha Editions

This edition published in 2024

ISBN : 9789362999030

Design and Setting By
Alpha Editions
www.alphaedis.com
Email - info@alphaedis.com

As per information held with us this book is in Public Domain.
This book is a reproduction of an important historical work. Alpha Editions uses the best technology to reproduce historical work in the same manner it was first published to preserve its original nature. Any marks or number seen are left intentionally to preserve its true form.

Contents

PRÉFACE DES TRADUCTEURS .... - 1 -
I L'ENSORCELLEMENT .... - 2 -
II LE RETOUR A LA TERRE DU NORD .... - 7 -
III LE DUEL .... - 13 -
IV LIBRE DU SERVAGE .... - 20 -
V KAZAN RENCONTRE LOUVE GRISE .... - 22 -
VI L'ATTAQUE DU TRAINEAU .... - 30 -
VII KAZAN RETROUVE LA CARESSE DE JEANNE .... - 36 -
VIII L'INTERSIGNE DE LA MORT .... - 43 -
IX SUR LE FLEUVE GLACÉ .... - 48 -
X LE GRAND CHANGEMENT .... - 55 -
XI LA TRAGÉDIE SUR LE SUN ROCK .... - 60 -
XII DANS LES JOURS DU FEU .... - 67 -
XIII LE PROFESSEUR PAUL WEYMAN
 PHOTOGRAPHIE KAZAN ET LOUVE GRISE .... - 73 -
XIV LA MORT ROUGE[22] .... - 83 -
XV LA PISTE DE LA FAIM .... - 91 -
XVI VERS LA CURÉE .... - 96 -
XVII POUR L'AMOUR DE LA LOUVE............................... - 100 -
XVIII LE CARNAVAL DU WILD .... - 104 -
XIX UN FILS DE KAZAN .... - 111 -
XX L'ÉDUCATION DE BARI .... - 116 -
XXI DENT-BRISÉE ÉMIGRE AVEC SA FAMILLE .... - 123 -
XXII LA LUTTE CONTRE LES ENVAHISSEURS .... - 128 -
XXIII LA LOUTRE FAIT UNE TROUÉE .... - 133 -
XXIV LA CAPTURE .... - 137 -

XXV LA MÉTHODE DE SANDY MAC TRIGGER ....- 143 -
XXVI LE PROFESSEUR WEYMAN DIT SON MOT.....- 148 -
XXVII SEULE DANS SA CÉCITÉ.....................................- 153 -
XXVIII COMMENT SANDY MAC TRIGGER
TROUVA LA FIN QU'IL MÉRITAIT ....- 157 -
XXIX L'APPEL DU SUN ROCK..- 161 -

PRÉFACE DES TRADUCTEURS

Comme son frère Croc-Blanc dont Jack London nous a conté si merveilleusement les évolutions psychologiques et les multiples aventures, Kazan, que dans ce volume nous présente Curwood, est un de ces chiens-loups employés dans le Northland américain (nord du Canada et Alaska) à tirer les traîneaux. Race mixte, mi-civilisée et mi-sauvage, supérieurement intelligente et non moins robuste, où fusionne le chien et le loup, et dont l'instinct est sans cesse tiraillé entre la compagnie de l'homme, affectueux parfois, souvent brutal, et la liberté reconquise. Sujet qui semble particulièrement cher aux romanciers américains et qu'ils s'efforcent tous de traiter chacun différemment, avec des effets et des péripéties diverses. Ce que Curwood a, ici, plus particulièrement dépeint en son héros-chien, c'est plus que l'influence de l'homme, celle de la femme sur la grosse bête hirsute, capable d'étrangler quiconque d'un seul coup de gueule, et qui rampe, docile et obéissante, aux pieds d'une maîtresse aimée. Et c'est son dévouement aussi, sa fidélité touchante pour sa compagne de race, la louve aveugle, dont il est devenu, en un monde hostile, où la lutte pour la vie est sans trêve, le seul guide et le seul soutien.

Ce volume, comme tous ceux de Curwood, a le même attrait des choses vues et que nous dépeint fidèlement l'auteur, qui vit en contact perpétuel avec elles. Univers bien lointain pour nous, qui n'en est que plus séduisant, et qui nous tire singulièrement de la contemplation de notre monde civilisé et de notre terre d'Occident. Et toujours, selon le système qui lui est cher, Curwood unit au tragique la détente alternée de l'esprit. A côté des souffrances du Northland, il en voit le sourire, quand renaît le printemps, et les joies saines de l'énergie physique et morale, chez ceux qui y vivent. En face de bien sombres pages, quoi de plus délicieux que la peinture des travaux et des mœurs des castors qui, sous la conduite du vieux Dent-Brisée, barrent le torrent près duquel Kazan et la louve aveugle ont établi leur gîte, et les contraignaient, quoi qu'ils en aient, à déguerpir devant l'inondation. Ajoutons que dans le professeur Paul Weyman, qui a fait serment un jour, émerveillé de leur intelligence, de ne plus tuer de bêtes sauvages, Curwood s'est dépeint lui-même, chasseur jadis passionné et qui, après avoir beaucoup massacré, s'est fait plus largement humain.

Kazan et Louve Grise ont un fils, le petit Bari, que l'on retrouve dans un autre volume de Curwood, intitulé Bari chien-loup, *qui lui est spécialement consacré.*

PAUL GRUYER et LOUIS POSTIF.

I
L'ENSORCELLEMENT

Dans la confortable maison où il se trouvait à cette heure, Kazan était couché, muet et immobile, son museau gris reposant entre les griffes de ses deux pattes de devant, et les yeux mi-clos.

Il semblait pétrifié comme un bloc de rocher. Pas un muscle de son corps ne bougeait, pas un de ses poils ne remuait, ses paupières n'avaient pas un clignotement.

Et cependant, sous cette apparente immobilité, chaque goutte du sang sauvage qui coulait dans les veines de son corps splendide frémissait en une émotion intense, inconnue de lui jusque-là. Chaque fibre de ses muscles puissants était tendue comme un fil d'acier.

Les quatre ans d'existence que comptait Kazan, chez qui il y avait un quart de loup et trois quarts de chien *husky*[1], s'étaient entièrement écoulées dans les immenses et blanches solitudes de la Terre du Nord. Là il avait connu les affres de la faim, là il avait subi le gel et le froid. Il avait écouté le gémissement des vents sur les *Barrens*[2] et s'était aplati, sous le craquement terrible de la tempête, au bruit du tonnerre des torrents et des cataractes. Sa gorge et ses flancs portaient les cicatrices des batailles qu'il avait livrées et, sous la morsure de la neige, ses yeux s'étaient injectés de sang.

[1] Le *husky* est une variété de chiens de traîneau employés dans la partie septentrionale de l'Amérique du Nord, le « Northland » ou Terre du Nord, qui s'étend, sur deux mille kilomètres environ, jusque vers le Cercle Arctique.

[2] Ce nom de *Barrens* s'applique aux étendues les plus sauvages et désertiques du Northland.

On l'appelait « Kazan », le chien sauvage. Il était un géant parmi ses frères de race et son indomptable endurance ne le cédait en rien à celle des hommes qui le conduisaient, attelé à un traîneau, à travers les mille périls d'un monde glacé.

Toujours Kazan avait ignoré la peur. Jamais il n'avait éprouvé le désir de fuir. Pas même en ce jour tragique où, dans la forêt de sapins, il avait combattu contre un gros lynx gris, que finalement il avait tué.

Ici, dans cette maison, il ne savait pas ce qui l'effrayait. Et pourtant il avait peur. Il se rendait compte seulement qu'il se trouvait transplanté dans un univers totalement différent de celui où il avait toujours vécu, et où des tas de choses inconnues le faisaient frémir et l'alarmaient.

C'était son premier contact avec la civilisation. Et il attendait, anxieux, que son maître revînt dans la pièce étrange où il l'avait laissé.

La chambre en question était remplie d'objets singulièrement troublants. Il y avait surtout, accrochées aux murs, dans des cadres dorés, de grandes faces humaines, qui ne remuaient ni ne parlaient, mais qui le fixaient du regard comme personne encore ne l'avait jamais fait. Il se souvenait bien d'un de ses anciens maîtres, qu'il avait vu gisant sur la neige, immobile et froid comme ces mêmes figures. Et, après l'avoir longtemps flairé, il s'était rassis sur son derrière, en lançant au loin son lugubre chant de la mort. Mais les gens appendus au mur, qui l'entouraient, avaient le regard d'êtres vivants. Cependant ils ne bougeaient pas plus que s'ils étaient morts.

Kazan, soudain, dressa légèrement les oreilles. Il entendit des pas, puis des voix qui parlaient bas. L'une des deux voix était celle de son maître. Quant à l'autre… Un frémissement avait couru dans son corps en l'écoutant.

C'était une voix de femme, une voix rieuse. Et il lui semblait se ressouvenir, comme dans un rêve, d'une voix semblable, qui portait en elle douceur et bonheur, et qui avait, au temps lointain de son enfance, résonné ainsi à son oreille.

Il souleva la tête, tandis qu'entraient son maître et celle qui l'accompagnait. Et il les fixa tous deux, de ses yeux rougeâtres.

Il connut ainsi que la jeune femme était chère au maître, car celui-ci l'enlaçait de son bras. A la lumière des flammes du foyer, il vit que la chevelure de la jolie créature était blonde et dorée, que son visage était rose comme la vigne d'automne et que ses yeux brillants étaient pareils à deux fleurs bleues.

Lorsqu'elle l'aperçut, elle poussa un petit cri et s'élança vers lui.

— Arrête chère amie ! jeta vivement le maître, et sois prudente. La bête est dangereuse…

Mais, déjà, la jeune femme s'était agenouillée près de Kazan, fine et mignonne comme un oiseau, et si jolie, avec ses yeux qui s'illuminaient merveilleusement et ses petites mains prêtes à se poser sur le gros chien.

Kazan, tout perplexe, se demandait ce qu'il lui convenait de faire. Devait-il contracter ses muscles, prêt à s'élancer et à mordre ? La femme était-elle de la nature des choses menaçantes appendues au mur, et son ennemie ? Fallait-il, sans tarder, bondir vers sa gorge blanche et l'étrangler ?

Il vit le maître qui se précipitait, pâle comme la mort…

Sans s'effrayer cependant, la jeune femme avait descendu sa main sur la tête de Kazan, dont tous les nerfs du corps avaient frémi à cet attouchement.

Dans ses deux mains elle prit la tête du chien-loup et la tourna vers elle. Puis, inclinant tout près son visage, elle murmura, en proie à une violente émotion :

— Alors, c'est toi qui es Kazan, mon cher, mon vieux Kazan, mon chien-héros. C'est toi, m'a-t-il dit, qui lui as sauvé la vie et qui me l'as ramené jusqu'ici, alors que tout le reste de l'attelage était mort ! Tu es mon héros…

Et, le visage s'approchant de lui, plus près, plus près encore, Kazan, ô miracle entre les miracles, sentit à travers sa fourrure, le contact doux et chaud. Il ne bougeait plus. C'était à peine s'il osait respirer.

Un long temps s'écoula avant que la jeune femme relevât son visage. Quand elle se redressa, il y avait des larmes dans ses yeux bleus et l'homme, au-dessus du groupe qu'elle formait avec Kazan, continuait à serrer les poings et les mâchoires.

— C'est de la folie ! disait-il. Jamais (et sa voix était saccadée et remplie d'étonnement) je ne l'ai vu permettre à quiconque de le toucher de sa main nue. Isabelle, recule-toi, je t'en prie !… Mais regarde-le, juste Ciel !

Kazan, maintenant, gémissait doucement. Ses yeux ardents étaient fixés sur le visage de la jeune femme. Il semblait implorer à nouveau la caresse de sa main, le frôlement de sa figure. Un désir s'était emparé de lui, de se dresser vers elle. S'il l'osait, songeait-il, serait-il reçu à coups de gourdin ? Nulle malveillance, pourtant, n'était en lui.

Pouce par pouce, il rampa vers la jeune femme et il entendit que le maître disait :

— Étrange, étrange… Isabelle, regarde-le !

Il frissonna, indécis. Mais aucun coup ne s'abattit sur lui, pour le faire reculer. Son museau froid toucha la robe légère, et la femme aux yeux humides le regardait.

— Vois, vois ! murmurait-elle.

Un demi-pouce, puis un pouce et deux pouces encore, et son énorme corps gris était tout contre la jeune femme. Maintenant son museau montait lentement, des pieds au genou, puis vers la petite main douillette, qui pendait. Et, durant ce temps, il ne quittait pas des yeux le visage d'Isabelle. Il vit un frisson courir sur la gorge blanche et nue, et les lèvres pourprées trembler légèrement.

Elle semblait elle-même tout étonnée de ce qui se passait. L'étonnement du maître n'était pas moindre. De son bras il enlaça de nouveau le corps de sa compagne, et, de sa main libre, il caressa Kazan sur la tête.

Kazan n'aimait pas le contact de l'homme, alors même que cet homme était son maître. Sa nature et l'expérience lui avaient appris à se défier des mains humaines. Il laissa faire pourtant, parce qu'il crut comprendre que cela plaisait à la jeune femme.

Et le maître lui parla à son tour. Sa voix s'était radoucie.

— Kazan, mon vieux boy, disait-il, tu ne veux point, n'est-ce pas, lui faire aucun mal ? Nous l'aimons bien, tous deux. Comment pourrait-il en être autrement ? Elle est notre bien commun. Elle est à nous, rien qu'à nous. Et, s'il le fallait, pour la protéger, nous nous battrions pour elle comme deux vrais diables, n'est-ce pas, Kazan ?

Puis ils le laissèrent là, sur la couverture de voyage qu'on lui avait donné pour se coucher, et il les vit qui allaient et venaient dans la chambre. Il ne les perdait pas des yeux, il écoutait, sans comprendre, ce qu'ils disaient, et un désir intense remontait en lui de ramper à nouveau vers eux, d'aller toucher encore la main de la femme, sa robe ou son pied.

Il y eut un moment où l'homme dit quelque chose à la jeune femme. A la suite de quoi, celle-ci, sautant en l'air avec un petit rire argentin, courut vers une grande boîte carrée, qui était placée en travers, dans un des coins de la chambre.

Cette boîte bizarre possédait, sur une longueur qui dépassait celle du corps de Kazan, une rangée de dents blanches, alignées à plat, les unes à côté des autres. Lorsqu'il était entré dans la pièce, Kazan s'était demandé à quoi ces dents pouvaient bien servir. C'était sur elles que venaient de se poser les doigts de la jeune femme, et voilà que des sons mélodieux avaient retenti, que n'avaient jamais égalés, pour l'oreille du chien-loup, le doux murmure des vents dans les feuillées, ni l'harmonie de l'eau des cascades et des rapides, ni les trilles d'oiseaux à la saison printanière.

C'était la première fois que Kazan entendait de la musique de civilisés et, durant un moment, il eut grand'peur et trembla. Puis il sentit se dissiper son effroi et des résonances singulières tinter par tout son corps. Il s'assit sur son derrière et l'envie lui prit de hurler comme il faisait souvent, dans le grand Désert Blanc, aux myriades d'étoiles du ciel, pendant les froides nuits d'hiver.

Mais un autre sentiment le retenait, celui de la jeune femme qu'il avait devant lui. Muettement, il reprit sa reptation vers elle.

Il sentit sur lui les yeux de son maître et s'arrêta. Puis il recommença à s'avancer, tout son corps aplati sur le plancher. Il était à mi-chemin, lorsque les sons se firent plus doux et plus bas, comme s'ils allaient s'éteindre, et il entendit son maître qui disait vivement, à demi-voix :

— Continue, continue… Ne cesse pas !

La jeune femme tourna la tête. Elle vit Kazan à plat ventre contre le sol, et continua de jouer.

Le regard du maître était impuissant maintenant à retenir l'animal. Kazan ne s'arrêta plus avant que son museau n'eût touché aux volutes de la robe qui s'étalaient sur le plancher. Et un tremblement, derechef, le saisit. La femme avait commencé à chanter.

Kazan avait bien entendu déjà une jeune Peau-Rouge fredonner devant sa tente les airs de son pays. Il avait entendu aussi la sauvage *Chanson du Caribou*[3]. Mais rien de ce qu'il avait ouï encore de la voix humaine ne pouvait se comparer au miel divin qui découlait des lèvres de la jeune femme.

[3] Le cariboo, ou caribou, est une sorte de renne qui vit dans le Northland américain.

Il se ratatina, en tâchant de se faire tout petit, de peur d'être battu, et leva les yeux vers elle. Elle le regarda, elle aussi, avec bienveillance, et il posa sa tête sur ses genoux. La main, une seconde fois, le caressa et il ferma béatement les yeux, avec un gros soupir.

Musique et chant s'étaient tus. Kazan entendit au-dessus de sa tête un bruissement léger, où il y avait à la fois du rire et de l'émotion, tandis que le maître grommelait :

— J'ai toujours aimé ce vieux coquin… Mais, tout de même, je ne l'aurais jamais cru capable d'une semblable comédie !

II
LE RETOUR A LA TERRE DU NORD

D'autres jours heureux devaient suivre pour Kazan, dans la confortable demeure où Thorpe, son maître, était venu se reposer près de sa jeune femme, loin de la Terre du Nord.

Il lui manquait sans doute les épaisses forêts et les vastes champs de neige, et les joies de la bataille avec les autres chiens quand, attelé à leur tête et leurs abois menaçants à ses trousses, il tirait le traîneau du maître à travers les clairières et les Barrens. Il s'étonnait de ne plus entendre le *Kouche ! Kouche ! Hou-yah !* du conducteur du traîneau et le claquement redoutable de l'immense fouet, de vingt pieds de long, fait en boyau de caribou, toujours prêt à le cingler et à cingler la meute glapissante dont les épaules s'alignaient derrière lui. Mais une autre chose, infiniment suave, l'affection ensorceleuse d'une femme, était venue prendre la place de ce qui lui manquait.

Ce charme mystérieux flottait sans cesse autour de lui ; même lorsqu'*elle* était sortie, il demeurait épars dans la chambre et occupait sa solitude. Parfois, durant la nuit, en sentant près de lui l'odeur de la jeune femme, Kazan se mettait à gémir et à pleurnicher timidement. Un matin, comme il avait passé une partie de la nuit à courir sous les étoiles, la femme de Thorpe le trouva enroulé et blotti tout contre la porte de la maison. Elle s'était alors baissée vers lui, l'avait serré dans ses bras et l'avait enveloppé, comme d'un nuage, du parfum de ses longs cheveux. Et toujours depuis lors, si Kazan, le soir, n'était pas rentré, elle avait déposé une couverture sur le seuil de la porte, afin qu'il pût y dormir confortablement. Il savait qu'*elle* était derrière cette porte et il reposait heureux.

Si bien que, chaque jour davantage, Kazan oubliait le désert et s'attachait, d'une affection plus passionnée, à la jeune femme. Il en fut ainsi durant une quinzaine environ.

Mais un moment advint où un changement commença à se dessiner. Il y avait dans la maison, tout autour de Kazan, un mouvement inaccoutumé, une inexplicable agitation, et la femme détournait de lui son attention. Un vague malaise s'empara de lui. Il reniflait dans l'air l'événement qui se préparait. Il tâchait de lire sur le visage de son maître ce que celui-ci pouvait bien méditer.

Puis, un certain matin, le solide collier de babiche[4], avec la chaîne de fer qui y était jointe, fut attaché de nouveau au cou de Kazan, et le maître voulut le tirer sur la route. Que lui voulait-on ? Sans doute, on l'expulsait de la maison. Il s'assit tout net sur son derrière et refusa de bouger.

[4] Courroie très solide, faite de lanières entrelacées de peaux de caribou.

Le maître insista.

— Viens, Kazan ! dit-il, d'une voix caressante. Allons, viens, mon petit !

Mais l'animal se recula et montra ses crocs. Il s'attendait au cinglement d'un fouet ou à un coup de gourdin. Il n'en fut rien. Le maître se mit à rire et rentra avec lui dans la maison.

Docilement, Kazan en ressortait peu après. Isabelle l'accompagnait, la main posée sur sa tête. Ce fut elle encore, qui l'invita à sauter d'un bond dans l'intérieur obscur d'une sorte de voiture devant laquelle ils étaient arrivés. Elle encore qui l'attira dans le coin le plus noir de cette voiture, où le maître attacha la chaîne. Après quoi, lui et elle sortirent en riant aux éclats, comme deux enfants.

Durant de longues heures, Kazan demeura ensuite couché, raide et immobile, écoutant sous lui l'étrange et bruyant roulement des roues, tandis que retentissaient de temps à autre des sons stridents. Plusieurs fois les roues s'arrêtèrent et il entendit des voix au dehors.

Finalement, à un dernier arrêt, il reconnut avec certitude une voix qui lui était familière. Il se leva, tira sur sa chaîne et pleurnicha. La porte de l'étrange voiture glissa dans ses rainures et un homme apparut, portant une lanterne et suivi de son maître.

Kazan ne fit point attention à eux. Il jeta dehors un regard rapide et, se laissant à peine détacher, il fut d'un bond sur la neige blanche. Ne trouvant point ce qu'il cherchait, il se dressa et huma l'air.

Au-dessus de sa tête étaient ces mêmes étoiles auxquelles il avait hurlé, toute sa vie. Autour de lui, l'encerclant comme un mur, s'étendaient jusqu'à l'horizon les noires forêts silencieuses. A quelque distance était un groupe d'autres lanternes.

Thorpe prit celle que tenait son compagnon et l'éleva en l'air. A ce signal, une voix sortit de la nuit, qui appelait :

— Kaa…aa…zan !

Kazan virevolta sur lui-même et partit comme un bolide. Son maître le suivit, riant et grommelant :

— Vieux pirate !

Lorsqu'il rejoignit le chien, parmi le groupe des lanternes, Thorpe le trouva qui rampait aux pieds d'Isabelle. Elle ramassa la chaîne.

— Chère amie, dit Thorpe, il est ton chien et lui-même est venu ici se remettre sous ta loi. Mais continuons à être prudents avec lui, car l'air natal peut réveiller sa férocité. Il y a du loup en lui et de l'*outlaw*[5]. Je l'ai vu arracher la main d'un Indien, d'un simple claquement de sa mâchoire, et, d'un coup de dent, trancher la veine jugulaire d'un autre chien. Évidemment, il m'a sauvé la vie… Et pourtant je ne puis avoir confiance en lui. Méfions-nous !

[5] *Outlaw*, hors-la-loi. On dit couramment que les loups sont les outlaws de la Terre du Nord.

Thorpe n'avait pas achevé que, comme pour lui donner raison, Kazan poussait un grognement de bête féroce, en retroussant ses lèvres et en découvrant ses longs crocs. Le poil de son dos se hérissait.

Déjà Thorpe avait porté la main au revolver qu'il avait à la ceinture. Mais ce n'était pas à lui qu'en voulait Kazan.

Une autre forme venait en effet de sortir de l'ombre et de faire son apparition dans les lumières. C'était Mac Cready, le guide qui devait, du point terminus de la voie ferrée où ils étaient descendus, accompagner Thorpe et sa jeune femme jusqu'au campement de la Rivière Rouge, où le maître de Kazan, son congé terminé, s'en revenait diriger les travaux du chemin de fer transcontinental destiné à relier, à travers le Canada, l'Atlantique au Pacifique[6].

[6] Le transcontinental canadien part, sur l'Atlantique, d'Halifax et de la Nouvelle-Écosse, passe au nord du Grand Lac Supérieur, qui marque la frontière entre les États-Unis et le Canada, et, après un parcours de 5.000 kilomètres, aboutit au Pacifique, à la côte de Vancouver.

La mâchoire de l'homme était carrée, presque bestiale, et dans ses yeux effrontés, qui dévisageaient Isabelle, avaient lui soudain les mêmes lueurs d'un désir sauvage qui passaient parfois dans les prunelles de Kazan, lorsque celui-ci contemplait la jeune femme.

Isabelle et le chien-loup avaient été les seuls à percevoir ces lueurs fugitives. Le béret de laine rouge de la femme de Thorpe avait glissé vers son épaule, découvrant l'or chaud de sa chevelure, qui brillait sous l'éclat blafard des lanternes. Elle se tut, tandis que s'empourpraient ses joues et que deux diamants s'allumaient dans ses yeux offusqués. Mac Cready baissa son regard devant le sien et elle appuya instinctivement sa main sur la tête de Kazan.

L'animal continuait à gronder vers l'homme et la menace qui roulait dans sa gorge se faisait de plus en plus rauque. Isabelle donna à la chaîne une légère secousse.

— Couché, Kazan ! ordonna-t-elle.

A sa voix, il se détendit un peu.

— Couché, répéta-t-elle, en appuyant plus fort sur la tête de Kazan, qui se laissa tomber à ses pieds, les lèvres toujours retroussées. Thorpe observait la scène et s'étonnait de la haine mal contenue qui brûlait dans les yeux du chien-loup.

Tout à coup le guide déroula son long fouet à chiens. Sa physionomie se durcit, et oubliant les deux yeux bleus qui, eux, ne le quittaient point, il se prit à fixer automatiquement Kazan.

— Hou ! Kouche ! Ici, Pedro ! cria-t-il.

Mais Kazan ne bougea point.

Mac Cready tendit ses muscles. Décrivant dans la nuit une vaste et rapide spirale avec l'immense lanière de son fouet, il le fit claquer, avec un bruit semblable à la détonation d'un pistolet. Et il répéta :

— Ici ! Pedro ! Ici !

Kazan s'était repris à gronder sourdement. Mais rien de lui ne bougeait toujours. Mac Cready se tourna vers Thorpe.

— C'est curieux, dit-il. J'aurais juré que je connaissais ce chien. Si c'est Pedro, comme je le crois, il est mauvais.

Son regard revint vers celui d'Isabelle et la même flamme y fulgura à nouveau. Elle en frissonna. Déjà, quand, à la descente du train, cet homme lui avait tendu la main, elle avait senti, à son aspect, son sang se glacer. Mais, domptant son émotion, elle se souvint des récits que lui avait faits souvent son mari de ces rudes hommes qui vivaient dans les forêts du Nord. Il les lui avait montrés un peu frustes, mais énergiques et virils, et loyaux, et elle avait appris, avant de venir près d'eux, à les admirer et aimer.

Elle refoula l'aversion instinctive qu'elle éprouvait pour Mac Cready et, l'interpellant avec un sourire :

— Le chien, dit-elle gentiment, ne vous aime pas. Voulez-vous que je vous réconcilie avec lui ?

Elle se pencha sur Kazan, dont Thorpe avait pris la chaîne dans sa main, prêt à le retenir, s'il était nécessaire.

Mac Cready se courba aussi vers le chien. Son visage et celui d'Isabelle se rencontrèrent presque. Le guide vit, à quelques pouces de sa bouche, la bouche de la jeune femme qui, une petite moue harmonieuse au coin de la lèvre, morigénait Kazan et tentait de faire rentrer ses grognements dans sa gorge. Mac Cready, profitant de ce que Thorpe, à qui il tournait le dos, ne pouvait le voir, recommença à fixer la jeune femme, qui paraissait l'intéresser infiniment plus que Kazan.

— Faites comme moi, dit-elle. Caressez-le...

Mais Mac Cready s'était déjà redressé.

— Vous êtes brave ! repartit-il. Moi je n'oserais pas. Il m'arracherait la main.

On se mit en route, par un étroit sentier qui dessinait sa piste sur la neige.

Après avoir traversé un bois épais de sapins qui le dissimulait, on arriva bientôt au campement, que Thorpe avait abandonné quinze jours auparavant, et où il revenait accompagné de sa jeune femme. Sa tente, où il avait vécu en société de son ancien guide, était toujours là et une nouvelle, qui était destiné à Mac Cready, se dressait tout à côté.

Un grand feu brûlait et, près du feu, était un long traîneau. Liées aux arbres voisins, des formes ombreuses, aux yeux luisants, étaient celles des anciens compagnons d'attelage que Kazan venait de retrouver. Il se raidit, immobile, tandis que Thorpe attachait sa chaîne au bois du traîneau. Il allait recommencer, dans ses forêts, l'existence coutumière et son rôle de chef de file des autres chiens.

Curieuse de la vie surprenante et nouvelle pour elle, dont elle allait désormais prendre sa part, Isabelle s'amusait de tout et battait joyeusement des mains. Thorpe, soulevant et rejetant en arrière la porte de toile de la tente, l'invita à y pénétrer devant lui. Comme elle était entrée sans un regard en arrière vers Kazan, sans un mot à son adresse, celui-ci en eut grand chagrin et, avec un gémissement, reporta ses yeux vers Mac Cready.

A l'intérieur de la tente, Thorpe disait :

— Je suis désolé, chère amie, que le vieux Jackpine, mon ancien guide, n'ait pas consenti à demeurer avec nous. C'était un Indien converti et un homme sûr, et c'est lui qui m'avait amené ici. Mais il a tenu ensuite à s'en retourner chez lui. Mes prières, ni mes offres pécuniaires, n'ont pu le fléchir. Je donnerais un mois de mes appointements, Isabelle, pour te procurer le plaisir de le voir conduire un traîneau. Ce Mac Cready ne m'inspire qu'à moitié confiance. C'est un drôle de type, m'a dit l'agent de la Compagnie, qui me l'a procuré, mais il connaît comme une carte de géographie la région boisée où nous devons circuler. Les chiens n'aiment pas changer de conducteur et le boudent. Kazan surtout, j'en suis certain ne s'attachera pas à lui pour un penny.

Kazan, l'oreille aux aguets, écoutait la voix d'Isabelle, qui maintenant parlait dans la tente.

Aussi ne vit-il point, ni n'entendit-il Mac Cready qui se glissait cauteleusement derrière son dos et qui, comme éclate un coup de feu, lança soudain son appel :

— Pedro !

Kazan sursauta, puis se ramassa sur lui-même, comme si la lanière d'un fouet l'avait cinglé.

— Je t'y ai pris, cette fois, vieux diable ! murmura Mac Cready, tout pâle dans la lueur du feu. On t'a changé ton nom, hein ? Mais je savais bien que nous étions de vieilles connaissances !

III
LE DUEL

Ayant ainsi parlé, Mac Cready s'assit en silence auprès du feu et demeura là, durant un assez long temps. Son regard ne quittait point Kazan. Puis, quand il fut bien certain que Thorpe et sa femme s'étaient définitivement clos dans leur tente, pour y passer la nuit, il gagna la sienne à son tour, et y entra.

Il prit une bouteille de whisky et en but, une demi-heure durant, des gorgées successives. Après quoi, sans lâcher la bouteille, il sortit dehors à nouveau et s'assit sur le rebord du traîneau, tout près de la chaîne à laquelle était attaché Kazan.

L'effet du whisky commençait à se manifester, et ses yeux s'allumaient de façon anormale.

— Je t'y ai pris ! répéta-t-il. Mais qui peut avoir changé ton ancien nom ? Où as-tu pêché ce nouveau maître ? Autant d'énigmes pour moi. Ho, ho ! Dommage que tu ne puisses pas parler...

Thorpe et sa jeune femme n'étaient point encore endormis, car Mac Cready entendit la voix de l'un, à laquelle répondit un éclat de rire d'Isabelle.

Mac Cready tressauta violemment. Sa figure s'empourpra et il se mit debout sur ses pieds. Il rangea sa bouteille dans la poche de sa veste et, contournant le feu, il s'en fut, à pas de velours, vers l'ombre d'un arbre qui avoisinait la tente de Thorpe. Dissimulé là, longuement il tendit l'oreille, immobile comme une statue.

A minuit seulement, il regagna sa propre tente, hagard et la figure bouleversée. Les femmes blanches sont rares sur la Terre du Nord et un irréfragable désir, proche de la folie, montait, grandissant et terrible, en cette âme impure.

A la tiédeur du feu, les yeux de Kazan se fermaient lentement. Il somnolait, agité, et mille rêves dansaient dans son cerveau. Il lui semblait parfois qu'il combattait, en faisant claquer ses mâchoires. D'autres fois, il tirait, au bout de sa chaîne, un traîneau que montaient, ou Mac Cready, ou sa jeune maîtresse. Ou bien encore, celle-ci chantait, devant lui et devant son maître, avec la merveilleuse douceur de sa voix. Et, tout en dormant, le corps de Kazan tremblait et se contractait de frissons. Puis le tableau changeait une fois de plus, Kazan se revoyait à courir en tête d'un splendide attelage de six chiens, appartenant à la Police Royale, et que conduisait son maître de jadis, un homme jeune et beau, qui l'appelait : « Pedro ! Pedro ! ». Sur le même traîneau était un autre homme, dont les mains étaient bizarrement attachées par des anneaux de fer. Peu après, le traîneau avait fait halte et l'ancien maître s'était assis près d'un feu, devant lequel lui-même était couché. Alors, l'homme de tout à l'heure, dont les mains étaient maintenant dégagées, s'avançait, muni d'un énorme gourdin. Par derrière, il l'abattait soudain sur la tête du maître, qui tombait en poussant un grand cri.

A cet instant, Kazan se réveilla en sursaut. Il bondit sur ses pattes, l'échine hérissée et un rauque grondement dans sa gorge. Le foyer était mort et les deux tentes étaient enveloppées d'obscures ténèbres. L'aube ne paraissait pas encore.

A travers ces ténèbres, Kazan aperçut Mac Cready qui, déjà levé, était retourné aux écoutes près de la seconde tente. Kazan savait que Mac Cready et l'homme aux anneaux de fer ne faisaient qu'un, et il n'avait pas oublié non plus les coups de fouet et de gourdin qu'il en avait longtemps reçus, après le meurtre de l'ancien maître.

Entendant la menace du chien-loup, le guide était vivement revenu vers le feu qu'il raviva, tout en sifflant en remuant les bûches à demi consumées. Lorsque la flamme eut commencé à jaillir, il poussa un cri d'appel strident, qui éveilla Thorpe et Isabelle.

Thorpe, quelques instants après, parut sur le seuil de sa tente, suivi de la jeune femme. Celle-ci vint s'asseoir sur le traîneau, à côté de Kazan. Ses cheveux dénoués flottaient autour de sa tête et retombaient sur son dos en vagues fauves.

Tandis qu'elle flattait l'animal, Mac Cready feignit de venir fouiller parmi les paquets du traîneau et, durant un instant, ses mains s'égarèrent, comme par hasard, dans la blonde chevelure.

Isabelle parut ne pas sentir le contact. Mais Kazan vit les doigts fugitifs qui palpaient les cheveux de sa jeune maîtresse, tandis que la même flamme libidineuse et démente reparaissait dans les yeux de Mac Cready. Plus rapide qu'un lynx, il bondit par-dessus le traîneau, de toute la longueur de sa chaîne. Le guide n'eut que le temps de faire un saut en arrière, tandis que Kazan, retenu brusquement par la chaîne, était rejeté de côté, contre Isabelle, qu'il vint heurter de tout le poids de son corps.

Thorpe qui regardait ailleurs, se retourna seulement pour voir la fin de la scène et Isabelle renversée du choc sur le traîneau. Il ne douta point, et le guide se garda d'y contredire, que la bête ne se fût précipitée volontairement sur la jeune femme. Après s'être assuré tout d'abord que celle-ci n'était point blessée, il chercha de la main son revolver. L'arme était restée à l'intérieur de la tente. Mais, à ses pieds, le fouet de Mac Cready était posé sur la neige. Thorpe s'en saisit et, dans sa colère, se précipita vers Kazan.

Le chien, aplati sur le sol, ne fit pas un mouvement pour fuir ni se défendre. Le châtiment qu'il reçut fut terrible. Mais il le souffrit sans une plainte, sans un grognement.

Alors Kazan vit la jeune femme, qui avait repris ses esprits, s'élancer vers le fouet dont la lanière se balançait encore sur la tête de Thorpe et, le saisissant, l'arrêter.

— Pas un autre coup ! cria-t-elle, d'une voix impérative et suppliante à la fois.

Elle tira son mari à l'écart.

— Kazan, murmura-t-elle toute blême et tremblante encore d'émotion, ne s'est pas jeté sur moi. Mais, comme le guide s'inclinait vers le contenu du traîneau, continua-t-elle en serrant plus fort le bras de Thorpe, j'ai senti sa main frôler mon dos et mes cheveux. C'est alors seulement que Kazan a bondi. Lui, ne voulait pas mordre. C'était l'homme ! Quelque chose se passe, que je ne comprends pas. J'ai peur.

— Voyons, répondit Thorpe, calme-toi un peu, chère amie. Mac Cready ne t'a-t-il pas dit qu'il connaissait ce chien ? Il peut, en effet, l'avoir possédé avant nous et l'avoir injustement maltraité, si bien que Kazan ne l'a point oublié et lui en garde une tenace rancune. Je tâcherai, à l'occasion, d'éclaircir ce point. En attendant, promets-moi, je te le demande à nouveau, d'être circonspecte et de te tenir éloignée de l'animal.

Isabelle promit. Mais, en voyant se dresser vers elle la belle tête de Kazan, dont un des yeux était demeuré fermé sous la morsure du fouet, et dont la gueule dégouttait de sang, elle ne put retenir un mouvement d'émoi, qu'elle réprima. Elle n'alla point vers lui. A demi aveuglé, l'animal savait cependant que c'était, elle qui avait arrêté son châtiment. Et, tout en la regardant et en pleurnichant, il remuait dans la neige sa queue touffue.

L'aube commençait à se lever et, le guide ayant attelé les chiens au traîneau, on se mit en route.

La journée fut longue et rude. Kazan, attelé en tête, ouvrait la piste, un œil toujours clos, qui lui brûlait, et le corps meurtri sous les coups du fouet de caribou.

Mais ce n'était pas tant la douleur physique qui lui faisait baisser tristement la tête et abattait l'entrain qui lui était coutumier, quand il courait en avant de ses compagnons. C'était son esprit surtout qui souffrait. Pour la première fois de sa vie, il se sentait sans courage et brisé. Mac Cready, jadis, l'avait battu. Dans sa main ou dans celle de Thorpe, alternativement, le fouet menaçant claquait aujourd'hui au-dessus de ses oreilles, et leurs voix implacables lui ordonnaient de marcher, tout clopinant qu'il fût.

Ce qui l'abattait et blessait, c'était de voir, à chaque halte où l'on se reposait, sa maîtresse bien-aimée qui se tenait à l'écart de lui et de sa chaîne. Il en fut de même lorsque, le soir, on dressa le campement. Elle s'assit hors de sa portée, et sans lui parler.

Elle le regardait avec des yeux durs qui le bouleversaient et il se demandait si elle n'allait pas le battre, elle aussi. Il se tapit dans la neige, le dos tourné au feu joyeux, là où l'ombre était la plus noire. Cela signifiait que son pauvre cœur de chien était tout à la douleur. Et personne, sauf *elle* ne le devina. La jeune femme ne l'appela point, ni n'alla vers lui. Mais elle ne cessait de l'observer et d'observer Mac Cready, qu'épiait pareillement Kazan.

Lorsque le dîner fut terminé, les deux tentes furent dressées et, comme la veille, Thorpe et Isabelle s'enfermèrent dans la leur. Mac Cready demeura dehors.

La neige commençait à tomber. Assis près du feu, Mac Cready, que Kazan n'arrêtait point de surveiller avec une curiosité sans cesse alertée, avait sorti sa bouteille de whisky et y buvait fréquemment. Les flammes faisaient rougeoyer sa face, où luisaient ses dents blanches. A plusieurs reprises, il se leva et alla copier son oreille contre la tente où reposaient Thorpe et la jeune femme. Tout y était silencieux et il percevait seulement les ronflements de Thorpe.

Le guide leva sa figure vers le ciel. La neige tombait si épaisse que ses yeux s'emplirent aussitôt des blancs flocons. Il les essuya et s'en alla examiner la piste tracée, quelques heures auparavant, par la petite caravane. Elle était déjà presque entièrement recouverte. Une heure encore, et rien ne pourrait plus dire à personne que quelqu'un était passé là. Le feu même, si on le laissait mourir, serait recouvert avant le matin.

Mac Cready, sans rentrer dans sa tente, but encore plusieurs coups. Des mots inarticulés, des mots joyeux, jaillissaient de ses lèvres. Son cœur battait le tambour dans sa poitrine. Mais plus encore battit celui de Kazan, lorsqu'il vit le guide s'emparer d'un gros gourdin, qu'il appuya debout contre un arbre.

Le guide prit ensuite, sur le traîneau, une des lanternes et l'alluma. Puis, la tenant à la main, il alla vers la tente de Thorpe.

— Ho ! Thorpe... Thorpe ! appela-t-il à voix basse.

Mais Thorpe continuait à ronfler.

Mac Cready écarta légèrement la porte de la tente et appela un peu plus fort :

— Thorpe !

Pas de réponse encore. Rien ne bougea.

Alors le guide, passant sa main sous la toile, dénoua les cordons qui attachaient intérieurement la porte et la souleva complètement. Dirigeant le rayon de son falot vers le couple endormi, il éclaira la chevelure dorée d'Isabelle, qui avait blotti sa tête contre l'épaule de son mari. Un rictus à la bouche, ses yeux brûlants comme des charbons ardents, il regardait fixement.

Thorpe, sur ces entrefaites, se réveilla. Mac Cready laissa retomber vivement la porte, et l'agita du dehors, en signe d'appel.

— Ho, Thorpe… Thorpe ! appelait-il à nouveau.

Cette fois, Thorpe répondit :

— Hallo ! Mac Cready… Est-ce toi ?

Il répliqua, toujours à mi-voix :

— Oui. Pouvez-vous venir une minute ? Il se passe dans le bois quelque chose d'anormal. Inutile de réveiller votre femme…

Il se recula et attendit.

Thorpe apparut. Mac Cready désigna du doigt la ligne sombre des sapins.

— Je jurerais, dit-il, que quelqu'un, là-dedans, rôde autour de nous. Tout à l'heure, en allant chercher des branches pour notre feu, j'ai aperçu une silhouette d'homme. Une pareille nuit est propice aux voleurs de chiens. Vous, prenez la lanterne… Si je ne suis pas timbré, nous trouverons, j'en suis certain, des pas dans la neige.

Il donna la lanterne à Thorpe et prit le gros gourdin.

Un grondement, qu'il refoula, monta dans la gorge de Kazan. Il eût voulu lancer un avertissement à son maître et bondir vers lui, au bout de sa chaîne. Mais il songea que, s'il agissait ainsi, il serait battu. Il se tut et regarda les deux hommes disparaître de compagnie. Puis il attendit et écouta.

Bientôt des pas firent craquer la neige. Mac Cready revenait seul, Kazan n'en fut point étonné, car il savait ce que, la nuit, dans cette main, le gourdin voulait dire.

La face du guide avait pris maintenant un aspect effrayant. Ce n'était plus un homme, mais une bête féroce. Il avait perdu son bonnet de fourrure et était tête nue sous la neige. Il émettait, par saccades, un rire ignoble, qu'il refrénait aussitôt.

Kazan se tapit plus profondément dans l'ombre et voici ce qu'il vit. Mac Cready, qui tenait d'une main le gourdin, de l'autre la lanterne, se dirigeait vers la tente du maître. Là, abandonnant son gourdin, il souleva la porte. Après avoir jeté un regard à l'intérieur et constaté que la jeune femme dormait toujours, il entra, souple et silencieux comme un chat. La porte retomba sur lui.

Une fois dans la place, le guide suspendit la lanterne à un clou du pieu central, qui supportait la tente. Isabelle continuait à reposer paisiblement et Mac Cready la fixa, fixa…

Dehors, dans la nuit épaisse, Kazan essayait de sonder la signification des choses insolites qui se succédaient. Son maître, tout d'abord, avait disparu. Puis, qu'est-ce que le guide pouvait aller faire dans cette tente, où tout ce qu'elle contenait appartenait au maître ? Par un étroit écartement de la toile, il apercevait l'ombre énorme de Mac Cready.

A tout hasard, le chien-loup s'était mis sur ses pattes, à l'arrêt, le dos tendu et hérissé. Soudain, un grand cri retentit. Dans la terreur farouche de ce cri, il avait aussitôt reconnu sa voix, à *elle*, et il bondit vers la tente. La chaîne l'arrêta et le collier auquel elle était attachée étouffa le hurlement de sa gorge.

Il savait maintenant, à l'ébranlement de la tente et aux heurts que recevait la toile, que sa maîtresse était aux prises avec l'homme et qu'ils luttaient tous deux. Les cris se succédaient. Elle appelait Thorpe et criait aussi :

— Kazan ! Kazan !

Il bondit à nouveau et fut rejeté sur le dos. Une deuxième fois, une troisième, il renouvela ses efforts. Le collier de babiche lui coupait le cou et entrait dans sa chair comme un couteau. Force lui fut de s'arrêter, pour reprendre haleine.

A l'intérieur de la tente, la lutte continuait, terrible. De temps à autre, par la petite fente de la toile, Kazan apercevait deux ombres qui tantôt luttaient debout, et tantôt se roulaient et se tordaient sur le sol. En un dernier et plus violent effort, l'animal s'élança de tout son poids, avec un hurlement féroce. Il y eut autour de son cou un imperceptible craquement. C'était le collier qui cédait.

Le temps d'un éclair, Kazan était dans la tente, à la gorge de Mac Cready. La première étreinte de sa puissante mâchoire était la mort. Il y eut un râle étouffé, suivi d'un atroce sanglot, et Mac Cready s'effondra sur ses genoux, puis sur son dos. Et plus profondément encore, ivre du sang chaud qui lui coulait de la bouche, Kazan enfonça ses crocs dans la gorge de son ennemi.

Il entendit sa maîtresse qui l'appelait. Tirant sur son cou touffu, elle s'efforçait de lui faire lâcher prise. Il fut long à obéir, puis se décida à écarter ses mâchoires. Alors Isabelle se pencha vers l'homme, le regarda, puis se couvrit la face avec ses mains.

Elle se recula ensuite jusqu'à son lit et s'y affala sur les couvertures. Elle aussi ne bougeait plus. Inquiet, Kazan alla vers elle. Il flaira son visage et ses mains, qui étaient froids, et y promena tendrement son museau. Elle ne remuait toujours pas. Ses yeux étaient clos.

Sans perdre de vue le cadavre de Mac Cready et prêt à réitérer, si c'était nécessaire, Kazan s'assit tout contre le lit. Pourquoi, se demandait-il, la jeune femme était-elle immobile ainsi ? Elle s'agita enfin ses yeux s'ouvrirent et sa main le toucha.

Dehors, des pas firent craquer la neige. Le chien-loup courut vers la porte de la tente. A la lueur du feu, il vit Thorpe qui s'avançait dans la nuit, à pas lents, appuyé sur un bâton, titubant de faiblesse et le visage rouge de sang.

A l'aspect du bâton, Kazan eut un frémissement d'effroi. Qu'allait dire le maître, en s'apercevant qu'il avait fait du mal à Mac Cready ? Sans doute il serait battu à nouveau, et terriblement.

Rapidement, il s'esquiva dans l'ombre et gagna les sapins. Là, il se retourna et une sourde plainte, de douleur et d'amour, monta et mourut dans sa gorge. Depuis ce qu'il avait fait, toujours, désormais, il serait battu, battu sans trêve. Et, pour le punir, même *elle* le battrait. S'il demeurait ici plus longtemps, ils courraient après lui et, après l'avoir rattrapé, le battraient.

Loin du feu, le chien-loup détourna la tête vers les profondeurs de la forêt. Il n'y avait, dans ces ténèbres, ni gourdin, ni bâton, ni cuisantes lanières. Jamais on ne l'y retrouverait.

Il parut hésiter, un instant encore. Puis, muettement, comme eût fait une de ces créatures sauvages vers lesquelles il s'en retournait, il s'enfonça dans le noir.

IV
LIBRE DU SERVAGE

Le vent gémissait plaintivement sur le faîte des sapins et, durant une partie de la nuit, Kazan erra dans le mystère de la forêt.

Puis il se rapprocha à nouveau du campement et, sans s'avancer hors de la protection des arbres, il se coucha, tout grelottant, dans la neige épaisse, en fixant la tente où la chose terrible s'était accomplie.

Il flairait la mort dans l'air, la mort qui par lui était venue. Et les trois quarts de chien qu'il y avait en lui pleurnichaient douloureusement, tandis que le quart de loup se hérissait encore, le regard hostile, les crocs découverts et prêts à mordre.

Par trois fois, il vit Thorpe, chancelant et le front bandé, sortir de la tente, et qui criait fortement :

— Kazan ! Kazan ! Kazan !

Isabelle était, les trois fois, aux côtés de Thorpe. A la lueur du foyer, Kazan pouvait l'apercevoir, telle qu'elle était lorsqu'il avait bondi vers elle pour la défendre et avait tué l'homme. Elle était pâle encore, pâle comme la neige, du péril couru, et la terreur ne s'était pas complètement enfuie de ses yeux bleus. Elle aussi appelait :

— Kazan ! Kazan ! Kazan !

Alors le chien semblait l'emporter sur le loup et, avec un frisson heureux, il rampait un peu de l'avant, décidé presque à recevoir les coups qui, pensait-il l'attendaient. Mais la crainte du gourdin finissait par être la plus forte et il reculait derechef dans la nuit. Découragés, Thorpe et Isabelle rentrèrent dans la tente, et le silence retomba.

Ne voyant plus personne, et comme la flamme vacillante du foyer se mourait, Kazan se décida à avancer vers le traîneau et jusqu'aux bûches consumées. Un peu plus loin, recouvert d'une couverture, gisait le corps de l'homme qu'il avait tué. Thorpe l'avait traîné là, sous l'abri d'un buisson.

Afin de se réchauffer, Kazan se coucha près des braises rouges, le nez sur ses pattes, les yeux épiant vers la tente, et prêt à fuir dans la forêt au premier mouvement suspect. Mais, en dépit de ses efforts pour demeurer éveillé, il ne put résister à la bienfaisante tiédeur qui rayonnait vers lui des braises et des cendres chaudes. A plusieurs reprises, ses yeux se fermèrent. Il les rouvrit, puis les referma, et il s'endormit lourdement.

Après avoir rêvé, tantôt de la douceur de la main d'Isabelle, et tantôt de bataille où ses mâchoires claquaient comme des castagnettes d'acier, il se réveilla en sursaut, juste à temps pour voir s'agiter la toile de la tente. Il se sauva vers les sapins.

Le jour se levait. Thorpe apparut, qui tenait dans une de ses mains la main de sa jeune femme et avait à l'autre un fusil. Ils regardèrent tous deux vers le corps qui était sous la couverture. Puis Thorpe, rejetant sa tête en arrière, appela :

— Ho, o, o, o…, Kazan ! Kazan ! Kazan !

A travers les branches basses des sapins, Kazan regarda vers Thorpe et vers le fusil, et se prit à trembler de tous ses membres. Le maître, sans aucun doute, essayait de l'amadouer et de l'attirer vers la chose qui tuait.

— Kazan ! Kazan ! Ka, a, a, a, zan ! cria Thorpe encore.

Kazan savait que la distance n'est rien pour la chose froide et meurtrière que tenait Thorpe. Demeurer plus longtemps était périlleux. Une dernière fois, il tourna vers Isabelle ses yeux emplis d'un ineffable désir d'affection et d'amour. L'heure décisive de l'adieu avait sonné. Une envie lui prit de clamer son désespoir et sa solitude au ciel grisâtre. Mais, pour n'être point découvert, il se tut.

— Il est parti ! dit Isabelle avec émotion.

— Oui, parti ! répondit Thorpe, d'une voix mal assurée. J'ai été injuste envers lui. Il savait et j'ignorais. Combien je regrette de l'avoir sottement battu, comme je l'ai fait ! Il est trop tard maintenant… Il est parti et ne reviendra plus.

— Si, si ! Il reviendra… répliqua vivement la jeune femme. Il ne m'abandonnera pas. Il m'aimait. Il était sauvage et terrible. Et il sait combien je l'aimais. Il reviendra ! Écoute…

Des profondeurs de la forêt, arrivait jusqu'au camp un long hurlement plaintif.

C'était l'adieu de Kazan.

V
KAZAN RENCONTRE LOUVE GRISE

Assis sur son derrière, Kazan, après avoir jeté son cri lointain, se mit à renifler dans l'air la liberté qui maintenant était la sienne. Autour de lui s'évanouissaient, avec l'aurore, les abîmes de nuit de la forêt.

Depuis le jour où tout là-bas, sur les bords du Mackenzie[7], il avait été, par des marchands qui trafiquaient dans ces parages, acheté aux Indiens et, pour la première fois, attelé aux harnais d'un traîneau, il avait souvent, en un désir ardent, songé à cette liberté vers laquelle le repoussait le sang de loup qui était en lui. Jamais il n'avait complètement osé. Maintenant que c'était fait, il en était tout désorienté.

[7] Le fleuve Mackenzie prend sa source dans les Montagnes Rocheuses, traverse le Canada vers l'ouest et va se jeter dans la Mer Glaciale du Nord, après avoir côtoyé les Grands Lacs de l'Ours et de l'Esclave.

Le soleil était complètement levé, quand il arriva au bord d'un marais, calme et gelé, qui occupait une dépression entre deux chaînes de montagne. Le sapin et le cèdre poussaient drus sur ses bords, si drus que la neige avait à peine traversé leurs ramures et que la lumière s'y tamisait au point de n'être plus qu'un crépuscule.

Le jour n'était point parvenu à dissiper le malaise qu'éprouvait Kazan. Il était libre des hommes et rien n'était plus autour de lui qui lui rappelât leur présence haïe. Mais la société des autres chiens, le feu, la nourriture toute préparée et jusqu'au traîneau coutumier, toutes ces choses qui avaient, de tout temps, fait partie intégrante de sa vie, lui manquaient. Il se sentait seul.

Ces regrets étaient ceux du chien. Mais le loup réagissait. Il disait au chien que, quelque part, dans ce monde silencieux, il y avait des frères et que, pour les faire accourir, il lui fallait s'asseoir sur son derrière et hurler au loin sa solitude. Plusieurs fois, Kazan sentit l'appel trembler dans sa poitrine et dans sa gorge, sans réussir complètement à l'exhaler.

La nourriture lui vint plus rapidement que la voix. Vers le milieu du jour, il accula contre une souche d'arbre un gros lapin blanc et le tua. La chair chaude et le sang rouge étaient meilleurs que le poisson gelé et que le suif coutumiers, et la succulence de ce nouveau repas ranima sa confiance.

Au cours de l'après-midi, il pourchassa plusieurs autres lapins et en tua encore deux. Il avait ignoré jusqu'à ce jour le plaisir de la chasse et celui de tuer du gibier autant qu'il lui plaisait, quoiqu'il n'eût point mangé tout ce qu'il avait tué.

Puis, il trouva que les lapins mouraient trop aisément. Il n'y avait point combat. Les lapins étaient très frais et très tendres quand on avait faim, mais la joie de la victoire était minime. Il se mit donc en quête d'un gibier plus important.

Il marchait ouvertement et sans songer à se dissimuler, la tête haute, le dos hérissé. Sa queue touffue se balançait librement, comme celle d'un loup. Tout son corps frémissait de l'énergie de vivre et du désir de l'action. Instinctivement, il avait pris la direction du nord-ouest. C'était l'appel des jours lointains qu'il avait vécus jadis sur les bords du Mackenzie, à mille milles de là[8].

[8] Le mille anglais vaut 1.600 mètres.

Il rencontra des pistes diverses et renifla les odeurs laissées par des sabots d'élans et de caribous. Il releva les empreintes des pieds, ouatés de fourrure, d'un lynx. Il pista aussi un renard et arriva ainsi à une clairière entourée de grands sapins, où la neige était battue et rougie de sang. Sur le sol gisaient la tête d'un hibou, ses plumes, ses ailes et ses entrailles. Et il comprit qu'il n'était point le seul chasseur de la région.

Vers le soir, il tomba sur d'autres empreintes qui ressemblaient fort aux siennes. Elles étaient toutes fraîches et leur senteur récente fit qu'il gémit, en se remettant sur son derrière et en s'essayant, par de nouvelles vocalises, au cri du loup.

A mesure que grandissaient dans la forêt les ombres de la nuit, il sentait davantage sa solitude et le besoin se faisait plus impérieux d'appeler à lui ses frères sauvages. Il avait voyagé toute la journée, mais ne sentait point la fatigue. La nuit était claire et le ciel empli d'étoiles. La lune se levait.

Il s'installa à nouveau sur la neige, le nez pointé vers le faîte des sapins, et le loup naquit soudain en lui, en un long et lugubre hurlement, qui courut au loin, pendant des milles, à travers le nocturne silence.

Quand il eut terminé son cri, il demeura assis et écouta, tout fier de l'étrange et nouvelle modulation que son gosier avait réussie. Mais aucune voix ne répondit à la sienne. Il avait, sans qu'il s'en rendît compte, hurlé contre le vent, qui refoulait derrière lui son cri. Seul en fut éveillé un élan mâle, qui prit la fuite tout près de lui, en faisant craquer les broussailles, et dont les grandes cornes vinrent battre, comme des baguettes de tambour, avec un bruit sec, les ramures des arbres.

Deux fois encore, Kazan lança son hurlement, afin d'être bien sûr de tenir son nouveau cri. Puis il se remit en route.

Il arriva au pied d'une crête abrupte et raboteuse, qu'il escalada en décrivant un détour, et dont il atteignit ainsi le sommet.

Une fois là, il lui sembla que les étoiles et la lune étaient plus près de lui, et il s'en émerveilla. Puis, ayant porté ses regards sur le revers de la crête, il découvrit à ses pieds une vaste plaine, avec un lac gelé, qui étincelait au clair de lune. De ce lac sortait une rivière blanche de gel, elle aussi, et qui disparaissait ensuite parmi des arbres paraissant, autant qu'il en pouvait juger, moins touffus et moins denses que ceux dont était bordé le marais.

Et voilà qu'au loin, dans la plaine, un cri retentit, pareil à celui que lui-même avait jeté, le cri du loup ! Ses mâchoires claquèrent, ses crocs brillèrent et il fut pour répondre aussitôt. Mais l'instinct de défiance du Wild, qui était inné en lui et lui commandait d'être prudent, fit qu'il se tut[9].

[9] Le *Wild*, ou le *Wilderness*, est un terme générique, intraduisible, qui, comme le Causse, la Brousse, la Pampa, la Steppe, la Jungle, le Maquis, désigne une région particulière et l'ensemble des éléments types qui la constituent. Le *Wild*, qui occupe une grande partie du Northland américain, s'étend jusqu'au Cercle Arctique. Ce n'est plus la terre normalement habitable, et ce n'est point encore la région morte du Pôle. Les forêts, alternées de prairies, sont nombreuses. Durant la plus grande partie de l'année, l'hiver sévit et la neige recouvre uniformément la terre. Un bref été fait croître hâtivement une végétation rapide et luxuriante. Le sol est tantôt plat, telles les étendues dénudées des *Barrens*, tantôt montagneux et accidenté.

Il continua à écouter, tout frémissant, en proie à une excitation sauvage, qu'il pouvait à peine maîtriser. Le cri, bientôt, se rapprocha, près, tout près, et d'autres s'y joignirent, espèce de glapissements aigus et rapides, auxquels d'autres encore répondirent au loin. Les loups se réunissaient pour la chasse de la nuit.

Kazan, assis sur son derrière et tremblant, ne bougeait toujours point. Ce n'était pas qu'il eût peur. Mais la crête de la montagne où il se trouvait lui semblait trancher en deux l'univers.

Là en bas, au-dessous de lui, était un monde nouveau, libre des hommes et de l'esclavage. En arrière, quelque chose planait dans l'air, qui l'attirait à travers l'espace, inondé de la clarté lunaire, qu'il fixait des yeux. Une femme qui pour lui avait été bonne et douce, et dont il croyait encore entendre la voix, sentir la main, caressante, l'appelait à travers les forêts. Il croyait ouïr son rire clair, qui le faisait si heureux, apercevoir son jeune visage.

Auquel des deux appels devait-il répondre ? A celui qui l'appelait en bas, dans la plaine ? A l'autre, qui le ramenait vers les hommes méchants, vers leurs gourdins et vers les lanières cinglantes de leurs fouets ? Longtemps il demeura hésitant, sans bouger, tournant sa tête, tantôt d'un côté et tantôt de l'autre.

Puis il descendit vers la plaine.

Toute la nuit durant, il demeura à proximité de la troupe de loups, mais sans se hasarder à s'en trop approcher. Et il fit bien. Il avait conservé, imprégnées dans son poil, l'odeur spéciale des harnais portés par lui et celle des hommes avec qui il avait vécu. Les loups l'eussent aussitôt mis en pièces. L'instinct de conservation des créatures du Wild, qui était venu à lui, comme un faible murmure, à travers des générations successives d'ancêtres loups, lui avait appris qu'il devait agir ainsi, comme il lui enseigna, afin de s'imprégner d'une autre odeur, à se rouler dans la neige, là où elle avait été le plus densément piétinée par ses frères sauvages.

La horde avait, au bord du lac, tué un caribou et elle festoya presque jusqu'à l'aube. Kazan humait le vent, qu'il avait en face. Il lui apportait l'odeur du sang et de la chair chaude, qui lui chatouillait agréablement les narines. La finesse de son ouïe percevait le craquement des os dans les mâchoires. Mais l'instinct de sa sauvegarde fut plus fort que la tentation.

Au plein jour, lorsque la troupe se fut éparpillée de droite et de gauche dans la plaine, Kazan vint jusqu'au lieu de la ripaille. Il ne trouva plus que la neige rougie par le sang, couverte d'entrailles et de morceaux déchiquetés de peau coriace. Des lambeaux de chair, abandonnés par la horde repue, étaient attenants encore aux gros os. Kazan enfouit son museau dans ces débris et se roula à nouveau sur le sol, afin de se saturer de tous ces relents.

Le soir le retrouva encore à la même place et, lorsque la lune et les étoiles apparurent, sans trembler cette fois, il renouvela son appel.

C'est une seconde horde qui arriva, venant du sud, et qui menait grand train un autre caribou, qu'elle rabattait vers le lac gelé. La nuit était presque aussi lumineuse que le jour et Kazan vit la bête traquée, une femelle, qui sortait d'un bois de sapins, les loups à ses trousses. Ils étaient au nombre d'une douzaine environ, divisés en deux groupes qui s'avançaient en formant un fer à cheval, chaque groupe conduit par un chef et resserrant peu à peu l'étau commun.

Poussant un glapissement aigu, Kazan, lorsque le caribou passa à proximité de lui, s'élança comme un trait et prit aussitôt la poursuite, collé aux sabots de la bête. Au bout de deux cents yards[10], le caribou fit un crochet vers la droite et vint se jeter vers un des chefs de la meute, qui lui barra la route, de ses mâchoires ouvertes. Le caribou s'arrêta, le temps d'un éclair, et Kazan en profita pour lui sauter à la gorge.

[10] Le yard vaut 0 m. 91 (914 mm.).

Tandis que le reliquat des loups accourait en hurlant, la bête vaincue s'écroula sur le sol, écrasant à moitié sous son corps Kazan, dont les crocs ne firent que s'enfoncer davantage dans la veine jugulaire. Malgré le poids qui pesait sur lui et l'étouffait, il ne lâcha point son emprise. C'était sa première grosse proie. Son sang brûlait, plus ardent que du feu, et il grognait entre ses dents serrées.

Pas avant que le dernier spasme de l'agonie n'eût abandonné le caribou, Kazan ne se dégagea de la lourde poitrine. Il avait, dans la journée, tué et mangé un lapin, et n'avait pas faim. Il se recula donc et, s'asseyant dans la neige, regarda tranquillement la horde déchiqueter le cadavre.

Comme le festin tirait à sa fin, il se hasarda parmi ses nouveaux frères, farfouilla du museau entre deux d'entre eux, et en reçut, en guise de bienvenue, un coup de dent.

Tandis qu'il se retirait un peu en arrière, se demandant s'il convenait d'insister, une grosse louve, se détachant de la bande, bondit soudain vers lui, droit à sa gorge. Il eut tout juste le loisir de parer l'attaque, en se couvrant de son épaule, et les deux bêtes allèrent rouler et rouler encore dans la neige.

A peine Kazan et la louve s'étaient-ils remis sur leurs pattes que l'excitation de cette brusque bataille détourna vers eux l'attention des autres loups. Abandonnant les restes du caribou, ils firent cercle, découvrant leurs crocs, hérissant comme des brosses leurs dos d'un gris jaunâtre, tandis qu'un des deux chefs s'avançait vers Kazan, pour le défier. Dès que les deux bêtes furent aux prises, l'anneau fatal se referma complètement autour des combattants.

Ce genre de tournoi en champ clos n'était pas nouveau pour Kazan. C'était le mode de combat ordinaire des chiens de traîneaux, lorsqu'ils vidaient leurs querelles. Si l'homme n'intervenait pas avec un fouet ou un gourdin, la bataille se terminait infailliblement par la mort d'un des deux champions. Parfois ils y laissaient la vie l'un et l'autre.

Il n'y avait pas à compter ici sur l'intervention de l'homme. Rien que le cordon des diables aux crocs aigus, qui attendaient avec impatience le résultat du combat, prêts à sauter sur le premier des deux adversaires qui culbuterait sur le dos ou sur le flanc, et à le mettre en pièces. Kazan était un étranger parmi la horde. Il n'avait rien à craindre cependant d'une attaque partant des rangs des spectateurs. La loi du combat était, pour chaque adversaire, une justice égale.

Kazan n'avait donc à s'occuper que du grand chef gris qui l'avait provoqué. Épaule contre épaule, ils tournaient en cercle, guettant l'un et l'autre le moment d'une prise de corps propice. Là où, quelques instants auparavant, claquaient des mâchoires et craquaient les os et la chair, le silence s'était fait.

Des chiens dégénérés de la Terre du Sud, aux pattes faibles et à la gorge tendre, auraient en pareille occurrence grogné leurs menaces, en se montrant les dents. Kazan et le grand loup, au contraire, demeuraient calmes, en apparence tout au moins. Leurs oreilles, pointées en avant, ne se repliaient pas peureusement, ni le panache de leurs queues touffues, qui flottait au vent, ne se rabattait entre leurs pattes.

Tout à coup, le loup esquissa sa première attaque que Kazan évita de bien peu. Les mâchoires du loup se refermèrent l'une contre l'autre, avec un bruit d'acier, et Kazan en profita pour lancer sa riposte. Les couteaux de ses dents balafrèrent le flanc de son adversaire. Après quoi, les deux bêtes se remirent à tourner en rond, accotées l'une à l'autre.

Leurs yeux devenaient plus ardents, leurs lèvres se plissaient et se retroussaient. Ce fut au tour de Kazan de jeter son attaque et d'essayer de l'emprise mortelle à la gorge. De bien peu, lui aussi, il manqua son coup et le mouvement giratoire recommença.

Le sang coulait abondamment du flanc blessé du grand loup et rougissait la neige. Brusquement (c'était une vieille ruse qu'il avait apprise dans sa jeunesse), Kazan se laissa tomber sur le sol, les yeux mi-clos. Le grand loup, étonné, s'arrêta aussi et tourniqua autour de lui. Kazan, qui l'observait, profita de ce que la gorge ennemie était à sa portée pour tenter à nouveau de la saisir. Mais, cette fois encore, il y eut un inutile claquement de mâchoires. Avec l'agilité d'un chat, le loup avait déjà pivoté sur lui-même et fait volte-face.

Alors commença la vraie bataille. Les deux bêtes bondirent l'une contre l'autre et se rencontrèrent, dans leur élan, poitrine contre poitrine. Kazan, dont le but était toujours l'emprise à la gorge, l'essaya derechef. Il la manqua encore, de l'épaisseur d'un cheveu, et, tandis qu'il avait la tête baissée, le loup le happa à la nuque.

L'attaque fut terrible et Kazan se sentit saisi d'une terreur intense. La douleur qu'il ressentait était vive aussi. Il réussit pourtant à tirer en avant la tête du grand loup, dont il agrippa, au joint du corps, une des deux pattes de devant.

L'os de la patte craqua sous sa mâchoire, solidement incrustée dans le poil et dans la chair, et le cercle des loups devint plus attentif. Le dénouement approchait. Lequel des deux combattants lâcherait le premier son emprise et roulerait sur la neige, pour être dévoré ?

Ce fut Kazan qui, réunissant toutes ses forces en un effort désespéré, réussit à se redresser sous l'étreinte de son adversaire et, d'un mouvement violent, à s'arracher de ses mâchoires.

Puis, sitôt qu'il fut libre, il s'élança contre le grand loup qui, la patte cassée, se trouvait en un équilibre instable. En une botte pleine d'à-propos, il le frappa en plein flanc. L'animal perdit pied, roula sur le dos, et la horde aussitôt bondit sur lui, hâtive de se repaître de son ancien chef dont le pouvoir et la force n'étaient plus.

Laissant la meute hurlante, aux lèvres sanglantes, dévorer le vaincu, Kazan se retira à l'écart, haletant et fort mal en point lui-même. Sa faiblesse était extrême et son cerveau tant soit peu trouble.

Il éprouvait le besoin de se coucher sur la neige. Mais l'atavique et sûr instinct de sa conservation l'avertissait de ne pas s'abandonner à ce désir.

Comme il était là, il vit une jeune louve grise qui, souple et svelte, s'avançait. Elle commença par se coucher devant lui, d'un air de soumission, puis se releva vivement et se mit à renifler ses blessures.

C'était une jolie bête, bien découplée. Mais Kazan ne lui prêta point attention. Il était bien trop occupé à regarder disparaître l'ancien chef, dont craquaient les os, comme avaient craqué ceux du caribou, et dont la chair et la peau s'en allaient en lambeaux.

Un orgueil montait en lui, qui lui disait qu'il était digne désormais des nouveaux frères qu'il s'était donnés. Désormais, quand il lancerait son hurlement à la lune et aux étoiles, parmi le grand Désert Blanc, les sombres chasseurs aux pattes rapides ne manqueraient plus de lui répondre et d'accourir!

Comme ses forces étaient un peu revenues, après un dernier coup d'œil vers la horde attablée, il regagna, en trottant, les plus proches sapins. Avant de s'y enfoncer, il se retourna et s'aperçut que Louve Grise, c'est ainsi que nous l'appellerons désormais, le suivait.

Elle n'était qu'à quelques yards de lui et continuait à avancer, avec un peu de timidité. Quelque chose qui n'était ni l'odeur du sang, ni le parfum des baumiers[11], ni l'arome résineux des pins, flottait dans l'air, sous les claires étoiles, dans le calme apaisant de la nuit. Et ce quelque chose émanait de Louve Grise.

[11] On donne ce nom à des arbres qui sécrètent le « baume », espèce de résine particulièrement odoriférante.

Il la regarda dans les yeux et il vit que ces yeux paraissaient l'interroger. Elle était à peine adolescente. Sur sa tête et sur son dos brillaient, sous la lune, ses poils lisses et soyeux. Elle lut, dans le regard étincelant de Kazan, son étonnement, et gémit doucement.

Kazan fit quelques pas en avant. Il appuya sa tête sur le dos de Louve Grise et sentit qu'à son contact elle tremblait. Le mystère de la nuit et des astres était sur eux. Maintenant elle avait tourné son museau vers les plaies de Kazan et les léchait, pour en apaiser la douleur. Il songea à d'autres caresses qui lui avaient été bienfaisantes aussi.

Bientôt, le dos fièrement hérissé, la tête haute, il s'enfonçait, côte à côte avec Louve Grise, plus avant sous les sapins.

VI
L'ATTAQUE DU TRAINEAU

Tous deux, cette nuit-là, trouvèrent un paisible abri sous les baumiers et les sapins épais. Le sol, tapissé de fines aiguilles que la neige n'avait point recouvertes, leur offrit pour s'y étendre son moelleux capiton. Louve Grise pelotonna son corps chaud contre celui de Kazan, en continuant à lécher ses blessures.

Au point du jour, une neige épaisse et veloutée tomba, voilant le paysage autour d'eux, comme d'un rideau. La température s'était radoucie et l'on n'entendait rien, dans l'immense silence, que le volètement des blancs flocons. Toute la journée, Kazan et Louve Grise coururent de compagnie. De temps à autre, Kazan tournait la tête vers la crête qu'il avait franchie l'avant-veille et Louve Grise ne pouvait s'expliquer les sons étrangers qui roulaient dans sa gorge.

Vers le soir, le couple n'ayant rencontré aucun gibier, Kazan ramena Louve Grise au bord du lac, vers les débris du double festin du jour précédent qui pouvaient encore subsister.

Quoique Louve Grise n'eût point fait directement connaissance avec les viandes empoisonnées, avec les appâts savamment disposés par l'homme sur le feuillage des fosses invisibles et traîtresses, et sur les pièges d'acier, l'éternel instinct du Wilderness était dans ses veines et lui enseignait qu'il y avait péril à toucher aux chairs mortes, lorsqu'elles étaient devenues froides.

Kazan, au contraire, était mieux renseigné qu'elle. Il avait côtoyé, avec ses maîtres, maintes vieilles carcasses inoffensives, en même temps qu'il les avait vus disposer leurs pièges et rouler de petites capsules de strychnine dans les boyaux de bêtes mortes, qui servaient d'appât. Une fois, même, il s'était, par mégarde, laissé happer la patte par une trappe et il en avait ressenti l'étreinte cuisante. Mais il savait que nul homme n'était venu ici depuis la veille et il invitait Louve Grise, demeurée sur le bord du lac, à s'aventurer avec lui parmi les gros blocs de glace entassés[12].

[12] Ces blocs, les *hummocks*, proviennent de la pression de la glace sur elle-même, lorsque se congèle l'eau des lacs.

Elle se décida à l'accompagner. Mais elle était dans un tel état d'agitation qu'elle en culbuta lourdement sur le derrière, tandis que Kazan creusait avec ses pattes, dans la neige fraîche, afin d'en extraire les débris du caribou, qui s'y étaient bien conservés. Elle refusa obstinément d'y toucher et Kazan, finalement, ne réussissant pas à la décider, prit peur lui aussi et agit comme elle.

Ils se dirent bien d'autres choses durant les jours et les nuits qui suivirent. Au cours de la troisième nuit, Kazan, lançant son appel, réunit autour de lui la même horde et prit la direction de la chasse. Trois fois il en fut de même durant le mois, avant que la lune décroissante eût quitté les cieux. Et, chaque fois, il y eut une proie. Puis il chassa dans la seule compagnie de Louve Grise, qui était pour lui une société de plus en plus douce, et ils vécurent de lapins blancs.

Quel que fût l'attrait de sa compagne, il arrivait souvent que Kazan montât avec elle sur la crête qui dominait la vaste plaine, dont il ne s'était pas éloigné, et il tentait de lui expliquer tout ce qu'il avait laissé derrière lui. Cet appel du passé était si fort, parfois, qu'il avait grand peine à résister au désir de s'en retourner vers la tente de Thorpe, en entraînant Louve Grise à sa suite.

Puis un événement inattendu se produisit. Comme le couple errait un jour au pied d'un petit chaînon montagneux, Kazan aperçut, sur la pente qui le dominait, quelque chose qui arrêta brusquement les battements de son cœur. Un homme, avec un traîneau et son attelage de chiens, descendait dans leur monde.

Le vent, qui était contraire, ne l'avait point averti, ni Louve Grise, et Kazan vit tout à coup un objet qui, sous le soleil, étincelait dans les mains de l'homme. Il n'ignorait point ce qu'était cela, c'est-à-dire l'objet qui crache le feu et le tonnerre, et qui tue.

Il donna l'alerte, aussitôt, à Louve Grise et ils filèrent ensemble, à toutes pattes. Mais une détonation retentit et, tandis que Kazan grognait furieusement sa haine à l'objet qui tuait et aux hommes, un sifflement passa au-dessus de sa tête.

Puis il y eut une seconde détonation et Louve Grise, cette fois, poussant un glapissement de douleur, s'en alla rouler dans la neige.

Elle se releva aussitôt et, escortée de Kazan, reprit sa course vers l'abri d'un petit bois. Là, elle fit halte afin de lécher son épaule blessée, tandis que Kazan continuait à observer.

L'homme au fusil avait pris leur piste. Il s'arrêta à la place où Louve Grise était tombée et examina la neige. Puis il continua à avancer.

Kazan, de son museau, aida Louve Grise à se remettre sur ses pattes. Ils filèrent rapidement et trouvèrent un refuge plus sûr dans l'épaisse végétation qui bordait les rives du lac. Toute la journée, tandis que Louve Grise était étendue sur la neige, Kazan demeura aux aguets, retournant furtivement en arrière pour observer, et flairant le vent. Mais l'homme avait abandonné.

Le lendemain, Louve Grise boitait. En explorant avec soin tous les replis du terrain, le couple arriva aux restes d'un ancien campement. Les dents de Kazan se découvrirent et il grogna sa haine de l'homme qui, en s'en allant, avait laissé son odeur. Le désir croissait en lui de venger la blessure de Louve Grise. Ses propres blessures, mal fermées, augmentaient son irritation. Le museau au ras du sol, il s'efforçait à découvrir, sous la neige nouvelle, la direction que l'ennemi avait prise. Il en oubliait le fusil.

Trois jours durant, Kazan et Louve Grise, celle-ci en dépit de sa boiterie qui continuait, coururent à l'aventure, droit devant eux, et parcoururent un chemin assez considérable. La nuit du troisième jour, qui était celle où apparaissait le premier quartier de la nouvelle lune, Kazan rencontra une piste fraîche.

Si fraîche était-elle qu'il s'arrêta net, aussi soudainement que si une balle l'avait frappé dans sa course. Chaque muscle de son corps se mit à frémir et ses poils se hérissèrent.

C'était la piste de l'homme. Il y avait et les empreintes du traîneau, et celles des pattes des chiens, et celles aussi des raquettes de l'homme, qui allait à pied.

Alors Kazan leva son museau vers les étoiles et de sa gorge jaillit, roulant au loin, parmi le Wilderness, l'appel sauvage et farouche à la horde de ses frères. Jamais encore cet appel, qu'il répéta à plusieurs reprises, n'avait été aussi infernal et sinistre.

Il fut entendu et un premier cri lui répondit, puis un second, puis un troisième, puis d'autres encore. Si bien que Louve Grise s'assit à son tour sur son derrière et mêla sa voix à celle de Kazan.

Et là-bas, sur la neige blanche, l'homme, livide et hagard, fit halte avec ses chiens, pour écouter, tandis qu'une faible voix qui venait du traîneau disait :

— Père, ce sont les loups. Est-ce qu'ils nous poursuivent ?

L'homme se taisait. Il n'était plus jeune. La lune brillait sur sa longue barbe blanche et rendait plus fantomatique sa haute stature. Sur le traîneau était une jeune femme, qui leva la tête, d'une peau d'ours où elle s'appuyait, comme sur un oreiller. Les yeux de la jeune femme s'illuminèrent de la clarté lunaire qu'ils reflétèrent. Elle était pâle, elle aussi. Ses cheveux retombaient sur ses épaules en une tresse épaisse et soyeuse, et, contre sa poitrine, il y avait quelque chose qu'elle pressait.

L'homme, au bout de quelques instants, répondit :

— Ils suivent une piste, sans doute celle d'un renne ou d'un caribou.

Il fixa du regard la culasse de son fusil et ajouta :

— Ne t'inquiète pas, Jeannie ! Nous camperons au prochain bouquet d'arbres où nous pourrons trouver assez de bois sec pour établir notre feu. Allons, les chiens ! Remettons-nous en route, les amis ! Ah ! ah ! ah ! ah ! Kouche ! Kouche !

Et le fouet claqua au-dessus de l'attelage. Du paquet que la jeune femme tenait serré sur sa poitrine, sortit un petit cri plaintif, auquel semblèrent répondre les voix dispersées des loups.

Kazan, cependant, songeait qu'il allait bientôt pouvoir prendre sa vengeance sur un de ces hommes qui l'avaient si longtemps mis en servage. Il se remit à trotter lentement, côte à côte avec Louve Grise, s'arrêtant seulement, tous les trois ou quatre cents yards, pour renouveler son appel.

Une forme grise et bondissante, qui arrivait par derrière, ne tarda pas à rejoindre le couple. Une autre suivit. Puis deux autres, à droite et à gauche. Et au cri d'appel de Kazan succéda, entre les loups rassemblés, un jacassement varié de voix rauques. La petite troupe s'accrut peu à peu et, à mesure qu'elle devenait plus nombreuse, son allure se faisait plus rapide. Quatre, six, sept, dix, quatorze...

La bande ainsi constituée, qui atteignait l'espace découvert où se trouvait le traîneau et que balayait le vent, était composée de bêtes adultes et fortes. Louve Grise était la plus jeune parmi ces hardis chasseurs et son museau ne quittait pas l'épaule de Kazan.

La horde était devenue silencieuse. On n'entendait que le halètement des respirations et le battement mou des pattes sur la neige. Les loups allaient très rapidement, en rangs serrés. Et toujours Kazan les précédait, de la longueur d'un bond, avec Louve Grise à son épaule.

Pour la première fois de sa vie, il ne redoutait plus l'homme, ni le gourdin et le fouet, ni la chose mystérieuse qui crachait au loin le feu et la mort. Et, s'il courait si vite, c'était afin de surprendre plus tôt son vieil ennemi, de plus tôt lui livrer bataille. Toute la compression de sa fureur, durant quatre ans d'esclavage et d'abus de la force, se détendait à travers ses veines, en courants de feu. Et, quand enfin il avait aperçu au loin, sur la plaine neigeuse, de petits points noirs qui se mouvaient, le cri qui sortit de sa gorge avait été si étrange que Louve Grise n'avait pas compris ce qu'il signifiait.

A toute vitesse, les loups foncèrent, et sur les petits points noirs, et sur la mince charpente de bois du traîneau, qui se profilait sur la neige. Mais, avant qu'ils n'eussent atteint leur but, le traîneau s'était arrêté et avaient apparu soudain ces langues de feu intermittentes, si redoutées de Kazan, qui fusaient dans l'air en sifflant, ces piquantes abeilles de la mort.

Dans sa folie de meurtre, Kazan cependant ne se laissa pas effrayer et, ni lui, ni ses frères ne ralentirent leur élan.

Les abeilles de la mort, une, deux, trois, quatre, cinq, passaient, cependant, impétueuses comme l'éclair. Déjà trois loups avaient roulé sur la neige et les autres s'écartaient de droite et de gauche. La seconde des balles de l'homme qui tirait, avait, une première fois, dans l'ombre noire, frôlé Kazan de la tête à la queue, rasant le poil sur son passage. Au dernier coup de feu, il sentit la chose brûlante qui longeait son épaule et piquait ensuite dans sa chair. Mais il continua à avancer quand même, seul avec Louve Grise, qui fidèlement le suivait.

Les chiens du traîneau avaient été détachés des harnais et, avant qu'il pût atteindre l'homme qu'il avait devant lui, Kazan se heurta à leur masse combattante. Il lutta comme un démon, et il y avait en lui la force de deux loups, tandis qu'il jouait follement des crocs.

Deux de ses frères vinrent le rejoindre et se précipiter dans la mêlée. Et, deux fois encore, il entendit retentir le fusil terrible, deux fois encore il vit les deux bêtes s'abattre, l'échine brisée. L'homme avait pris son fusil par le canon et le tenait comme un gourdin. Vers le gourdin tant haï, Kazan redoubla ses efforts. Voilà ce qu'il voulait atteindre !

Se dégageant de la meute des chiens, il bondit soudain jusqu'au traîneau. Alors seulement il s'aperçut qu'il y avait là un autre être humain, enveloppé dans des fourrures. Ses dents s'enfoncèrent dans le poil épais.

Et il entendit une voix, une voix dont le timbre doux le fit tressaillir. C'était *sa* voix, sa voix à *elle* ! Chaque muscle de son corps se bloqua et il parut comme pétrifié.

En même temps, la peau d'ours s'écarta et, dans la lueur lunaire, sous la clarté diffuse des étoiles, il découvrit qui était celle qui parlait.

Il s'était trompé. Ce n'était pas *elle*. Mais la voix était toute pareille à la sienne. Mais, dans le blanc visage de femme qu'il avait là, devant ses prunelles ardentes comme des braises, il y avait comme une mystérieuse image de celle qu'il avait appris à tant aimer. Et, contre sa poitrine, cette forme tremblante pressait un autre être, plus petit, qui émettait un cri singulier, un vagissement frémissant.

Plus prompt que le raisonnement humain, l'instinct avait joué chez Kazan. En moins d'une seconde, faisant volte-face, il fit claquer ses dents vers Louve Grise, si férocement que celle-ci en recula, avec un glapissement d'effroi. Puis, tandis que l'homme, à demi-renversé, vacillait avec son fusil, Kazan, lui passant sous le nez, se rua contre ce qui restait de la bande des loups. Plus sauvagement encore qu'il n'avait lutté tout à l'heure contre les chiens, il combattait à présent, à côté d'eux, ses crocs taillant et coupant comme des couteaux. Et l'homme chancelant, tout couvert de sang, s'émerveillait de ce qui advenait. Louve Grise elle-même s'était rangée au côté de Kazan, en bonne compagne, et, quoique sans comprendre, faisait face aux hurlements ennemis, donnant de la gueule de son mieux.

Lorsque la bataille fut terminée, Kazan et Louve Grise étaient seuls sur la plaine neigeuse. Le traîneau avait disparu.

Kazan et Louve Grise étaient blessés, et lui plus gravement qu'elle. Il était tout saignant et déchiré. Une de ses pattes était profondément entaillée. A la lisière d'un bois, un feu brillait. Il vit ce feu et un impérieux désir le saisit de ramper vers lui, de sentir sur sa tête passer la caresse de la main de la femme qu'il savait là, comme il avait jadis senti l'autre main. Vers cette caresse il serait allé, en tâchant de décider Louve Grise à le suivre. Mais, près de la femme, il y avait un homme. Il se prit à gémir.

Il sentait qu'il était désormais un paria dans le monde. Il avait combattu contre ses frères sauvages, qui jamais plus désormais ne viendraient à son appel, quand il pousserait vers le ciel son hurlement. Ce ciel, la lune et les étoiles, et les vastes plaines neigeuses étaient contre lui maintenant. Et vers l'homme il n'osait pas non plus retourner.

Avec Louve Grise il se dirigea vers le bois, loin du feu brillant. Si mal en point était-il qu'à peine l'eut-il atteint, il dut se coucher sur le sol. Les relents du campement arrivaient cependant jusqu'à lui et Louve Grise, se serrant câlinement contre son corps, s'efforçait de calmer, de sa tendre langue, ses blessures saignantes, tandis que, soulevant sa tête, il gémissait doucement aux étoiles.

VII
KAZAN RETROUVE LA CARESSE DE JEANNE

A la lisière du petit bois de cèdres et de sapins, Pierre Radisson, le vieux trappeur, après avoir dressé la tente, chargeait son feu. Il saignait par une douzaine de blessures, morsures dans sa chair des crocs des loups, et il lui semblait que se rouvrait dans sa poitrine une autre plaie ancienne, dont lui seul connaissait toute la terrible gravité.

L'une après l'autre, il traînait les bûches qu'il avait coupées et les amoncelait sur celles qui brûlaient déjà, tandis que la flamme montait à travers les minces brindilles qui y attenaient encore. Puis il fit, avec d'autres bûches, une provision de bois pour la nuit.

Du traîneau, sur lequel elle était restée, Jeanne suivait du regard les mouvements de son père, les yeux encore dilatés d'effroi, et toute tremblante. Sur sa poitrine elle pressait toujours son bébé, et ses longs cheveux noirs luisaient aux reflets du feu. Son visage était si jeune, si ingénu, qu'à peine aurait-on pu croire qu'elle était mère.

Lorsque le vieux Pierre eut lancé sur le foyer sa dernière brassée de bois, il se retourna vers Jeanne, haletant, et se mit à rire.

— Il s'en est fallu de peu, *ma chérie*[13], dit-il, tout oppressé, dans sa barbe blanche, que nous n'y restions tous deux ! Nous avons, là, vu la mort de plus près que jamais, avant notre heure dernière, nous ne la reverrons, j'espère. Maintenant nous sommes tirés d'affaire et au chaud, bien confortablement. Tu n'as plus peur, au moins ?

[13] Les mots en italique sont en français dans le texte.

Il vint s'asseoir près de Jeanne et, doucement, écarta la fourrure qui enveloppait l'enfant. De petites joues roses apparurent. Quant aux yeux de Jeanne, ils luisaient dans la nuit comme deux étoiles.

— C'est le bébé qui nous a sauvés, murmura-t-elle. Les loups avaient dispersé les chiens et déjà ils bondissaient sur nous deux, quand l'un d'eux, les précédant, atteignit le traîneau. J'ai cru d'abord que c'était un de nos chiens. Mais non, c'était bien un loup ! Une première fois, il essaya de nous mordre. Mais ses dents se perdirent dans la peau de l'ours. Il s'élança de nouveau et était presque à ma gorge, lorsque bébé cria. Alors il arrêta son élan à un pouce de nous, et j'eusse juré que c'était un chien. Presque aussitôt, il se retourna et combattit pour nous. Je l'ai vu terrasser un de ses frères qui allait nous dévorer.

— C'était bien un chien, *ma chérie*, répondit Pierre en étendant ses mains vers la chaleur du feu. Il arrive souvent que des chiens s'éloignent des postes et vont se mêler aux loups. Je l'ai constaté moi-même, à mes dépens. Mais un chien reste chien toute sa vie. Même s'il a été maltraité, même en la compagnie des loups, sa nature primitive demeure. Il était venu pour tuer, mais une fois à portée de le faire...

— Il est redevenu notre défenseur, notre sauveur. Oui la pauvre bête, ajouta-t-elle avec un soupir, s'est battue pour nous. Elle a été même cruellement blessée. Je l'ai vue partir en traînant tristement la patte. Père, elle doit être quelque part, à cette heure, en train d'agoniser.

Elle se redressa, mince et svelte, de toute sa taille, dans la lumière du foyer, et s'étira les membres après avoir passé le bébé à Pierre Radisson. Mais elle dut bientôt le reprendre, car une toux profonde, qu'il essayait en vain d'étouffer, se prit à secouer le vieux. L'incarnat qui apparut alors sur les lèvres de son père, Jeanne ne le vit pas. Elle avait ignoré que, depuis les six jours où ils marchaient dans le Désert Blanc, Pierre avait secrètement senti son mal s'aggraver. Pour cela surtout il avait, chaque journée, pressé la marche.

— A cette pauvre bête, dit-il, lorsque la quinte se fut apaisée, j'ai pensé moi aussi. Blessée comme elle paraissait l'être, elle n'a pas dû aller bien loin. Veille sur le bébé et chauffe-toi au feu, en attendant mon retour. Je vais tenter de la trouver.

Il revint sur ses pas, dans la plaine découverte, jusqu'au lieu du combat. Sur la neige gisaient les quatre chiens, dont pas un n'avait survécu. La neige était rouge de leur sang et ils étaient déjà raidis. Pierre eut un frisson en les regardant. S'ils n'avaient pas reçu le premier choc de la horde, que serait-il advenu de lui, de Jeanne et de l'enfant ? Il détourna la tête et reprit sa recherche, dans un nouvel accès de la toux qui injectait ses lèvres de sang.

Après avoir soigneusement observé la neige, il reconnut la piste de leur mystérieux sauveur. Plutôt qu'une piste, c'était un long sillon, que Pierre se mit à suivre, ne doutant pas qu'il ne trouverait à son extrémité la bête morte.

Il revint ainsi à l'orée du bois, où il rencontra Kazan étendu sur le sol, l'œil et les oreilles aux aguets, tellement faible, quoiqu'il ne souffrît pas beaucoup, qu'il ne pouvait se tenir sur ses pattes. Il était comme paralysé. Louve Grise était couchée à son côté.

Tous deux, échoués dans cet abri, ne cessaient point d'observer, à travers les ramures clairsemées des sapins et des cèdres, le feu qui brillait et dont la lueur arrivait jusqu'à eux. Ils humaient l'air nocturne et savaient que les deux êtres humains étaient là.

Et le même désir persistait chez Kazan d'aller vers ce feu, entraînant avec lui Louve Grise, et de rejoindre la femme et sa caresse. La même crainte subsistait aussi de l'homme qui accompagnait cette femme, car l'homme avait toujours été pour lui synonyme de gourdin, de fouet, de douleur et de mort.

Louve Grise, de son côté, pressait Kazan, en le poussant doucement, de s'enfuir avec elle, plus loin du feu et plus profondément dans le bois. Comprenant qu'il n'était pas en état de la suivre, elle avait couru nerveusement de tous côtés, songeant, sans pouvoir s'y décider, à fuir seule. De ses empreintes, la neige, autour d'eux, était toute maculée. Mais toujours son instinct de femelle avait été le plus fort et chaque fois, elle était revenue vers Kazan.

La première, elle vit Pierre Radisson qui avançait sur la piste. Kazan, qu'elle avait averti par un grognement, aperçut la forme ombreuse qui venait dans la clarté des étoiles. Son premier mouvement, fut de fuir et il tenta de se traîner en arrière.

Mais il ne gagnait que quelques pouces de terrain, tandis qu'au contraire l'homme se rapprochait rapidement. Il vit, dans sa main, scintiller le canon du fusil. Il entendit la toux creuse et le crissement des pas sur la neige.

Louve Grise se blottit d'abord contre Kazan, tremblante et grinçant des dents. Puis, quand Pierre ne fut plus qu'à quelques pieds, l'instinct de la conservation l'emporta et elle disparut, silencieuse, parmi les sapins.

Les crocs de Kazan se découvrirent, menaçants, tandis que Pierre continuait à marcher sur lui, puis, s'arrêtant, le fixait. Il fit un nouvel effort pour se traîner sur ses pattes. Mais ses forces le trahirent et il retomba sur la neige.

L'homme déposa son fusil, qu'il appuya contre un jeune sapin, et se pencha sur l'animal, sans manifester la moindre crainte. Avec un grognement féroce, Kazan tenta de happer dans ses dents la main qui se tendait.

A sa grande surprise, l'homme ne ramassa ni bâton, ni gourdin. Au contraire, il tendit sa main à nouveau, prudemment toutefois, et lui parla avec une voix exempte de dureté. Kazan, pourtant, fit encore claquer ses dents et grogna.

Mais l'homme persistait, lui parlant toujours. De la mitaine dont sa main était couverte, il lui toucha même la tête, puis la retira assez rapidement pour échapper aux mâchoires. A trois reprises différentes, Kazan sentit le contact de la mitaine ; contact où il n'y avait ni menace ni douleur. Cela fait, l'homme lui tourna le dos et repartit.

Lorsque Pierre se fut éloigné, Kazan jeta un cri plaintif et le poil qui s'était dressé en crête, tout le long de son échine, s'aplatit. Il regardait ardemment vers la lumière du feu. L'homme ne lui avait fait aucun mal. Il eût souhaité pouvoir courir après lui.

Louve Grise, qui n'avait pas été loin, était revenue lorsqu'elle avait vu que Kazan était seul à nouveau et elle se tenait devant lui, les pattes raides.

C'était la première fois, sauf lors de l'attaque du traîneau, qu'elle avait été si proche du contact de l'homme. Elle comprenait mal ce qui se passait. Tout son instinct l'avertissait que l'homme était en ce monde l'être dangereux entre tous, celui qu'il lui fallait redouter plus que les animaux les plus forts, plus que les tempêtes, les inondations, la famine et le froid. Et cependant l'homme qui était là tout à l'heure n'avait fait aucun mal à Kazan. Elle renifla le dos et la tête de son compagnon, là où la mitaine l'avait touché.

Puis, une fois encore, elle se sauva dans l'épaisseur du bois, en trottant dans les ténèbres. Car elle avait vu, sur la lisière de la plaine, que des mouvements suspects recommençaient.

L'homme revenait, et avec lui la jeune femme. Lorsqu'elle fut à portée de Kazan, celui-ci entendit derechef le timbre harmonieux et doux, et il éprouva comme une exhalaison de tendresse et de douceur qui émanait d'elle. Quant à l'homme, il se tenait visiblement sur ses gardes, mais n'était point menaçant.

Il avertit la jeune femme :

— Jeanne, fais attention !

Elle s'agenouilla sur la neige, devant l'animal, hors de la portée de ses crocs.

Puis elle lui parla, avec bonté :

— Viens, mon petit ! Allons, viens !

Elle tendait la main vers lui.

Les muscles de Kazan se contractèrent. D'un pouce de deux pouces, il réussit à ramper vers elle.

Dans les yeux qui le regardaient, il retrouvait l'ancienne clarté, et tout le clément et consolateur amour qu'il avait connu jadis, alors qu'une autre femme, avec des cheveux aussi beaux, des yeux aussi brillants, était entrée dans sa vie.

— Viens, murmurait-elle, tandis qu'il s'efforçait d'avancer.

Elle aussi avança un peu et, tendant davantage sa main, la lui posa sur la tête. Pierre s'était, à son tour, agenouillé près de Jeanne. Il offrait quelque chose, et Kazan flaira de la viande. Mais c'était la main de Jeanne qui, surtout, l'occupait. Sous sa caressante pression, il tremblait et semblait grelotter. Et, lorsque Jeanne, s'étant relevée, l'invita à la suivre, il réunit toutes ses forces, mais ne put réussir à obéir.

Alors seulement Jeanne s'aperçut du triste état d'une de ses pattes. Oubliant toute prudence, elle vint tout près de lui.

— Il ne peut marcher ! *Père*, regardez ! s'écria-t-elle avec un frémissement dans la voix. Vois quelle terrible entaille ! Il nous va falloir le porter.

— J'y avais songé, répondit Pierre Radisson, c'est pourquoi j'ai apporté cette couverture.

A ce moment, de l'obscurité du bois, s'éleva un cri sourd, un gémissement lamentable.

— *Mon Dieu !* Jeannie ! dit Pierre, écoute cela.

Kazan avait soulevé sa tête et un pleurnichement éploré répondit à la plainte nostalgique qui retentissait. C'était Louve Grise qui l'appelait.

Jeanne et son père enveloppèrent Kazan dans la couverture et, la prenant chacun par un bout, emportèrent avec eux l'éclopé, jusqu'au campement. Ce fut miracle que l'opération s'accomplît sans autre révolte de l'animal, et sans égratignure ni morsure.

Kazan fut couché devant le feu et, au bout de quelques moments, ce fut encore l'homme qui apporta près de lui l'eau tiède qui servit à laver la blessure de sa patte, à enlever le sang coagulé, puis qui étendit sur la plaie quelque chose de doux et qui calmait et qui lia le tout, finalement, avec une bande de toile.

Puis encore ce fut l'homme qui lui offrit un succulent gâteau, fait de graisse et de farine, et qui l'invita à manger, tandis que Jeanne lui parlait, assise devant lui, son menton entre les mains. Après quoi, se sentant tout à fait réconforté, il n'eut plus peur du tout.

Un cri faible et très étrange, qui sortait du paquet de fourrures demeuré sur le traîneau, lui fit dresser la tête, d'un mouvement saccadé. Jeanne vit le mouvement, et entendit le grognement qui roulait dans sa gorge. Elle courut près du paquet, lui parla avec des modulations câlines et, le prenant dans ses bras, écarta la peau de lynx afin que Kazan pût voir.

Kazan n'avait encore jamais vu d'enfant d'aussi près. Jeanne tendit vers lui le bébé, pour qu'il le regardât bien en face et admirât quelle merveilleuse petite créature c'était là. Le visage rose semblait fixer la bête, les mains mignonnes s'allongeaient vers elle, et un jacassement partit à son adresse. Puis, tout à coup, ce fut une agitation générale du menu corps et comme un éclat de rire. Kazan, rassuré, détendit ses muscles et vint se traîner aux pieds de la mère et de l'enfant.

— Vois donc, *mon père* ! s'exclama Jeanne. Il a pris déjà l'enfant en affection. Oh ! la bonne bête ! Il nous faut, sans tarder, lui choisir un nom. Mais lequel ?

— Demain matin nous chercherons cela plus à loisir. Il se fait tard dans la nuit. Rentre sous la tente et dors. La prochaine journée sera rude. Nous n'avons plus de chien maintenant et il nous faudra tirer nous-mêmes le traîneau.

Comme elle allait pénétrer sous la toile, Jeanne s'arrêta.

— Il est, dit-elle, venu avec les loups. Appelons-le « Loup ».

Elle tenait la petite Jeannette sur un de ses bras. Elle étendit l'autre vers Kazan en répétant à plusieurs reprises :

— Loup ! Loup ! Loup !

Kazan ne la perdit pas du regard. Il comprit qu'elle lui parlait et avança légèrement vers elle.

Longtemps après que Jeanne fut rentrée dans la tente et couchée, le vieux Pierre Radisson était encore dehors, à veiller, assis devant le feu, sur le rebord du traîneau, avec Kazan à ses pieds.

Soudain, le silence fut rompu par le hurlement solitaire de Louve Grise. Kazan leva la tête et se reprit à gémir.

— Elle t'appelle, petit, fit Pierre, qui comprenait.

Il toussa, appuya sa main sur sa poitrine, que la douleur semblait déchirer. Puis, parlant à Kazan :

— Poumon mangé par le froid, vois-tu. Gagné cela au début de l'hiver, tout là-bas, vers le lac. J'espère pourtant que je pourrai regagner à temps le logis, avec mes deux Jeanne.

C'est une habitude que prend bientôt l'homme, dans la solitude et le néant du Wilderness, de monologuer avec lui-même. Mais Kazan, avec ses yeux pétillants d'intelligence, était un interlocuteur tout trouvé. C'est pourquoi Pierre lui parlait.

— Il nous faut, mon vieux, les ramener à tout prix, continua-t-il, en caressant sa barbe. Et cela, toi seul et moi, nous le pouvons faire.

Une toux creuse le secoua. Il respira avec oppression, en s'étreignant la poitrine, et reprit :

— Le gîte est à cinquante milles, en ligne droite. Je prie Dieu que nous puissions y parvenir sains et saufs, et que mes poumons ne m'abandonnent pas auparavant.

Il se releva, en chancelant un peu, et alla vers Kazan. Il attacha la bête derrière le traîneau ; puis, après avoir jeté d'autres branches sur le feu, il entra sous la tente, où Jeanne et l'enfant dormaient.

Trois ou quatre fois au cours de la nuit, Kazan entendit la voix de Louve Grise appelant le compagnon qu'elle avait perdu. Mais Kazan comprenait qu'il ne devait plus lui répondre. Vers l'aurore, Louve Grise approcha à une courte distance du campement, réitéra son appel et, pour la première fois, Kazan lui répliqua.

Son hurlement réveilla Pierre, qui sortit de la tente et regarda le ciel, que commençait à blanchir l'aube. Il raviva le feu et se mit à préparer le déjeuner.

VIII
L'INTERSIGNE DE LA MORT

Pierre caressa Kazan sur la tête et lui donna un morceau de viande. Peu après, Jeanne parut à son tour, laissant l'enfant reposer encore. Elle courut embrasser son père, puis, s'agenouillant devant Kazan, elle se reprit à lui parler, de sa même voix avec laquelle elle avait parlé à Jeannette.

Lorsque, d'un bond gracieux, elle se remit ensuite sur ses pieds, afin de donner un coup de main à son père, Kazan la suivit et Jeanne, voyant qu'il était maintenant à peu près d'aplomb sur ses pattes, poussa un cri de joie.

Ce fut un singulier voyage que celui qui commença, ce jour-là. Pierre Radisson avait, tout d'abord, vidé le traîneau de tous les objets qu'il contenait, en n'y laissant que la tente repliée, les couvertures, les vivres et, pour Jeannette, le nid chaud de fourrures. Puis il endossa un des harnais et se mit à tirer le traîneau sur la neige. Toujours attaché, Kazan suivait.

Pierre n'arrêtait pas de tousser et crachait le sang. Jeanne s'inquiéta.

— C'est un gros rhume, dit Pierre, rien de plus. Une fois chez nous, je garderai la chambre durant une bonne semaine, et il n'y paraîtra plus.

Il mentait et, quand il toussait, détournait la tête, puis s'essuyait rapidement la bouche et la barbe, afin que Jeanne n'y vît point les rouges macules.

Jeanne ne savait trop que penser et se doutait bien qu'il lui cachait la vérité. Mais Kazan, avec cette étrange connaissance des bêtes que l'homme ne peut expliquer et dénomme instinct, aurait dit, s'il avait pu parler, ce que Pierre Radisson dissimulait. Il avait entendu d'autres hommes tousser de la sorte, ses ancêtres chiens en avaient ouï aussi, tandis qu'ils tiraient les traîneaux, et la certitude s'était formée, dans son cerveau, de ce qui s'ensuivrait fatalement.

Plus d'une fois déjà, il avait, sans y être entré, flairé la mort qui frappait sous les tentes indiennes et dans les cabanes des blancs. Bien des fois, de même qu'il devinait au loin la tempête et l'incendie, il l'avait reniflée, alors qu'elle ne faisait que rôder encore autour de ceux qu'elle frapperait bientôt. Et cet intersigne de la mort, qui planait dans l'air, semblait lui dire, tandis qu'il suivait le traîneau en arrière de Pierre, que celle-ci était proche, qu'il la frôlait à chaque pas.

Il en était dans une agitation étrange et anormale. Chaque fois que le traîneau faisait halte, il venait fébrilement renifler le petit bout d'humanité qui était enfoui dans la peau de lynx. Jeanne arrivait prestement, pour surveiller l'animal, et passait la main sur les poils grisâtres de sa tête. Alors il se calmait et la joie entrait secrètement en lui.

La seule chose essentielle que Kazan parvint nettement à comprendre, en cette première journée, c'est que la petite créature du traîneau était infiniment précieuse à la femme dont il recevait les caresses et qui si mélodieusement lui parlait. Et plus lui-même semblait prêter attention et s'intéresser à la petite créature, plus aussi la femme semblait contente et ravie.

Le soir, le campement fut établi comme de coutume et Pierre Radisson passa encore une partie de la nuit à veiller près du feu. Mais il ne fumait pas. Fixement il regardait les flammes. Quand, enfin, il se décida à rejoindre Jeanne sous la tente, il se pencha vers Kazan et examina ses blessures.

— Tu vas mieux, petit, lui dit-il, et les forces te sont revenues. Il faudra, demain, endosser le harnais et me donner un coup d'aide. Demain soir nous devrons avoir atteint le fleuve. Sinon…

Il n'acheva pas sa phrase et refoula la toux qui lui déchirait la poitrine, puis entra sous la tente.

Kazan était demeuré vigilant et les oreilles raides, les yeux emplis d'anxiété. Il n'avait pas aimé que Pierre pénétrât sous la toile. Car, plus que jamais, la mort mystérieuse semblait voltiger autour de cet homme.

Trois fois, au cours de la nuit, il entendit Louve Grise réitérer ses appels, et il ne put se défendre de lui répondre. Comme la veille elle revint, à l'aube, jusqu'auprès du campement. Elle était dans le vent et Kazan flaira son odeur. Il tira sur son attache et pleura, espérant que sa compagne aurait pitié de lui et viendrait se coucher à son côté. Mais, à ce moment, Radisson ayant remué dans la tente et fait du bruit, Louve Grise, qui était prête à se risquer, prit la fuite.

Plus émaciée était, ce matin-là, la figure de l'homme, et plus sanguinolents étaient ses yeux. La toux était devenue moins violente. C'était comme un sifflement intérieur, qui indiquait une désagrégation de l'organisme. Et, à tous moments, Pierre portait les mains à sa poitrine.

Lorsque Jeanne aperçut son père, dans le petit jour, elle pâlit. L'inquiétude, en ses yeux, fit place à l'effroi. Elle jeta ses bras autour du cou de Pierre, qui se prit à rire et toussa plus fort, afin de prouver que le coffre était encore bon.

— Je suis en voie de guérison, dit-il, tu le vois bien. C'est un rhume qui s'en va. Mais tout rhume, ma chère laisse après lui, tu le sais comme moi, une grande faiblesse et les yeux rouges.

La journée qui suivit fut froide et morne, presque sans clarté. Pierre et Kazan remorquèrent à eux deux le traîneau, et Jeanne, à pied, marchait derrière, sur la piste tracée. Kazan tirait sans trêve, de toutes ses forces, et pas une fois l'homme ne le frappa du fouet. Mais, de temps à autre, il lui passait amicalement sa mitaine sur la tête et sur le dos. Le temps s'assombrissait de plus en plus et sur la cime des arbres on entendait passer un faible mugissement, qui annonçait la tempête prochaine.

Les ténèbres et l'approche imminente de la tourmente n'incitèrent point Pierre Radisson à s'arrêter et à camper.

— Il faut à tout prix, se disait-il à lui-même, atteindre le fleuve, oui, à tout prix…

Il pressa Kazan, pour un énergique effort, tandis que lui-même sentait, sous le harnais, ses forces décroître.

Le « blizzard[14] » avait commencé, lorsque, à midi, Pierre fit halte pour établir un feu et que chacun s'y réchauffât.

[14] Tempête de neige.

La neige déboulait du ciel en un déluge blanc, si épaisse qu'elle obstruait la vue à cinquante pas. Jeanne se tassa, toute frissonnante, près de son père, avec l'enfant dans ses bras. Pierre, afin de la réconforter, se montra très gai et rieur. Puis, après un repos d'une heure, il rattacha Kazan au harnais et reprit comme lui les courroies qu'il lia autour de sa taille, car leur pression sur sa poitrine le faisait trop souffrir.

Dans une obscurité presque complète, où tout était silence, la petite caravane, qui marchait toujours sous bois, avançait péniblement. Pierre tenait à la main sa boussole, qu'il consultait.

Tard dans l'après-midi, les arbres devinrent plus rares et une nouvelle plaine apparut au-dessous des voyageurs, vers laquelle Pierre Radisson pointa sa main, tout joyeux. Mais sa voix était faible et rauque, lorsqu'il dit à Jeanne :

— Ici nous pouvons camper maintenant, en attendant que le blizzard s'apaise.

Sous l'épais abri d'un des derniers bouquets de sapins, il monta la tente, puis il ramassa du bois pour le feu. Jeanne l'aida dans cette besogne. Dès qu'ils eurent absorbé un repas composé de viande rôtie et de biscottes, et fait bouillir et bu le café, Jeanne épuisée se jeta sur un lit de branchages, étroitement enveloppée, avec bébé, dans les peaux et dans les couvertures. Elle n'avait pas eu même la force, ce soir-là, de donner à Kazan une bonne parole.

Pierre était demeuré, quelques instants encore, immobile à veiller près du feu, assis sur le traîneau. Soudain les yeux alertes de Kazan le virent tressaillir, puis se lever et se diriger vers la tente. Il écarta la toile qui en fermait l'entrée, et passa par la fente sa tête et ses épaules.

— Tu dors ? Jeanne... dit-il.

— Pas encore, père... Mais presque... Veux-tu bientôt, venir ?

— Oui, dès que j'aurai achevé ma pipe. Te sens-tu bien ?

— Pas mal... Très fatiguée seulement... et avec une grande envie de dormir...

Pierre eut un rire doux, tandis que sa gorge râclait.

— Jeanne, écoute-moi. Nous voici presque arrivés au logis. C'est notre fleuve, le Fleuve du Petit-Castor, qui coule au bout de cette plaine que nous dominons. Si je disparaissais et si demain, je suppose, tu te trouvais seule ici, tu n'aurais qu'à marcher en ligne droite pour arriver à notre cabane. Il n'y a pas plus de quinze milles. Tu m'entends bien ?

— Oui, père, je comprends.

— Quinze milles... Tout droit... jusqu'au fleuve... Il serait impossible, Jeanne, que tu te perdes. Il faudrait seulement que tu prennes garde, en suivant la glace du fleuve, aux poches d'air qui sont sous la neige.

— Oui, père... Mais viens te coucher, je t'en prie. Tu es harassé... Tu es un peu malade aussi...

— Je finis ma pipe.

Et il insista :

— Jeanne, je te recommande par-dessus tout ces poches d'air où, sous la neige, il n'y a que le vide. Avec un peu d'attention, elles se devinent facilement. Là où elles sont, la neige est plus blanche que sur le reste de la glace et elle est trouée comme une éponge.

— Oui...i...i...

Pierre revint vers le feu et vers Kazan.

— Bonne nuit, petit, dit il. Couché près des enfants, je serai mieux. Allons encore un jour. Quinze milles encore...

Kazan le vit entrer sous la tente. Il tira de toute sa force, sur son attache, jusqu'à ce que celle-ci lui coupât la respiration. Ses pattes et son dos se contractèrent. Dans la tente, il y avait Jeanne et l'enfant. Il savait bien que Pierre ne leur ferait aucun mal. Mais il savait aussi qu'avec Pierre quelque chose de sinistre et d'imminent était près d'eux. Il aurait voulu que le vieux demeurât près du feu. Alors, il aurait pu se reposer tranquille, étendu sur la neige, tout en le surveillant.

L'intérieur de la tente était silencieux.

Plus près que la veille, le cri de Louve Grise retentit, Kazan, plus encore que les autres soirs, aurait souhaité qu'elle fût près de lui. Mais il s'abstint de lui répondre. Il n'osait pas rompre le silence qu'il y avait dans la tente. Brisé et endolori de la rude étape de la journée, avec ses blessures rouvertes, il resta couché dans la neige un assez long temps, mais sans avoir envie de dormir.

Vers le milieu de la nuit, la flamme du feu tomba. Au faîte des arbres, le vent s'était apaisé. Les nuages opaques qui voilaient le ciel s'enroulèrent en épaisses volutes, comme un rideau qu'on tire, et les étoiles commencèrent à scintiller, d'une lueur pâle et métallique. Tout là-bas, vers le septentrion, un bruit résonna, incisif et monotone, pareil au crissement des patins d'acier d'un traîneau filant sur la neige gelée. C'était la mystérieuse et harmonieuse mélodie céleste de l'aurore boréale. En même temps, le froid devenait plus vif et le thermomètre ne cessait pas de rapidement descendre.

Louve Grise, sans se fier uniquement à son flair, avait, cette nuit-là, glissant comme une ombre, audacieusement suivi la piste marquée par le traîneau.

Et voilà que Kazan entendit sa voix.

Ce n'était plus l'appel au mâle. Elle s'était arrêtée, rigide et fébrile, tremblant de tous ses membres, et envoyait à travers l'air le Message funèbre.

Kazan le reçut et, lui aussi, il se prit à hurler comme font les chiens sauvages du Nord, devant la tente indienne où leur maître vient de rendre le dernier soupir.

Pierre Radisson était mort.

IX
SUR LE FLEUVE GLACÉ

L'aube paraissait lorsque l'enfant, se pressant de plus près contre la chaude poitrine de sa mère, l'éveilla en demandant sa nourriture.

Jeanne ouvrit les yeux, écarta ses cheveux ébouriffés et le premier objet qu'elle aperçut fut, de l'autre côté de la tente, la forme ombreuse de Pierre Radisson, qui semblait reposer paisiblement.

Elle en fut tout heureuse, car elle savait combien la journée précédente avait été épuisante pour son père. Afin de ne point troubler son sommeil, elle demeura elle-même immobile dans son lit, une demi-heure encore, en roucoulant doucement à son bébé.

Elle se décida enfin à se lever avec précaution, borda bébé Jeanne dans les couvertures et dans les fourrures, et, s'enveloppant dans une épaisse pelisse, alla vers la porte de la tente et sortit.

Le jour s'était maintenant complètement fait et elle constata, avec satisfaction, que le vent avait cessé. Le temps était calme ; mais le froid, par contre, était terriblement piquant et la saisit au visage.

Dehors, le feu s'était éteint et Kazan était enroulé en boule près des cendres froides, le museau enfoui sous son propre corps.

Il leva la tête vers Jeanne, tout grelottant, lorsqu'elle parut. De son pied, chaussé de lourds mocassins, la jeune femme éparpilla les cendres et les bûches noircies. Pas une étincelle n'y était plus enclose. Elle caressa de la main la tête hirsute de Kazan.

— Pauvre Loup ! dit-elle. J'aurais dû penser à te donner hier soir, pour te tenir chaud, une de nos peaux d'ours !

Et elle revint vers la tente.

Elle rejeta en arrière la porte de toile et le blême visage de son père lui apparut en pleine lumière, Kazan entendit soudain un cri sinistre et déchirant, qui jaillissait de ses lèvres. Nul doute, en effet, n'était permis en face de Pierre Radisson.

Jeanne s'était jetée sur la poitrine de son père, avec des sanglots étouffés, si faibles que l'ouïe fine de Kazan n'arrivait pas même à les percevoir. Elle demeura là abîmée dans sa douleur, jusqu'au moment où un cri plaintif de bébé Jeanne fit sursauter en elle son énergie vitale de femme et de mère.

L'heure n'était pas aux larmes, mais à l'action. Elle se remit brusquement sur ses jambes et courut dehors. Kazan, tirant sur sa chaîne, voulut s'élancer au-devant d'elle. Mais elle n'y prêta point attention.

La solitude, dont l'épouvante est pire que celle de la mort, était sur elle. En une seconde, elle en avait eu la conscience. Et cette peur n'était rien pour elle-même ; elle était toute pour l'enfant. Les gémissements de l'infortunée petite créature, qui de la tente venaient vers elle, lui entraient au cœur comme autant de lames de poignards.

Puis elle se souvint soudain de tout ce que Pierre Radisson lui avait dit au cours de la nuit précédente : le fleuve qu'il fallait atteindre à tout prix, les poches d'air à éviter sur la glace, la cabane à quinze milles… « Jeanne, tu ne peux pas te perdre », avait-il insisté. Il avait prévu sans nul doute ce qui arrivait.

Elle commença par revenir vers l'emplacement du foyer éteint, qu'il importait avant tout de rallumer. Elle récolta dans la neige des écorces de bouleau desséchées, dont elle forma une petite pile, en les entremêlant aux bûchettes noires, non consumées. Puis elle rentra dans la tente pour y quérir des allumettes.

Pierre Radisson avait coutume d'en emporter sa provision dans une boîte imperméable, qu'il plaçait dans une poche intérieure de son vêtement de peau d'ours. Et Jeanne se reprit à sangloter, tandis qu'agenouillée devant son père, elle fouillait, à la recherche de cette boîte.

L'ayant trouvée, elle fit fuser bien haut la flamme bienfaisante et rechargea le feu avec une partie des grosses bûches dont Pierre avait fait provision. La chaleur la réconforta et lui rendit courage. Quinze milles… le fleuve qui conduisait à la cabane… Il lui fallait couvrir cette distance avec bébé et avec Loup.

Son attention se reporta vers le chien. Elle dégela, à la chaleur du foyer, un morceau de viande qu'elle donna ensuite à manger à Kazan, puis fit fondre, pour son propre usage, un peu de neige pour le thé. Elle n'avait pas faim et n'éprouvait nulle envie des aliments. Mais elle se rappela que son père la contraignait à manger, cinq ou six fois par jour, si peu que ce fût afin qu'elle ne perdît point ses forces. Elle s'astreignit donc à déjeuner d'un biscuit et d'une tartine de pain, qu'elle arrosa d'autant de thé brûlant qu'elle en put absorber.

Maintenant l'heure terrible était arrivée. Jeanne enveloppa dans des couvertures, étroitement serrées, le corps de Pierre Radisson, et les lia fortement avec une babiche.

Puis elle empila sur le traîneau, près du feu, les autres couvertures et les fourrures, y fit un lit moelleux pour bébé, qu'elle y déposa, et commença à démonter la tente. Ce n'était point pour une femme une tâche facile, car les cordes étaient raides et gelées. Lorsqu'elle eut terminé, une de ses mains saignait. Elle amarra la tente au traîneau.

Pierre Radisson gisait à découvert sur son lit de ramures. Il n'y avait plus au-dessus de lui d'autre toit que le ciel grisâtre et le dôme noir des sapins.

Kazan raidit ses pattes et renifla l'air. Son échine se hérissa, lorsque la jeune femme s'en retourna lentement vers l'objet immobile qui était ficelé dans les couvertures. Elle fléchit le genou et pria.

Lorsqu'elle revint vers le traîneau, son visage était pâle et inondé de larmes. Elle jeta un long regard vers le Barren sinistre, qui s'étendait à perte de vue devant elle. Puis, se courbant vers le chien-loup, elle l'attela au harnais et, assujettissant elle-même autour de sa taille la courroie dont son père s'était servi, tous deux se mirent à tirer.

Ils cheminèrent ainsi, dans la direction indiquée par Pierre Radisson. La marche était pénible et lente sur la neige molle, tombée la veille, et que le blizzard avait amoncelée par places, en gros tas mous.

Il y eut un moment où le pied manqua à Jeanne, qui s'effondra sur une de ces masses neigeuses. Elle perdit, dans sa chute, son bonnet de fourrure, et ses cheveux se dénouèrent sur la neige. Aussitôt Kazan fut près d'elle et, du bout de son museau, il lui toucha le visage.

— Loup ! gémit-elle. Oh ! Loup !

Elle se remit debout, tant bien que mal, et la petite caravane recommença à avancer.

Le fleuve fut enfin atteint et le traîneau peina moins sur la glace, où la neige était moins épaisse. Mais un vent violent du nord-est ne tarda pas à souffler. Il soufflait de face et Jeanne courbait la tête, tout en tirant avec Kazan. Au bout d'un demi-mille, elle dut s'arrêter, la respiration coupée, et fut reprise d'un nouvel accès de désespoir.

Un sanglot remonta à ses lèvres. Quinze milles ! Elle crispa ses mains sur sa poitrine et, pliant le dos comme quelqu'un que l'on a battu, elle se tourna, pour reprendre un peu haleine, du côté opposé au vent. Elle vit, sur le traîneau, le bébé qui, sous des fourrures, reposait paisiblement. Ce spectacle fut pour elle un coup d'éperon farouche et elle affronta la lutte derechef.

Deux fois encore, elle s'affala sur les genoux, dans des tas de neige. Puis elle parvint à une surface lisse où la neige avait été entièrement balayée par le vent. Kazan suffit à tirer seul le traîneau.

Jeanne marchait à côté du chien-loup. Il lui semblait qu'un millier d'aiguilles entraient leurs dards dans la peau de son visage et, en dépit de ses lourds vêtements, pénétraient jusqu'à sa poitrine. Elle eut l'idée de consulter le thermomètre et le tira des bagages. Quand elle l'eut exposé quelques minutes à l'air libre, elle regarda ce qu'il marquait. Trente degrés au-dessous de zéro[15].

[15] Il s'agit ici de degrés Fahrenheit.

Quinze milles ! Et son père lui avait affirmé qu'elle pouvait couvrir sans encombre cette distance. Mais Pierre n'avait point prévu sans doute ce froid mordant et redoutable, ni ce vent coupant, qui eût terrifié les plus braves.

Le bois, maintenant, était loin derrière elle et avait disparu dans les demi-ténèbres d'une brume livide. Il n'y avait plus, partout, que le Barren impitoyable et nu, où serpentait le fleuve de glace. S'il y avait eu seulement quelques arbres, dans ce paysage désolé, il semblait à Jeanne que le cœur lui aurait moins failli. Mais non, rien. Rien où reposer son regard parmi ce gris blafard, uniforme et spectral, où le ciel paraissait toucher la terre et bouchait la vue, à moins d'un mille.

Tout en avançant, la jeune femme interrogeait le sol à chaque pas, s'efforçant de découvrir ces poches d'air que lui avait signalées Pierre Radisson et où elle aurait pu soudain disparaître. Mais elle ne tarda pas à s'apercevoir que tout devenait semblable, sur la neige et sur la glace, pour sa vue brouillée par le froid. Les yeux lui cuisaient, avec une douleur croissante.

Puis le fleuve s'épanouit en une sorte de lac, où la force du vent se fit à ce point terrible que Jeanne en trébuchait à toute minute et que quelques pouces de neige lui devenaient un obstacle insurmontable.

Kazan continuait, sous les harnais, à tirer de toutes ses forces. A peine réussissait-elle à le suivre et à ne point perdre la piste. Ses jambes étaient lourdes comme du plomb et elle allait péniblement, en murmurant une prière pour son enfant.

Il lui parut soudain que le traîneau n'était plus devant elle qu'un imperceptible point noir. Un effroi la prit. Kazan et bébé Jeanne l'abandonnaient ! Et elle poussa un grand cri. Mais ce n'était là qu'une illusion d'optique pour ses yeux troubles. Le traîneau n'était pas distant d'une vingtaine de pas et un bref effort lui fut suffisant pour le rejoindre.

Elle s'y abattit avec un gémissement, jeta ses bras éperdument autour du cou de bébé Jeanne et enfouit sa tête dans les fourrures, en fermant les yeux. L'espace d'une seconde, elle eut l'impression du « home » heureux… Puis, aussi rapidement, la douce vision se fondit et elle revint au sens de la réalité.

Kazan s'était arrêté. Il s'assit sur son derrière en la regardant.

Elle demeurait immobile, étendue sur le traîneau, et il attendait qu'elle remuât et lui parlât. Comme elle ne bougeait toujours point, il vint sur elle et la flaira. Ce fut en vain.

Et voilà que tout à coup il leva la tête et renifla, face au vent. Le vent lui apportait quelque chose.

Il recommença à pousser Jeanne, de son museau, comme pour l'avertir. Mais elle demeurait inerte. Il gémit, lamentablement et lança un long aboi, aigu et plaintif.

Cependant la chose inconnue qu'apportait le vent se faisait plus sensible et Kazan, tendant vigoureusement son harnais, se remit en marche, en traînant Jeanne à sa suite.

Le poids, ainsi alourdi, qu'il tirait, exigeait de ses muscles un effort considérable et le traîneau, dont grinçaient les patins, avançait péniblement. A tout moment, il lui fallait s'arrêter et souffler. Et, chaque fois, il humait l'air de ses narines frémissantes. Il revenait aussi vers Jeanne et gémissait près d'elle, pour l'éveiller.

Il tomba dans de la neige molle et ce ne fut que pouce par pouce qu'il réussit à en sortir le traîneau. Puis il retrouva la glace lisse et il tira avec d'autant plus d'entrain que la source de l'odeur mystérieuse apportée par le vent lui semblait plus proche.

Une brèche, dans une des rives, donnait issue à un affluent du fleuve, gelé comme lui en cette saison. Si Jeanne avait eu sa connaissance, c'est de ce côté qu'elle eût commandé au chien-loup de se diriger. Le flair de Kazan lui servit de guide.

Dix minutes après, il éclatait en un joyeux aboi, auquel répondirent ceux d'une demi-douzaine de chiens de traîneau. Une cabane de bûches était là, au bord de la rivière, dans une petite crique dominée par un bois de sapins, et de son toit une fumée montait. C'était cette fumée dont l'odeur était venue jusqu'à lui.

Le rivage s'élevait en pente rude et unie vers la cabane, Kazan rassembla toutes ses forces et hissa le traîneau, avec son fardeau, jusqu'à la porte. Après quoi, il s'assit à côté de Jeanne inanimée, leva le nez vers le ciel obscur, et hurla.

Presque aussitôt, la porte s'ouvrit et un homme sortit de la cabane.

De ses yeux rougis par le froid et le vent, Kazan vit l'homme, poussant une exclamation de surprise, se pencher vers Jeanne, sur le traîneau. En même temps, on entendit sortir de la masse des fourrures la voix pleurnichante et à demi étouffée du bébé.

Kazan était exténué. Sa belle force s'en était allée. Ses pattes étaient écorchées et saignaient. Mais la voix de l'enfant l'emplit de joie et il se coucha tranquillement, dans son harnais, tandis que l'homme emportait mère et poupon dans la vivifiante chaleur de la cabane.

Puis l'homme reparut. Il n'était point vieux comme Pierre Radisson.

Il s'approcha de Kazan et, le regardant :

— Alors c'est toi, juste ciel ! qui, tout seul, me l'as ramenée... Mes compliments, camarade !

Il se pencha sur lui, sans crainte, et déliant les harnais, l'invita à entrer à son tour.

Kazan parut hésiter. A ce moment précis, il lui avait semblé, dans la fureur du vent qui ne s'était pas apaisé, entendre la voix de Louve Grise. Il détourna la tête, puis se décida pourtant à entrer.

La porte de la cabane se referma sur lui. Il alla se coucher dans un coin obscur, tandis que l'homme préparait pour Jeanne, sur le poêle, des aliments chauds.

La jeune femme, que l'homme avait étendue sur une couchette, ne revint pas immédiatement à elle. Mais, de son coin, Kazan, qui somnolait, l'entendit soudain qui sanglotait et, ayant levé le nez, il la vit qui mangeait peu après, en compagnie de l'inconnu.

Kazan, en rampant, se glissa sous le lit. Ensuite, la nuit étant complètement venue, tout, dans la cabane, retomba dans le silence.

Le lendemain, au point du jour, dès que l'homme entr'ouvrit la porte, Kazan en profita pour se glisser dehors et filer rapidement dans la plaine. Il ne tarda pas à trouver la piste de Louve Grise et l'appela. Sa réponse lui parvint, du fleuve glacé, et il courut vers elle.

Un boqueteau de sapins leur servit d'abri et tous deux s'y dissimulèrent. Mais vainement Louve Grise tenta de persuader à Kazan de fuir avec lui, en de plus sûres retraites, loin de la cabane et de l'odeur de l'homme.

Un peu plus tard, Kazan, toujours aux aguets, aperçut l'homme de la cabane qui harnachait ses chiens et installait Jeanne sur le traîneau, l'emmitouflant de fourrures, elle et l'enfant, comme eût pu le faire le vieux Pierre. Puis, le traîneau s'étant mis en route, Kazan emboîta sa piste et, toute la journée le suivit, à quelque distance en arrière, suivi lui-même par Louve Grise, qui glissait sur ses pas, comme une ombre.

Le voyage se continua jusqu'à la nuit. Le vent était tombé. Sous les étoiles brillantes et sous la lune calme, l'homme pressait l'attelage. Ce ne fut qu'à une heure avancée que le traîneau atteignit une seconde cabane, à la porte de laquelle l'homme vint cogner.

De l'ombre épaisse où il se tenait, Kazan vit une lumière apparaître et la porte s'ouvrir. Il entendit la voix joyeuse d'un autre homme, à laquelle répondit celle de Jeanne et de son compagnon. Alors, il s'en alla rejoindre Louve Grise.

Trois jours après, le mari de Jeanne s'en retourna chercher le cadavre gelé de Pierre Radisson. Kazan profita de son absence pour revenir à la cabane, vers la jeune femme et vers la caresse de sa main.

Durant les jours et les semaines qui suivirent, il partagea son temps entre cette cabane et Louve Grise. Il tolérait près de Jeanne la présence de l'homme plus jeune qui vivait avec elle et avec l'enfant, comme il avait toléré celle de Pierre Radisson. Il comprenait que c'était pour elle un être cher et que tous deux aimaient le bébé d'un égal amour.

A un demi-mille de distance, au faîte d'une énorme masse rocheuse que les Indiens appelaient le Sun Rock[16], lui et Louve Grise avaient, de leur côté, trouvé leur « home » dans une crevasse propice. Ils y avaient établi leur tanière, d'où ils descendaient chacun dans la plaine, pour y chasser. Souvent montait jusqu'à eux la voix de la jeune femme, qui appelait :

[16] Le Roc du Soleil.

— Kazan ! Kazan ! Kazan !

Ainsi s'écoula le long hiver de la Terre du Nord, Kazan allant et venant du Sun Rock à la cabane, et le mari de Jeanne occupant son temps à aller poser, puis relever ses trappes, où il capturait les animaux à fourrure, petits et grands, hermines, martres, visons, renards de variétés diverses, qui étaient nombreux dans la région.

Puis revint le printemps et, avec lui, le Grand Changement.

X
LE GRAND CHANGEMENT

Partout la nature se réveillait dans le Wilderness. Le soleil, plus haut au ciel, éclairait d'un éclat merveilleux les rochers et les sites des montagnes. Dans les vallées, les bourgeons des peupliers étaient prêts à éclater. Le parfum des baudriers et des sapins se faisait chaque jour plus pénétrant. Dans les plaines comme dans les forêts, on entendait sans trêve le clapotant murmure des eaux, provenant de la fonte des neiges, qui inondaient le sol et se frayaient un chemin jusque vers la Baie d'Hudson[17].

[17] La Baie d'Hudson est une vaste mer intérieure, qui s'enfonce profondément dans le territoire canadien et ne mesure pas moins de mille kilomètres du nord au sud. Elle communique avec l'Atlantique par le Détroit d'Hudson et, à son extrémité septentrionale, avec la Mer de Baffin et l'Océan Arctique par le Canal de Fox, qui se trouve sous le Cercle Arctique.

Dans l'immense baie, les champs de glace craquaient et s'écroulaient sans trêve, avec un bruit pareil aux roulements du tonnerre, et les vagues clapoteuses se précipitaient vers l'Océan Arctique, au Roes Welcome[18]. Le violent courant d'air qui en résultait faisait encore, par moments, passer dans le vent d'avril la froide piqûre de l'hiver.

[18] La « Bienvenue des Chevreuils », porte d'entrée du Canal de Fox.

Le Sun Rock s'élevait d'un seul jet, dominant le faîte des sapins qui l'entouraient. Sa tête chauve recevait les premiers rayons du soleil levant et les dernières lueurs du couchant s'y accrochaient encore. Sur ce sommet ensoleillé, la tanière de Kazan était bien abritée contre les mauvais vents, à l'opposé desquels elle s'ouvrait, et il s'y reposait délicieusement des six terribles mois d'hiver écoulés.

Presque tout le jour il dormait, avec Louve Grise couchée près de lui, à plat ventre, les pattes étendues, les narines sans cesse alertées de l'odeur de l'homme, qui était proche.

Elle ne cessait de fixer Kazan avec anxiété, tandis qu'il dormait et rêvait. Elle grognait, en découvrant ses crocs, et ses propres poils se hérissaient, lorsqu'elle voyait ceux de son compagnon se dresser sur son échine. Parfois aussi, une simple contraction des muscles des pattes et un plissement du museau indiquaient seuls qu'il était sous l'effet du rêve.

Alors il arrivait souvent que, répondant à la pensée du chien-loup, une voix s'élevait et venait jusqu'au Sun Rock, tandis que sur le seuil de sa cabane une jeune femme aux yeux bleus apparaissait.

— Kazan ! Kazan ! Kazan ! disait la voix.

Louve Grise dressait ses oreilles, tandis que Kazan s'éveillait et, l'instant d'après, se mettait sur ses pattes. Il bondissait vers la pointe la plus haute du rocher et se prenait à gémir, tandis que la voix renouvelait son appel. Louve Grise, qui l'avait doucement suivi, posait son museau sur son épaule. Elle savait ce que signifiait cet appel et, plus encore que le bruit et l'odeur de l'homme, elle le redoutait.

Depuis qu'elle avait abandonné la horde de ses frères et vivait avec Kazan, la Voix était devenue la pire ennemie de Louve Grise et elle la haïssait. Car elle lui prenait Kazan et, partout où la Voix était, il allait aussi. Chaque fois qu'il lui plaisait, elle lui volait son compagnon, qui la laissait seule rôder, toute la nuit, sous la lune et sous les étoiles. Quand ainsi la Voix la faisait veuve, elle restait fidèle cependant et, sans répondre aux cris d'appel de ses frères sauvages, attendait le retour de Kazan. Parfois, lorsque Kazan prêtait l'oreille à la Voix, elle le mordillait légèrement, pour lui témoigner son déplaisir, et grognait vers la Voix.

Or, ce jour-là, comme la Voix retentissait pour la troisième fois, Louve Grise, au lieu de s'attacher à Kazan et de tenter de le retenir, lui tourna soudain le dos et se tapit au fond de sa tanière.

Elle s'y coucha, et Kazan ne vit plus, dans l'obscurité, que ses deux yeux qui flamboyaient, farouches.

Il grimpa vers la pointe extrême du Sun Rock, par la piste étroite, usée sous ses griffes, et demeura indécis. Depuis la veille, un certain trouble, qu'il ne pouvait s'expliquer, était en lui. Il y avait du nouveau qui rôdait sur le Sun Rock. Il ne le voyait point, mais le sentait.

Il redescendit vers Louve Grise et passa sa tête à l'entrée de la tanière. Il fut accueilli, non par la plainte caressante coutumière, mais par un grondement menaçant, qui fit retrousser sur ses crocs les lèvres de la louve.

Pour la quatrième fois, la Voix se fit entendre et Louve Grise claqua farouchement des mâchoires. Kazan, après avoir encore hésité, se décida à descendre du Sun Rock et fila dans la direction de la cabane.

Par l'instinct de défiance du Wild, qui était en lui, il ne prévenait jamais de son arrivée, par aucun aboi. Il apparut si soudainement, et sans crier gare, que Jeanne, qui tenait son bébé dans ses bras, sursauta, en apercevant dans la porte la tête broussailleuse et les larges épaules de Kazan. Mais, nullement effrayé, l'enfant s'agita et se contorsionna de plaisir, et tendit vers le chien-loup ses deux menottes, en émettant à son adresse un gentil baragouin.

— Kazan ! s'écria Jeanne doucement, avec un geste de bienvenue. Viens ici, Kazan !

La lueur sauvage, ardente comme du feu, qui luisait dans les prunelles de Kazan, tomba. Il s'était arrêté, une patte sur le seuil de la cabane, et semblait répugner à avancer. Puis, tout à coup, abaissant le panache de sa queue, il s'écrasa sur le sol et entra, en rampant sur son ventre, comme un chien pris en faute.

Il affectionnait les créatures qui vivaient dans la cabane. Mais la cabane elle-même, il la haïssait. Car toute cabane sentait le gourdin, le fouet et la servitude. Pour lui-même, et comme tous les chiens de traîneau, il préférait, pour dormir, aux parois d'une niche bien close, le sol couvert de neige et le toit du ciel ou des sapins.

Sous la caresse de la main de Jeanne, Kazan éprouva ce délicieux petit frisson coutumier, qui était sa récompense, lorsqu'il quittait pour la cabane Louve Grise et le Wild. Lentement il leva la tête, jusqu'à ce que son museau noir vînt se poser sur les genoux de la jeune femme. Puis il ferma béatement les yeux, tandis que la mystérieuse petite créature qu'était bébé Jeanne l'asticotait, à coups de pieds mignons, et, de ses mains menues, lui tirait ses poils rudes. Plus encore que la caresse de la jeune femme, ces jeux enfantins dont il était l'objet faisaient son bonheur.

Immobile et concentré sur lui-même, comme un sphinx, et comme pétrifié, Kazan demeurait là sans bouger, respirant à peine. Le mari de Jeanne n'aimait point à le voir ainsi et s'inquiétait toujours, en ce cas, de ce que pouvait ruminer le cerveau mystérieux du chien-loup. Mais la jeune femme était plus confiante en Kazan et le savait incapable d'une trahison.

— Bon vieux Kazan, disait-elle, je te remercie d'être venu à mon appel. Bébé et moi nous serons seuls cette nuit. Le papa du petit est parti au Poste le plus proche et nous comptons sur toi pour nous garder.

Elle lui chatouillait le museau, du bout de la longue tresse soyeuse de ses cheveux. Ce qui, quel que fût son désir de n'en point broncher, faisait souffler et éternuer Kazan, à la grande joie du marmot.

Puis Jeanne, s'étant levée, s'occupa, durant le reste de la journée, à empaqueter toutes sortes d'objets qui se trouvaient dans la cabane, Kazan, qui l'observait, fut fort étonné de ce manège énigmatique. Quelque chose qu'il pressentait, mais ne pouvait comprendre, se préparait sans nul doute.

Le soir venu, après l'avoir beaucoup caressé, Jeanne lui dit :

— N'est-ce pas, Kazan, que tu nous défendrais cette nuit, si un danger nous menaçait ? Maintenant je vais verrouiller la porte, car tu dois demeurer avec nous jusqu'à demain matin.

Elle se remit à caresser le chien-loup, avec émotion. Sa main tremblait nerveusement.

— Bientôt, sais-tu, reprit-elle, nous allons partir, nous en retourner chez nous. Notre récolte de fourrures est terminée. Oui, nous repartons tout là-bas, là où vivent les parents de mon mari, là où il y a des villes, avec de grandes églises, des théâtres et des concerts de musique, et un tas d'autres des plus belles choses qui sont en ce monde. Et nous t'emmènerons avec nous, Kazan !

Kazan ne comprenait pas ce que lui disait Jeanne, mais il agitait sa queue, tout heureux de voir que la jeune femme lui parlait. Il en oubliait Louve Grise et sa rancune contre la cabane, et il alla se coucher tranquillement dans un coin.

Mais, lorsque Jeanne et l'enfant se furent endormis, quand le silence fut retombé dans la nuit, son malaise le reprit. Il se mit sur ses pattes et tourna furtivement tout autour de la chambre, reniflant les murs, la porte, et tous les objets empaquetés par Jeanne.

Il gémit. La jeune femme, à demi réveillée, l'entendit et murmura :

— Tiens-toi tranquille, Kazan ! Va dormir… Va dormir…

Alors il ne bougea plus et demeura immobile au milieu de la chambre, inquiet et écoutant.

Et, à travers les murs de bûches de la cabane, il entendit une plainte lointaine qui venait faiblement jusqu'à lui. C'était le cri de Louve Grise. Ce cri différait toutefois de celui qu'il avait coutume d'ouïr. Ce n'était pas un appel de solitude. C'était tout autre chose.

Il courut vivement vers la porte close et se reprit à gémir. Mais Jeanne et l'enfant dormaient profondément et ne l'entendirent point.

Une fois encore le cri retentit et tout se tut à nouveau. Kazan s'étala devant la porte et y passa le reste de la nuit.

C'est là que Jeanne le trouva, tout alerté, lorsque le lendemain matin, de bonne heure, elle s'éveilla. Elle entr'ouvrit la porte et, en une seconde, il fut dehors. A toute volée, il s'élança vers le Sun Rock, dont le soleil levant teintait le faîte d'une lueur d'or.

Il y grimpa rapidement, par la piste étroite et raboteuse, et ne trouva point que Louve Grise fût venue au-devant de lui.

Il atteignit la tanière et huma l'air, le dos hérissé et les pattes raides. Quelque chose de nouveau flottait dans l'air et ce quelque chose était de la vie. Il se glissa dans la fente pratiquée entre deux rochers et, avançant la tête, se trouva nez à nez avec Louve Grise, qui n'était pas seule.

Louve Grise poussa un gémissement plaintif. Les poils s'aplatirent sur le dos de Kazan et il répondit par un grognement attendri. Puis lentement il recula et, dans la lumière de l'aurore, il se coucha devant l'entrée de la tanière, faisant à la louve, de son corps, comme un bouclier.

Louve Grise était mère.

XI
LA TRAGÉDIE SUR LE SUN ROCK

Toute cette journée, Kazan demeura sur le Sun Rock. Le sentiment de sa paternité nouvelle était plus fort que l'appel de la cabane.

Au crépuscule, Louve Grise se releva de sa couche et tous deux allèrent faire ensemble un tour sous les sapins. La louve, avec de petits grognements, mordillait gentiment le cou hirsute de Kazan. Et Kazan, selon le vieil instinct de ses pères, répondait en caressant de sa langue la gueule de Louve Grise. Celle-ci témoigna de sa satisfaction par une série de halètements saccadés, qui étaient sa manière de rire.

Puis, soudain, elle perçut un cri menu et plaintif qui venait jusqu'à elle. Elle se hâta de quitter Kazan et de regrimper vers la tanière, où l'un de ses trois petits l'appelait.

Kazan comprit que Louve Grise ne devait plus quitter, à cette heure, le sommet du Sun Rock et qu'il devait, seul, se livrer à la chasse, afin de pourvoir à la nourriture de sa compagne et à celle de sa couvée. Dès que la lune fut levée, il se mit donc en quête d'un gibier et, vers l'aube, il revint au gîte, en apportant dans sa mâchoire un gros lapin blanc. Louve Grise s'en reput gloutonnement. Et Kazan sut, dès lors, que chaque nuit il devait désormais agir de même.

Le jour suivant, ni celui d'après, il n'alla point vers la cabane, quoi qu'il entendît la voix de Jeanne et celle de son mari, qui l'appelaient. Le quatrième jour seulement, il reparut et Jeanne lui fit grande fête, ainsi que le poupon qui, en babillant, lui envoya force coups de pieds, qu'il sentait à peine au travers de son épaisse fourrure.

— J'espère, dit le mari de Jeanne, que nous ne nous repentirons pas un jour de l'avoir emmené avec nous et que son instinct sauvage ne reprendra jamais le dessus. Mais je me demande comment tu t'habitueras, vieux diable à notre existence de là-bas. Cela va te changer fort des forêts où tu as toujours vécu.

— Je ne les regretterai pas moins, mes forêts, répondit Jeanne. Avec mon pauvre papa, j'y ai, moi aussi, si longtemps vécu ! C'est pour cela, sans doute, que j'aime tant mon bon vieux Kazan. Après toi et le bébé, c'est lui, je crois, que j'affectionne le plus sur la terre.

Quant à Kazan, plus encore qu'il ne l'avait déjà éprouvé, il sentit qu'un événement inconnu se préparait dans la cabane. Ce n'était, sur le sol, que paquets et ballots.

Toute la semaine, il en fut de même. Kazan en était à ce point agité que le mari de Jeanne ne put s'empêcher de remarquer, un soir :

— Je crois qu'il sait réellement. Il a compris que nous préparions notre départ. Mais quand pourrons-nous partir ? Le fleuve a recommencé hier à déborder et il est, pour l'instant, impossible d'y naviguer. Si l'inondation continue, nous serons encore ici dans huit jours, peut-être plus longtemps.

Quelques jours s'écoulèrent encore et le moment arriva où, durant la nuit, la pleine lune éclaira de son éblouissante clarté le sommet du Sun Rock. Louve Grise en profita pour effectuer, avec ses trois petits, tout titubants derrière elle, sa première sortie hors de la tanière.

Les trois petites boules velues tombaient et trébuchaient à chaque pas, et se tassaient contre elle, aussi empotées de leurs mouvements que le bébé de la cabane. Kazan les observait avec curiosité. Il les entendait émettre les mêmes sons inarticulés et doux, les mêmes pleurnichements, et il les regardait comme faisait l'enfant de Jeanne sur ses deux petites jambes, s'en aller tout de travers sur leurs quatre pattes molles. Spectacle qui le remplissait d'une joie infinie.

Lorsque la lune fut au zénith et que la nuit fut presque devenue l'égale du jour, Kazan s'arracha à la contemplation de sa progéniture et, dégringolant du rocher, partit en chasse.

Il rencontra, dès l'abord, un gros lapin blanc, qui se sauva entre ses pattes. Durant un demi-mille, il le poursuivit sans pouvoir le rejoindre. Il comprit qu'il était plus sage d'abandonner la partie. Il aurait, en effet, lassé à la course un renne ou un caribou, qui vont devant eux en ouvrant une large piste, facile à suivre. Il n'en est pas de même pour le petit gibier, qui se glisse sous les taillis et parmi les fourrés, et qu'un simple renard est plus apte à atteindre qu'un loup.

Il continua donc à battre la forêt, en furetant silencieusement, à pas de velours, et il eut la chance de tomber à l'improviste sur un autre lapin blanc, qui ne l'avait pas entendu. Un bond rapide, puis un second mirent dans sa gueule le souper escompté de Louve Grise.

Kazan s'en revint en trottinant, tout tranquillement, déposant de temps à autre sur le soi, pour se reposer les mâchoires, le lapin botté de neige[19] qui pesait bien sept livres.

[19] Surnom donné couramment, au Canada, aux lapins blancs.

Parvenu au pied du Sun Rock et à la piste étroite qui s'élevait vers le sommet, il s'arrêta net. Il y avait sur cette piste l'odeur, tiède encore, de pas étrangers.

Du coup, le lapin lui en tomba des mâchoires. Une étincelle électrique courut soudain sur chaque poil de son corps. L'odeur qu'il flairait n'était point celle d'un lapin, d'une martre ou d'un porc-épic. C'étaient des griffes acérées qui avaient marqué leur empreinte sur le sol et escaladé le rocher.

En ce moment lui parvinrent des bruits effrayants et confus, qui lui firent grimper, d'un seul trait, avec un hurlement terrible, l'abrupt sentier.

Un peu au-dessous du sommet, dans la blanche clarté lunaire, sur une étroite plate-forme pratiquée dans le roc et qui surplombait le vide, Louve Grise était engagée dans une lutte à mort avec un énorme lynx gris. Elle était tombée sous son adversaire, et poussait des cris aigus et désespérés.

Après être, un instant, demeuré comme cloué sur place, Kazan, tel un trait de flèche, se rua à la bataille. Ce fut l'assaut muet et rapide du loup, combiné avec la stratégie plus savante du husky.

Un autre animal aurait succombé dès la première attaque. Mais le lynx est la créature la plus souple et la plus alerte de Wilderness. Aussi les Indiens l'appellent-ils « le Rapide ». Kazan avait visé la veine jugulaire et avait compté que ses crocs longs d'un pouce, s'y agripperaient profondément. Le lynx, en une fraction infinitésimale de seconde, s'était rejeté en arrière et les crocs de Kazan ne saisirent que la masse cotonneuse et touffue des poils de son cou.

L'adversaire avec lequel il avait à lutter, et qui avait abandonné Louve Grise, était autrement redoutable qu'un loup ou un husky. Une fois déjà, il s'était trouvé aux prises avec un lynx, tombé dans une trappe, et il avait tiré du combat des leçons utiles.

Il savait qu'il ne convient pas de s'efforcer à renverser le lynx sur le dos, comme on doit le faire avec un autre adversaire. Car le gros chat du Wild se bat des griffes plus encore que des crocs. Et ces griffes, coupantes comme autant de rasoirs, ont vite fait alors de lacérer le ventre de son ennemi et de lui ouvrir les entrailles.

Kazan, derrière lui, entendait Louve Grise, grièvement blessée, gémir et hurler lamentablement. Il tenta de renouveler son emprise mortelle à la gorge. Mais, cette fois encore, le coup rata et le lynx échappa à la mort, de moins d'un pouce. Kazan, pourtant, l'avait solidement saisi et il ne le lâcha plus.

Les deux bêtes demeurèrent étroitement aux prises. Les griffes du gros chat labouraient les côtes de Kazan, sans atteindre, heureusement, aucune partie vitale. Soudain, si exigu était l'espace où ils combattaient, les deux adversaires arrivèrent, sans qu'ils s'en rendissent compte, au bord du rocher et, brusquement, culbutèrent ensemble dans le vide.

Ce fut une chute de cinquante à soixante pieds, durant laquelle Kazan et le lynx tournèrent plusieurs fois sur eux-mêmes. Ils luttaient avec une telle rage que les crocs de Kazan ne perdirent point leur emprise et que le lynx continuait à jouer des pattes et des griffes.

Le heurt de leurs deux corps contre le sol fut si rude qu'il les sépara et les envoya rouler à une douzaine de pieds l'un de l'autre.

Kazan s'était aussitôt relevé et avait couru vers le lynx afin de reprendre la bataille. Mais le lynx gisait par terre, immobile et flasque, inondé du sang qui, à gros bouillons, ruisselait de sa gorge. Ce que voyant, prudemment il s'approcha, reniflant, et sur la défensive contre toute ruse éventuelle. Il put constater pourtant que la victoire lui restait et que le gros félin était bien mort. Alors il se traîna vers Louve Grise.

Il la retrouva dans la tanière, près des corps de ses trois petits, que le lynx avait mis en pièces. Elle pleurnichait et se lamentait en face d'eux. Kazan, pour la consoler, se mit à lui lécher la tête et les épaules, qui saignaient. Durant tout le reste de la nuit, elle continua à gémir affreusement.

Ce fut seulement lorsque le jour fut venu qu'il fut loisible à Kazan de constater, en son entier, le terrible travail du lynx. Louve Grise était aveugle. Ses yeux étincelants étaient désormais fermés à la lumière, non pas pour un jour ou pour une nuit, mais pour toujours. D'obscures ténèbres, qu'aucun soleil ne pourrait plus percer, avaient mis leur linceul sur ses prunelles.

Et, par cet instinct naturel qui est dans la bête pour tout ce qu'elle ne saurait raisonner, Kazan comprit que sa compagne était, de ce moment, devenue plus impuissante dans la vie que les infortunées petites créatures qui, quelques heures auparavant, gambadait autour d'elle.

En vain, toute la journée, Jeanne l'appela. Lorsque sa voix arrivait au Sun Rock, Louve Grise, qui l'entendait, se pressait davantage, apeurée, contre Kazan. Kazan rabattait incontinent ses oreilles et plus affectueusement la léchait.

Vers la fin de l'après-midi, Kazan descendit du Sun Rock et, après avoir battu quelque temps la forêt, en rapporta à Louve Grise un lapin blanc. Elle passa son museau sur le poil de la bête, en flaira la chair, mais refusa de manger.

Désolé, Kazan songea que le voisinage des louveteaux morts causait son chagrin et, en la poussant, avec de petits aboiements engageants, il l'invita à descendre du tragique rocher. Louve Grise le suivit et, tout en glissant, en atteignit la base. Puis, sans cesser de toucher du museau le flanc de son guide, elle partit avec lui, sous les sapins.

Le premier fossé un peu profond qu'il fallut franchir l'arrêta et de son impuissance, plus encore, Kazan se rendit compte. Vainement il l'invitait à s'élancer et à sauter avec lui. Elle pleurnichait, et vingt fois se coucha sur le sol, avant d'oser le bond nécessaire. Elle le risqua enfin, d'un saut raide et sans souplesse, et s'abattit lourdement près de Kazan. Et moins que jamais, après cela, elle s'éloigna de lui, si peu que ce fût. Elle sentait que pour être en sûreté, son flanc ne devait plus quitter le flanc de son compagnon, ni son museau son épaule.

Ils firent ainsi un demi-mille. Louve Grise, qui apprenait à marcher dans sa cécité, chancelait et tombait à tout moment. Un lapin chaussé de neige étant apparu dans le crépuscule, Kazan courut à sa poursuite et, instinctivement, après avoir effectué une vingtaine de bonds, regarda en arrière si Louve Grise le suivait. Elle était demeurée immobile, comme figée sur ses pattes. Il abandonna le lapin et revint vers elle.

Ensemble ils passèrent la nuit dans un fourré et, le lendemain seulement, Kazan, y laissant Louve Grise, alla rendre visite à la cabane.

Il y trouva la jeune femme et son mari, qui s'aperçurent aussitôt des blessures, mal cicatrisées, qu'il portait aux épaules et aux flancs.

— Ce ne peut être qu'avec un ours ou un lynx qu'il s'est battu, remarqua l'homme. Un loup ne lui aurait point fait de pareilles blessures.

Ces blessures, Jeanne les pansa de sa main douce. Tout en parlant à Kazan, elle les lava à l'eau tiède, les oignit d'une salutaire pommade, et Kazan en éprouva un bien-être délicieux. Une demi-heure durant, il se reposa sur le pan de la robe de la jeune femme, qui s'était assise tout exprès, près de lui. Puis il la regarda béatement, qui allait et venait dans la chambre, rangeait des paquets mystérieux et préparait le repas.

Le jour s'écoula ainsi, loin de la forêt oubliée, et la lune était déjà levée lorsque Kazan se décida à rejoindre Louve Grise. Si Jeanne avait pu deviner que la pauvre bête, pour qui Kazan désormais était tout dans la vie, le soleil, les étoiles, la lune et la subsistance, gisait dans son fourré, elle aurait été elle-même secourir Louve Grise. Mais elle l'ignorait.

Huit jours passèrent encore, durant lesquels, reprenant ses vieilles habitudes, Kazan partagea son temps entre le fourré et la cabane. Puis, une après-midi, l'homme lui mit au cou un collier muni d'une solide lanière, qu'il attacha ensuite à un crampon de fer, dans le mur de bûches.

On l'y laissa, toute la journée et toute la nuit, et le lendemain, dès le point du jour, Jeanne et son mari furent debout.

Le mari de Jeanne prit dans ses bras le bébé et sortit le premier. Jeanne suivit, tenant en main la lanière et Kazan. La porte de la cabane fut refermée et solidement verrouillée, des planches et des troncs de jeunes arbres furent cloués extérieurement sur les volets, et le cortège descendit vers la berge du fleuve, où une grande pirogue attendait, toute chargée. La veille, un autre homme était venu et avait emmené avec lui le traîneau et les chiens de l'attelage.

Dans la pirogue Jeanne monta d'abord, avec l'enfant et avec Kazan, qu'elle fit coucher auprès d'elle. Elle prit place au gouvernail, son mari se saisit des rames et l'embarcation s'éloigna du rivage, au fil de l'eau.

La jeune femme, tenant toujours en main la lanière qui retenait Kazan, se retourna vers la cabane, qui allait disparaître derrière les arbres, et la salua d'un geste. Une grande émotion était empreinte sur son visage. Ses yeux étaient humides de larmes.

— Adieu ! Adieu ! s'écria-t-elle.

— Tu n'as pas de chagrin au moins ? lui demanda son mari. Cela te contrarie que nous partions ?

— Non, non ! répondit-elle vivement. Mais j'aimais ces belles forêts et cette sauvage nature. Presque toute ma vie s'y est écoulée, en compagnie de mon pauvre père, dont je laisse le corps derrière moi. Aucune ville, pour moi, ne vaudra jamais cela.

Un sanglot s'étrangla dans sa gorge et elle reporta ses yeux vers le bébé...

Depuis quelques minutes, la pirogue, prise par le courant, filait rapidement.

Se détachant d'une des rives du large fleuve, une longue bande de sable s'avançait dans l'eau et formait une sorte de presqu'île plate et dénudée.

Le mari de Jeanne, l'appelant, lui montra, sur cette langue sablonneuse, une petite tache sombre qui allait et venait. Elle reconnut Louve Grise, Louve Grise dont les yeux éteints se tournaient vers Kazan. A défaut de la vue, l'air, qu'elle humait, lui disait que Kazan, et l'homme et la femme avec lui, s'en allaient, s'en allaient, s'en allaient...

Kazan s'était dressé, raide, sur ses pattes, et regardait.

Louve Grise, cependant, qui comprenait, au bruit des rames, que la pirogue s'éloignait, était venue tout au bord de l'eau. Là, s'étant assise sur son derrière, elle leva la tête vers ce soleil qui pour elle n'avait plus de rayons, et jeta à l'adresse de Kazan une longue et retentissante clameur.

La lanière glissa de la main de Jeanne. La pirogue fit une formidable embardée et un gros corps brun troua l'air. Kazan avait disparu.

Déjà l'homme avait pris et épaulé son fusil dans la direction de Kazan, qui nageait.

— Le gredin ! dit-il. Il nous brûle la politesse ! Je vais t'apprendre...

Non moins rapide, Jeanne avait arrêté son geste. Elle était toute pâle et cria :

— Non ! ne tire pas ! Laisse-le retourner vers elle ! Laisse-le, laisse-le !... Là est sa place !

Kazan, ayant atteint le rivage, secoua ses poils ruisselants. Une dernière fois, il regarda vers la pirogue qui emmenait Jeanne et qui, quelques minutes après, avait disparu.

Louve Grise l'avait emporté !

XII
DANS LES JOURS DU FEU

De plus en plus, désormais, Kazan oubliait son ancienne vie de chien de traîneau. Ce n'était plus pour lui qu'une lointaine réminiscence, comme ces souvenirs effacés qui remontent parfois en nous, semblables à des feux dans la nuit.

La naissance et la mort des louveteaux, la tragédie terrible du Sun Rock, le combat avec le lynx et la cécité de Louve Grise, qui en avait résulté, puis le départ de Jeanne et du bébé, occupaient seuls son esprit.

La vengeance tirée du lynx n'avait pas rendu la vue à Louve Grise et c'était pour Kazan un désappointement perpétuel qu'elle ne fût plus capable de chasser avec lui, dans la plaine infinie ou dans la forêt obscure. Aussi sa rancune contre les tribus de lynx était-elle vivace et profonde, et il était devenu l'ennemi mortel de toute la race.

Non seulement il attribuait au lynx la cécité de Louve Grise et la mort des louveteaux, mais encore le départ de Jeanne et de l'enfant. Et, chaque fois que son flair découvrait l'odeur du gros chat gris, il devenait furieux comme un démon, grimaçant et grognant en retroussant ses lèvres sur ses longs crocs. Toute l'ancestrale sauvagerie du Wild reparaissait en lui.

Un nouveau code de vie s'était établi peu à peu entre Kazan et sa compagne aveugle. Lorsqu'ils cheminaient ensemble, Louve Grise avait appris à ne point le perdre, en se tenant flanc à flanc, épaule à épaule avec lui, et Kazan, de son côté, savait, poux qu'ils demeurassent unis, qu'il ne devait point bondir, mais toujours trotter. Il comprenait aussi qu'il devait choisir un terrain facilement accessible aux pattes de Louve Grise. Et, s'il arrivait à un endroit qu'il fallait franchir d'un bond, il touchait Louve Grise de son museau et poussait de petits cris plaintifs. Alors elle dressait les oreilles et prenait son élan. Mais, comme elle ne pouvait calculer la longueur exacte du saut nécessaire, elle sautait toujours, afin de ne point risquer de tomber à mi-route, plus loin qu'il n'était utile. Ce qui, parfois, présentait aussi ses inconvénients. Ainsi, les deux animaux en étaient arrivés à se comprendre.

Enfin, l'odorat et l'ouïe s'étaient, en compensation de la vue perdue, développés avec plus d'acuité chez Louve Grise. Et toujours Kazan, qui l'avait remarqué, observait sa compagne et s'en référait à elle, s'il s'agissait, soit d'écouter un bruit suspect, soit de humer l'air ou de flairer une piste.

Au moment où la pirogue avait disparu, un instinct plus infaillible que le raisonnement avait dit à Kazan que Jeanne, son bébé et son mari étaient partis pour ne plus revenir. Et cependant, de la tanière où il s'était installé pour l'été, avec Louve-Grise, sous un épais bouquet de sapins et de baumiers, proche du fleuve, il s'obstina, chaque jour, des semaines durant, à venir interroger la cabane.

Impatient, il guettait quelque signe de vie. Mais la porte ne s'ouvrait jamais. Les planches et les petits troncs d'arbres étaient toujours cloués aux volets des fenêtres et, de la cheminée, pas une spirale de fumée ne s'élevait. Les herbes et les plantes grimpantes commençaient à recouvrir le sentier et les murs de bûches, et l'odeur de l'homme, imprégnée à ces murs, qu'il reniflait, se faisait de plus en plus faible.

Un jour il trouva, sous une des fenêtres closes, un petit mocassin d'enfant. Il était vieux et usé, noirci par la neige et la pluie. Il suffit pourtant à faire le bonheur de Kazan, qui se coucha tout à côté et demeura là de longues heures. Et, durant ce temps, à ce même moment, le bébé, à des milliers de milles de distance, était en train de se divertir avec les jouets merveilleux inventés par la civilisation. Ce ne fut qu'à la fin de la journée que Kazan s'en alla rejoindre Louve Grise, parmi les sapins et les baumiers.

Il n'y avait que dans ces visites à la cabane que Louve Grise n'accompagnait pas Kazan. Tout le reste du temps, les deux bêtes étaient inséparables. Lorsqu'elles avaient pisté un gibier, Kazan prenait la chasse, et Louve Grise l'attendait. Les lapins blancs étaient leur pâture ordinaire. Par une belle nuit de clair de lune, il arriva, une fois, à Kazan de fatiguer à la course un jeune daim et de le tuer. Comme la proie était trop lourde pour qu'il pût la rapporter à Louve Grise, il courut la chercher et la ramena vers le lieu du festin.

Puis advint le grand incendie.

Louve Grise en saisit l'odeur alors que le feu était encore à deux jours à l'ouest. Le soleil, ce soir-là, se coucha dans un nuage blafard et sinistre. La lune, qui lui succéda, à l'opposé du ciel, parut toute rouge et pourprée. Lorsqu'elle surgit ainsi du désert, les Indiens la nomment la « Lune Saignante » et l'air s'emplit pour eux de présages funestes.

Le lendemain matin, Louve Grise devint étrangement nerveuse et, vers midi, Kazan, à son tour, flaira dans l'air l'avertissement qu'elle avait perçu bien des heures avant lui. L'odeur, de minute en minute, augmentait d'intensité et, un peu plus tard dans la journée, le soleil se voila d'une couche de fumée.

Le feu, qui courait dans les bois et les forêts de sapins et de baumiers, avait commencé par faire rage dans la direction du nord. Puis le vent sauta du sud à l'ouest, rabattant en direction contraire les colonnes de fumée. Il devenait de plus en plus probable que l'incendie ne s'arrêterait qu'au bord du fleuve, vers lequel le brasier mouvant pourchassait devant lui mille bêtes affolées.

Pendant la nuit qui suivit, le ciel continua à s'embraser d'une immense lueur fuligineuse et, lorsque le jour parut, la chaleur et la fumée devinrent intenables et suffocantes.

Saisi de panique, Kazan s'évertuait à trouver un moyen d'échapper. Il lui eût été facile, quant à lui, de traverser le fleuve à la nage. Mais Louve Grise, qu'il n'avait point quittée une seconde, s'y refusait. Dès le premier contact de ses griffes avec l'eau, au bord de laquelle il l'avait amenée, elle s'était reculée, en contractant tous ses muscles. A douze reprises différentes, il s'élança dans le courant et nagea en l'appelant. Tout ce à quoi Louve Grise consentit, ce fut à s'avancer dans l'eau tant qu'elle avait pied. Puis, avec obstination, elle revenait toujours en arrière.

Maintenant on pouvait entendre le sourd mugissement du feu. Élans, rennes, daims, caribous se jetaient à l'eau et, fendant le courant, gagnaient sans peine la rive opposée. Un gros ours noir, accompagné de ses deux oursons, qui se traînaient lourdement, fit de même, et les petits le suivirent. Kazan le regarda, de ses yeux ardents, et se mit à gémir vers Louve Grise, qui se refusait à bouger.

D'autres bêtes sauvages du Wild, qui redoutaient l'eau autant qu'elle, et ne voulaient pas, ou ne pouvaient pas nager, vinrent se réfugier sur la bande de sable étroite et dénudée qui, un peu plus loin, s'avançait dans le fleuve.

Il y avait là un gros et gras porc-épic, une petite martre aux formes sveltes, et un chat-pêcheur, qui n'arrêtait pas de renifler l'air et de geindre comme un enfant. Des centaines d'hermines se pressaient sur le sable clair, pareilles à une légion de rats, et leurs petites voix perçantes formaient un chœur ininterrompu. De nombreux renards couraient, affolés, à la recherche d'un arbre abattu par le vent en travers du fleuve, qui pût leur servir de pont pour passer sur l'autre rive. Mais le fleuve était trop large. Il y avait aussi des frères de race de Louve Grise, des loups, qui hésitaient devant une traversée à la nage.

Ruisselant d'eau et haletant, à demi suffoqué par la chaleur et la fumée, Kazan vint prendre place au côté de Louve Grise. Il comprenait que le seul refuge qui leur restât était la langue de sable et il se mit en devoir d'y conduire sa compagne.

Comme ils approchaient du petit isthme qui reliait le sable à la rive, ils sentirent leurs narines se crisper, et n'avancèrent plus qu'avec précaution. Leur flair leur disait qu'un ennemi n'était pas loin.

Ils ne tardèrent pas, en effet, à découvrir un gros lynx, qui avait pris possession du passage et qui, couché sur le sol, s'étalait largement à l'entrée de la bande de sable. Trois porcs-épics, ne pouvant passer outre, s'étaient mis en boule, leurs piquants alertés et frémissants. Un chat-pêcheur, se trouvant dans le même cas, grognait timidement vers le lynx qui, ayant aperçu Kazan et Louve Grise, rabattit, ses oreilles et commença à se mettre en garde.

Déjà Louve Grise, pleine d'ardeur et oubliant sa cécité, allait bondir vers l'ennemi. Kazan, avec un grondement irrité, l'arrêta net, d'un coup d'épaule, et elle demeura sur place, à la fois écumante et plaintive, tandis que Kazan marchait seul à la bataille.

A pas légers, les oreilles pointées en avant, sans aucune menace apparente dans son attitude, il s'avança. C'était la meurtrière stratégie du husky, habile en l'art de tuer.

Un homme coutumier de la civilisation n'eût pas manqué de penser que le chien-loup s'approchait du lynx avec des intentions tout amicales. Mais le lynx savait à quoi s'en tenir. L'instinct ancestral lui avait appris, à lui aussi, qu'il était en face d'un ennemi. Ce qu'il ignorait toutefois, c'est que la tragédie du Sun Rock avait fait cet ennemi plus féroce encore.

Le chat-pêcheur avait compris de son côté qu'une grande bataille allait se livrer, et il s'écrasa contre terre, au ras du sol. Quant aux porcs-épics, ils piaulaient éperdument, comme de petits enfants qui ont grand'peur, et ils dressaient, plus droits, leurs piquants.

Parmi les nuages de fumée, de plus en plus denses, le lynx s'était aplati sur son ventre, comme font les félins, le train de derrière ramassé et contracté pour l'élan.

Autour de lui, Kazan se mit à tourner, léger et presque impondérable, et le lynx pivotait sur lui-même, non moins alerte et rapide. Huit pieds environ les séparaient.

Ce fut le lynx qui, pareil à une boule, bondit le premier sur son adversaire. Kazan ne tenta point d'échapper en sautant de côté. Il para de l'épaule et, comme il avait plus de poids, il encaissa le choc sans broncher. Le gros chat fut projeté en l'air, avec les lames de rasoir de ses vingt griffes, et retomba lourdement sur le sol, les membres en marmelade.

Kazan profita de l'avantage du moment et, sans perdre de temps, s'élança sur la nuque du lynx.

Louve Grise, à son tour, avait bondi. Sous l'arrière-train de Kazan, elle implanta ses mâchoires dans une des pattes de derrière de l'ennemi. L'os craqua.

Le lynx, accablé par le double poids qui pesait sur lui, tenta un sursaut désespéré. Entraînant avec lui Kazan et la louve, qui purent heureusement se dégager à temps, il alla retomber sur un des porcs-épics qui se trouvaient là. Une centaine des redoutables aiguilles lui entrèrent dans le corps. Fou de douleur et hurlant comme un possédé, il prit la fuite et, se précipitant dans le brasier, y disparut parmi la fumée.

Kazan se garda de l'y poursuivre. Le chat-pêcheur gisait comme un mort, épiant Kazan et Louve Grise de ses petits yeux noirs et féroces. Les porcs-épics piaulaient et jacassaient pire que jamais, comme pour implorer grâce.

La flamme, cependant, avait atteint le rivage. L'air était brûlant comme une fournaise. Kazan et Louve Grise se hâtèrent de venir se mettre à l'abri, à l'extrémité de la langue de sable, que recouvrait entièrement une nappe de fumée.

Ils s'y roulèrent sur eux-mêmes, en cachant leur tête sous leur ventre. Le rugissement de l'incendie ressemblait à celui d'une grande cataracte et l'on entendait d'énormes craquements, qui étaient ceux des arbres qui s'écroulaient. L'air s'emplissait de cendres et de brûlantes étincelles. Plusieurs fois, Kazan dut se dérouler et, se relevant, secouer les brandons enflammés qui tombaient sur lui, poussés par le vent, et qui lui roussissaient le poil et brûlaient la peau, comme autant de fers rouges.

Sur les rives du fleuve poussait, le pied dans l'eau, une épaisse rangée de broussailles vertes, où le feu s'arrêta. Le couple s'y réfugia. Puis la chaleur et la fumée commencèrent à diminuer d'intensité.

Mais ce ne fut qu'après un temps assez long que Kazan et Louve Grise purent dégager leurs têtes et respirer plus librement. Sans cette propice bande de sable, ils eussent été complètement rôtis. Car, partout en arrière d'eux, la nature était devenue toute noire et le sol était entièrement calciné.

La fumée s'éclaircit enfin. Le vent remonta au nord et à l'est, et la dissipa ou refoula, tout en rafraîchissant l'atmosphère.

Le chat-pêcheur, le premier, se décida à regagner la terre et à s'en retourner dans ce qui demeurait de la forêt. Mais les porcs-épics étaient encore enroulés lorsque Kazan et Louve Grise se décidèrent à quitter leur asile.

Ils marchèrent toute la nuit suivante, en longeant la rive du fleuve, dont ils remontèrent le courant. La cendre était chaude et leur brûlait douloureusement les pattes. La lune était rouge encore et sinistre, et semblait toujours un éclaboussement de sang dans le ciel.

Durant les longues heures où cheminèrent côte à côte les deux bêtes, tout était silence autour d'elles. Rien, pas même le hululement d'une chouette. Car, devant le grand feu, tous les oiseaux avaient fui aussi, à tire-d'aile, sur l'autre rive. Aucun signe de vie ne subsistait sur cette terre qui, hier encore, constituait, pour les hôtes sauvages du Wild, un paradis.

Kazan savait que, pour trouver sa nourriture et celle de Louve Grise, il lui fallait aller plus loin, beaucoup plus loin.

A l'aurore, le couple arriva à un endroit où le fleuve, déjà moins large, formait une sorte de marais.

Des castors y avaient construit une digue, grâce à laquelle Kazan et Louve Grise purent enfin passer sur la rive opposée, où la terre redevenait verte et féconde.

XIII
LE PROFESSEUR PAUL WEYMAN PHOTOGRAPHIE KAZAN ET LOUVE GRISE

Ils trottinèrent, deux jours encore, dans la direction de l'ouest. La contrée où ils se trouvaient maintenant, dite le « Waterfound », était extrêmement humide et marécageuse. Ils y demeurèrent le reste de l'été.

Dans cette même contrée, un métis d'Indien et de Français, qui se nommait Henri Loti, s'était construit une cabane.

Mince et la peau fortement teintée, c'était un des chasseurs de lynx les plus réputés qu'il y eût dans tout le vaste pays qui avoisine la Baie d'Hudson. Le Waterfound était pour le gibier un pays de cocagne, où surtout les lapins bottés de neige pullulaient par milliers. Les lynx, auxquels ils fournissaient une abondante pâture, étaient donc également nombreux. Henri Loti était venu, dès l'automne, d'un des Postes de la Baie, prospecter les « signes » de ces animaux et avait bâti la cabane en question, à cinq ou six milles environ du gîte que Kazan et Louve Grise s'étaient choisi.

Au début de l'hiver, dès la première chute de neige, le métis était revenu s'installer dans la cabane avec son traîneau, son attelage de chiens et sa provision de vivres et de pièges.

Peu après, un guide lui avait amené, un beau jour, un inconnu qui venait lui demander l'hospitalité.

C'était un homme de trente-deux à trente-trois ans, plein de sang et de vie, professeur de zoologie, et qui rassemblait, *de visu*, les matériaux nécessaires à un important ouvrage qu'il avait entrepris, intitulé : *Le Raisonnement et l'instinct chez les animaux du Wild*.

Il apportait avec lui beaucoup de papier, pour y noter ses observations, un appareil photographique et le portrait d'une jeune femme. Sa seule arme était un couteau de poche.

Il parut, dès le premier abord, sympathique à Henri Loti. Ce fut fort heureux. Car le métis était, ce jour-là, d'une humeur de chien. Il en expliqua la cause à son hôte, le soir même, tandis que tous deux aspiraient leurs pipes à côté du poêle, d'où rayonnait une lueur rouge.

— Étrange ! étrange ! disait le métis. Voilà sept lynx, attrapés par moi dans mes trappes, que je retrouve complètement déchiquetés. On dirait, sans plus, les débris d'un lapin boulotté par les renards. Aucune bête, pas même les ours, ne s'est ainsi attaquée, jusqu'ici, à un lynx capturé. C'est la première fois que pareille aventure m'arrive. Ce qui reste de la peau ainsi saccagée ne vaut pas un demi-dollar. Sept lynx… Deux cents dollars de perdus ! Ce sont deux loups qui me jouent ce tour-là. Deux, toujours deux, et jamais un. Je le sais par les empreintes laissées par eux. Ils suivent ma ligne de trappes et dévorent, par surcroît, tous les lapins qui y sont pris. Ils dédaignent le chat-pêcheur, et le vison, et l'hermine, et la martre, comme ayant sans doute trop mauvais goût. Mais le lynx, *sacré Diable*[20] *!* ils sautent sur lui et lui arrachent le poil, comme vous feriez du coton sauvage qui pousse sur les buissons. J'ai essayé de la strychnine dans de la graisse de renne. J'ai installé des pièges d'acier, habilement dissimulés, et des trappes à bascule, qui assomment mort qui s'y laisse prendre. Ils s'en moquent. Si je n'arrive pas à mettre la main sur eux, ils me forceront à décamper d'ici. Pour cinq beaux lynx que j'ai pris, ils m'en ont détruit sept ! Cela ne peut continuer ainsi !

[20] En français dans le texte.

Ce récit avait prodigieusement intéressé Paul Weyman. Il était de ces cerveaux réfléchis, dont il y a de plus en plus, qui estiment que l'égoïsme de race aveugle l'homme complètement sur nombre de faits, et non des moins intéressants, de la création. Il n'avait pas craint de proclamer hautement, et il avait dû à cette affirmation osée la célébrité dont il jouissait dans tout le Canada, que l'homme n'est pas le seul être vivant capable de raisonner ses actions et qu'il peut y avoir, dans l'acte habile et propice d'un animal, autre chose que de l'instinct.

Il estima donc que derrière les faits rapportés par Henri Loti, il y avait une raison cachée qu'il serait intéressant de découvrir. Et, jusqu'à minuit, il ne fut question que des deux loups mystérieux.

— Il y en a un, disait le métis, qui est plus gros que l'autre, et c'est toujours celui-là qui engage et mène le combat avec le lynx captif. Cela, ce sont encore les empreintes marquées sur la neige qui me l'enseignent. Durant la bataille, le plus petit loup se tient à distance, et c'est seulement lorsque le lynx est estourbi qu'il arrive et aide l'autre loup à le mettre en pièces. Cela encore, la neige me le dit clairement. Une fois seulement, j'ai pu constater que le petit loup était, lui aussi, entré en lutte. Celle-ci avait dû être plus chaude, car un autre sang se mêlait sur la neige à celui du lynx. J'ai, grâce à ces taches rouges, suivi durant un mille la piste des deux diables. Puis elle se perdait, comme de coutume, dans des fourrés impénétrables.

Le lendemain et le surlendemain, le zoologiste suivit avec Henri la ligne des frappes, et il put constater à son tour que les empreintes étaient toujours doubles.

Le troisième jour, les deux hommes arrivèrent à un piège où un beau lynx était pris par la patte. On voyait encore l'endroit où le plus petit loup s'était assis dans la neige, sur son derrière, en attendant que son compagnon eût tué le lynx. A l'aspect de ce qui demeurait de l'animal, dont la fourrure était entièrement déchiquetée et n'avait plus aucune valeur, la figure du métis s'empourpra et il dégoisa tout son répertoire de jurons, anglais et français.

Quant à Paul Weyman, sans trop en rien dire à son compagnon, afin de ne point l'irriter davantage, de plus en plus il se persuada que derrière cet acte anormal existait une raison cachée. Pourquoi les deux bêtes s'acharnaient-elles uniquement sur les lynx ? De quelle haine mortelle était-ce là l'indice ?

Paul Weyman se sentait singulièrement ému. Il aimait tous ces êtres sauvages et, pour cette cause, n'emportait jamais de fusil avec lui. Lorsqu'il vit le métis disposer sur la piste des deux maraudeurs des appâts empoisonnés, son cœur se serra. Et lorsque, les jours suivants, les appâts furent retrouvés intacts, il en éprouva une vive joie. Quelque chose sympathisait en lui avec les héroïques outlaws inconnus, qui ne manquaient jamais de livrer bataille aux lynx.

De retour dans la cabane, le zoologiste ne manquait pas de coucher par écrit ses observations de la journée et les déductions qu'il en tirait.

Un soir, se tournant vers Henri Loti, il lui demanda, à brûle-pourpoint :

— Dis-moi, Henri, n'éprouves-tu jamais aucun remords de massacrer tant d'animaux que tu le fais ?

Le métis le regarda, les yeux dans les yeux, et hocha la tête.

— J'en ai, en effet, dit-il, tué dans ma vie des milliers et des milliers. Et j'en tuerai encore des milliers d'autres, sans m'en troubler autrement.

— Il y a, dans le Wild, beaucoup de gens comme toi, reprit Paul Weyman. Il y en a eu depuis des siècles. Comme toi, ils accomplissent l'œuvre de mort ; ils livrent ce qu'on pourrait appeler la guerre de l'Homme et de la Bête. Ils n'ont pas encore, grâce au ciel, réussi partout à détruire la faune sauvage. Des milliers de milles carrés de chaînes de montagnes, de marais et de forêts demeurent inaccessibles à la civilisation. Les mêmes pistes y sont tracées, pour l'éternité peut-être. Je dis peut-être… Car, en plein désert, s'élèvent aujourd'hui des villages et des villes. As-tu entendu parler de North Battleford ?

— Est-ce près de Montréal ou de Québec ? demanda Henri.

Weyman sourit et tira de sa poche une photographie. C'était le portrait d'une jeune femme.

— Non, répondit-il. C'est beaucoup plus à l'ouest, dans le Saskatchewan. Il y a encore sept ans, je m'en allais régulièrement, chaque année, durant la saison de la chasse, tirer les poules de prairies, les coyotes[21] et les élans. Il n'y avait là, à cette époque, aucun North Battleford. Sur des centaines de milles carrés, rien que la superbe prairie. Une hutte, une seule, s'élevait au bord du fleuve Saskatchewan, là justement où se dresse aujourd'hui North Battleford. C'est dans cette hutte que je résidais. Une jolie fillette de douze ans y habitait avec son père et sa mère. Lorsque je chassais, la fillette venait souvent avec moi. Quand je tuais, elle pleurait parfois, et je me moquais d'elle… Puis un chemin de fer est apparu, et un autre ensuite. Les deux voies ferrées se sont rencontrées, justement, près de la hutte. Alors, tout à coup, une petite ville a surgi. Il y a sept ans, tu m'entends bien, Henri, rien que la hutte. Il y a deux ans, la ville comptait déjà dix-huit cents habitants. Cette année, j'ai trouvé, en la traversant pour venir ici, qu'elle en avait cinq mille. Dans deux ans, il y en aura dix mille…

[21] Les coyotes, ou loups des prairies, sont une espèce de petit loup, qui tient à la fois du renard et du loup.

Paul Weyman tira une bouffée de sa pipe, puis reprit :

— Sur l'emplacement de la hutte, il y a trois banques, au capital chacune de quarante millions de dollars. Le soir, à vingt milles à la ronde, on aperçoit la lueur des lampes électriques de North Battleford. La ville possède un Collège, qui a coûté cent mille dollars, une école Secondaire, un asile provincial, une superbe caserne de Pompiers, deux cloches, un ministère du Travail et, d'ici peu, des tramways électriques y fonctionneront. Songe à cela ! Là, oui, où des coyotes hurlaient, il y a sept ans… L'afflux de la population est tel que le dernier recensement est toujours en retard. Dans cinq ans, te dis-je, ce sera une ville de vingt mille âmes ! Et la petite fille de la cabane, Henri, est aujourd'hui une charmante jeune fille, qui va sur ses vingt ans. Ses parents… Eh ! mon Dieu, oui ! ses parents sont riches. Mais l'essentiel est que nous devons nous marier au printemps prochain. Pour lui plaire, j'ai cessé de tuer aucun être vivant. La dernière bête que j'ai abattue était une louve des prairies. Elle avait des petits. Hélène a conservé un des louveteaux. Elle l'a élevé et apprivoisé. C'est pourquoi, plus que toutes les bêtes du Wild, j'aime les loups. Et j'espère bien que les deux dont nous parlons échapperont à tes pièges et à ton poison.

Henri Loti, le demi-sang, regardait, tout ébaubi, Paul Weyman. Celui-ci lui tendit le portrait. C'était celui d'une jeune fille, au visage doux, aux yeux profonds et purs. Le professeur vit se plisser le front et se pincer les lèvres du métis, qui examinait l'image.

— Moi aussi, dit-il avec émotion, j'ai aimé. Ma Iowoka, mon Indienne, est morte il y a maintenant trois ans. Elle aussi chérissait les bêtes sauvages…

Mais les damnés loups, qui me dépècent tous mes lynx, j'aurai leur peau, par le ciel ! Si je ne les tue pas, c'est eux qui m'expulseront de cette cabane.

Sans cesse attaché à cette idée, Henri Loti, en relevant un jour une récente trace de lynx, constata que celle-ci passait sous un grand arbre renversé, dont les maîtresses branches soutenaient le tronc à dix ou quinze pieds du sol, formant ainsi une sorte de caverne inextricable. La neige, tout autour, était battue d'un piétinement de pattes et les poils d'un lapin s'y éparpillaient.

Le métis se frotta les mains et jubila.

— J'aurai le lynx ! dit-il. Et les loups avec lui !

Il se mit, sans tarder, à établir son traquenard.

Sous l'arbre tombé, il commença par installer un premier piège d'acier, retenu par une chaîne à une grosse branche. Puis, autour de celui-ci, dans un cercle d'une dizaine de pieds, il posa cinq pièges plus petits, reliés également par des chaînes à d'autres branches. Finalement, il plaça un appât sur le gros piège, après l'avoir dissimulé, ainsi que les autres, à l'aide de mousse et de branchages.

— Le plus gros piège et son appât, expliqua-t-il à Paul Weyman, sont destinés au lynx. Ceux qui l'entourent sont pour les loups. Lorsque le lynx sera pris et qu'ils viendront lui livrer combat, ce sera bien le diable s'ils ne se font point happer par l'un d'eux.

Louve Grise et Kazan, durant la nuit suivante, passèrent à une centaine de pas de l'arbre renversé. L'odorat si pénétrant de Louve Grise saisit aussitôt dans l'air l'odeur de l'homme, qui avait dû circuler par là. Elle communiqua son appréhension à Kazan, en appuyant plus fort son épaule contre la sienne. Tous deux firent demi-tour et, tout en se maintenant dans le vent, déguerpirent de l'endroit suspect.

Le lendemain, une légère neige propice tomba, recouvrant les empreintes de l'homme et son odeur.

Pendant trois autres jours et trois autres nuits glacées, baignées de la clarté des étoiles, rien n'arriva. Henri ne s'en inquiéta pas. Il expliqua au professeur que le lynx était, lui aussi, un chasseur méthodique, occupé sans doute à suivre et à explorer les pistes que lui-même avait relevées durant la précédente semaine.

Le cinquième jour, le lynx s'en revint près de l'arbre tombé et s'en alla droit vers l'appât, qu'il aperçut dans la maison de branches. Le piège aux dents aiguës se referma, inexorable, sur une des pattes de derrière de l'animal.

Kazan et Louve Grise, qui cheminaient à un quart de mille, perçurent le bruit de l'acier qui se détendait et le cliquetis de la chaîne sur laquelle, en essayant de se dégager, tirait le lynx. Ils arrivèrent, dix minutes après.

La nuit était tellement limpide et pure, tellement elle fourmillait d'étoiles qu'Henri lui-même aurait pu se mettre en chasse à leur clarté.

Le lynx, épuisé des efforts qu'il avait tentés, gisait sur son ventre lorsque Kazan et Louve Grise, pénétrant sous l'arbre, apparurent devant lui. Kazan, comme de coutume, engagea, la bataille, tandis que Louve Grise se tenait un peu en arrière.

Le lynx était un vieux guerrier, de six ou sept ans, dans toute sa force et dans tout son poids. Ses griffes, longues d'un pouce, se recourbaient comme des cimeterres. Si Kazan l'avait rencontré en liberté, il eût, sans nul doute, passé un méchant quart d'heure. Même pris par la patte, l'énorme chat était encore un redoutable adversaire. Le lieu du combat, trop étroit pour Kazan, dont les mouvements se trouvaient gênés, lui était en outre défavorable.

Le lynx, à sa vue, se recula avec sa chaîne et son piège, afin de prendre du champ. Il fallait attaquer de front. C'est ce que fit Kazan. Tout à coup il bondit et les deux adversaires se rencontrèrent, épaule contre épaule.

Les crocs du chien-loup tentèrent de happer le lynx à la gorge et manquèrent leur coup. Avant qu'ils pussent, le renouveler, le lynx, dans un furieux effort, parvint à arracher sa patte de derrière de la tenaille d'acier. Louve Grise put entendre l'affreux déchirement de la chair et des muscles. Avec un grognement de colère, Kazan se rejeta vivement en arrière, l'épaule déjà lacérée jusqu'à l'os.

A ce moment, son bon génie voulut qu'un second piège se mit à jouer, le sauvant ainsi d'une nouvelle attaque du lynx et d'une mort certaine. Les mâchoires d'acier se refermèrent sur une des pattes de devant du gros chat et Kazan put respirer.

Comprenant, sans le voir, le grand péril que courait son compagnon, dont elle avait entendu le gémissement de douleur, la louve aveugle s'était, afin de lui porter secours, à son tour faufilée sous l'arbre.

Elle bondit vers le lynx et tomba immédiatement sur un troisième piège, qui l'agrippa brutalement et la fit choir sur le côté, mordant et grognant.

Kazan, qui était revenu au combat et se démenait autour du lynx, fit bientôt se déclencher le quatrième piège, auquel il échappa, puis le cinquième qui l'empoigna par une patte de derrière. Il était alors un peu plus de minuit.

Ce fut, jusqu'au matin, dans la caverne de branches, sur la terre neigeuse, un chaos de luttes et de hurlements, de la louve, du chien-loup et du lynx, qui s'efforçaient chacun de se libérer du piège et de la chaîne auxquels ils étaient rivés.

Lorsque l'aube parut, tous trois n'en pouvaient plus et étaient couchés sur le flanc, haletants, la mâchoire sanglante, en attendant la venue de l'homme et de la mort.

Henri Loti et Paul Weyman s'étaient levés de bonne heure. En approchant de l'arbre tombé, le métis releva sur la neige les doubles empreintes de Louve Grise et de Kazan, et son visage teinté, tout frémissant d'émotion, s'éclaira d'une joie intense.

Lorsque les deux hommes arrivèrent devant la perfide caverne, ils demeurèrent un instant interloqués. Henri lui-même n'avait pas escompté un succès si parfait et jamais encore il n'avait vu un pareil spectacle : deux loups et un lynx, pris de compagnie, tous trois par la patte, et ferrés chacun à leur chaîne.

Mais rapidement l'instinct du chasseur reprit le dessus chez Henri. Les deux loups étaient les plus proches de lui et déjà il élevait son fusil, pour épauler et envoyer une bonne balle métallique dans la cervelle de Kazan.

Non moins vivement, Paul Weyman le saisit fortement par le bras. Il semblait tout ébahi.

— Attends, Henri, ne tire pas ! cria-t-il. Celui-ci n'est pas un loup. Regarde plutôt ! Il a porté un collier. Le poil n'est pas entièrement repoussé sur son cou pelé. C'est un chien !

Le métis abaissa son arme et regarda attentivement.

Pendant ce temps, le regard du zoologiste s'était reporté sur Louve Grise, qui lui faisait face, grondant et découvrant ses crocs, et menaçant de leur morsure l'ennemi qu'elle ne pouvait voir. Là où auraient dû être ses yeux, il n'y avait qu'une peau, à demi recouverte de poils. Une exclamation s'échappa des lèvres de Weyman.

— Regarde ! Regarde, Henri ! Juste Ciel, qu'est ceci !

— L'un est un chien, qui a rejoint les loups et est retourné à l'état sauvage. L'autre est bien un loup, ou plutôt une louve…

— Et aveugle ! dit, avec une intonation de pitié, Paul Weyman.

— *Oui, m'sieur !* Aveugle ! répondit le demi-sang, mêlant, dans son étonnement, le français à l'anglais.

Il redressa derechef son fusil. Weyman intervint à nouveau.

— Ne les tue pas, Henri ! je t'en prie. Donne-les-moi, vivants. Fais l'estimation de la valeur du lynx dont ils ont détérioré la peau. Ajoute à cette somme la prime habituelle payée pour les loups. Je paierai le tout. Vivantes, ces deux bêtes sont pour moi d'un prix inestimable. Un chien et une louve aveugle qui ont fait ménage ensemble ! C'est merveilleux, pense donc !

Il maintenait toujours de la main le fusil d'Henri. Henri ne saisissait pas très bien ce que lui disait son interlocuteur et pensait, à part lui, qu'il était un peu timbré.

Mais le zoologiste s'animait de plus en plus, ses yeux flamboyaient.

— Un chien et une louve aveugle, en ménage ! C'est hyper-rare et tout à fait admirable ! Là-bas, dans la ville, ils diront, en lisant cela dans mon livre, que j'ai inventé, ou que je suis fou. Mais je fournirai la preuve. Ici-même, et sur-le-champ, je vais prendre une série de clichés du spectacle étonnant qui est devant nous. Ensuite, tu tueras le lynx. Mais je garderai vivants le chien et la louve. Et je te paierai, Henri, cent dollars pour chacun d'eux. Est-ce dit ?

Le métis acquiesça de la tête.

Immédiatement, le professeur sortit de l'étui son appareil photographique et en fit jouer les manettes, en mit en place le viseur.

Un concert de grognements, de la louve et du lynx, saluèrent le déclic de l'obturateur. Seul Kazan ne montra point ses crocs. Et, s'il contracta ses muscles, ce ne fut point qu'il avait peur, mais parce qu'il reconnaissait, une fois de plus, la domination supérieure de l'homme.

Lorsqu'il eut pris ses vingt plaques, Paul Weyman s'approcha du chien-loup et doucement lui parla. Si doucement que Kazan crut entendre la voix de l'homme et de la femme de la cabane abandonnée.

Après quoi, Henri tira un coup de fusil sur le lynx, et Kazan, secouant sa chaîne et le mordant, grogna férocement à l'adresse de son ennemi, dont le corps se convulsait d'agonie.

Les deux hommes passèrent ensuite une solide lanière autour du cou de Kazan et le dégagèrent du piège. Le chien-loup se laissa faire et ils l'emmenèrent à la cabane. Ils revinrent, peu après, avec une triple lanière, et opérèrent de même avec la louve aveugle. Elle était à ce point épuisée et sans force qu'elle non plus ne résista pas.

Le reste de la journée fut employé, par Henri et par Weyman, à la construction d'une grande et forte cage, qu'ils fabriquèrent avec des troncs de jeunes sapins, en guise de barreaux. Lorsqu'elle fut terminée ils y enfermèrent les deux prisonniers.

Le surlendemain, tandis que le métis était allé relever ses pièges, Paul Weyman, resté seul à la cabane, se risqua à passer sa main à travers les barreaux de la cage et à caresser Kazan, qui le laissa faire. Le jour d'après, il offrit au chien-loup un morceau de viande crue d'élan, qui fut accepté.

Mais il n'en alla pas de même avec Louve Grise. Dès qu'elle sentait s'approcher le zoologiste, elle courait se cacher sous des fagots de branches coupées, qu'on lui avait donnés dans la cage pour y gîter. L'instinct du Wild lui avait enseigné que l'homme était son plus mortel ennemi.

Cet homme, pourtant, n'était point menaçant envers elle. Il ne lui faisait aucun mal et Kazan n'en avait nulle crainte. Aussi son premier effroi fit-il bientôt place à la curiosité et à une sorte d'attirance croissante. Elle finit par sortir de dessous les fagots sa tête aveugle et à renifler l'air vers Weyman, lorsque celui-ci, debout devant la cage, s'efforçait de se concilier les bonnes grâces et l'amitié de Kazan.

Toutefois elle se refusait à manger quoi que ce fût. Vainement, Weyman s'efforçait de la tenter avec des morceaux de choix de graisse d'élan ou de renne. Cinq, six, sept jours passèrent, sans qu'elle consentît à absorber une seule bouchée. A ce régime, elle maigrissait de jour en jour, et on commençait à pouvoir lui compter les côtes.

— La bête va crever, dit Henri Loti à son compagnon, le soir du septième jour. Elle se laissera mourir de faim. Il lui faut, pour vivre, la forêt, les proies sauvages et le sang chaud. Elle a déjà deux ou trois ans. C'est trop vieux pour qu'on puisse la civiliser.

Ayant ainsi parlé, le métis s'en alla tranquillement coucher, laissant Weyman fort troublé.

Weyman veilla tard, ce soir-là. Il écrivit d'abord une longue lettre à la jeune fille au doux visage, de North Battleford. Puis il souffla la lampe et, dans la lueur rouge du poêle, il se peignit d'elle mille visions délicieuses.

Il la voyait telle qu'il l'avait rencontrée, pour la première fois, dans la petite hutte isolée du Saskatchewan, ayant sur le dos une grosse natte luisante et sur ses joues toute la fraîcheur des prairies.

Longtemps elle l'avait haï, oui, réellement haï, pour le plaisir qu'il prenait à tuer. Puis, son influence l'avait complètement transformé et il lui en était, aujourd'hui, profondément reconnaissant.

Il se leva et ouvrit doucement la porte de la cabane. Instinctivement, ses yeux se tournèrent vers le côté du ciel où était au loin North Battleford. Le ciel était embrasé d'étoiles et, à leur clarté, il voyait la cage où Kazan et Louve Grise étaient prisonniers.

Il écouta. Un bruit lui parvint. C'était Louve Grise qui rongeait en silence les barreaux de sa prison. Peu après, il entendit un gémissement étouffé, pareil presque à un sanglot, C'était Kazan qui pleurait sa liberté perdue.

Une hache était appuyée contre un des murs de la cabane. Weyman s'en saisit et sourit muettement. Il songeait qu'une autre âme, à un millier de milles de là, le regardait en ce moment et battait à l'unisson de son geste.

S'étant avancé vers la cage, il leva la hache d'acier. Une douzaine de coups, bien appliqués, et deux des barreaux de sapin cédèrent. Puis il se recula.

Louve Grise, la première, vint vers l'ouverture et, sous la clarté des étoiles, se glissa dehors, comme une ombre.

Mais elle ne prit point aussitôt la fuite. Dans la clairière où s'élevait la cabane, elle attendit Kazan.

Kazan ne tarda pas à la rejoindre et, pendant un instant, les deux bêtes demeurèrent là, sans bouger, un peu étonnées. Finalement, elles s'éloignèrent en trottinant, l'épaule de Louve Grise contre le flanc de Kazan.

— Deux par deux… murmura Weyman. Unis toujours, jusqu'à la mort.

XIV
LA MORT ROUGE[22]

[22] En français dans le texte.

Kazan et Louve Grise coururent longtemps dans la direction du nord et arrivèrent à la région appelée le *Fond-du-Lac*[23].

[23] En français dans le texte.

C'est là qu'ils se trouvaient lorsque *Jacques*[24], messager de la Compagnie de la Baie d'Hudson[25] vint apporter aux postes de la contrée les premières nouvelles authentiques de l'effroyable fléau : une épidémie de petite vérole, qui sévissait sur le Wild.

[24] En français dans le texte.

[25] La Compagnie de la Baie d'Hudson (*Hudson's Bay Company*) entretient dans tout le Northland, et jusque dans les régions arctiques, des postes et des factoreries.

Depuis plusieurs semaines, des rumeurs en étaient arrivées, de différents côtés. Puis ces rumeurs s'étaient amplifiées. De l'est, du sud et de l'ouest, elles s'étaient à ce point multipliées que partout, dans les vastes solitudes, les voyageurs annonçaient que la *Mort Rouge*, la *Red Terror*[26] était à leurs trousses. Et le frisson d'un immense effroi passait, comme un vent violent, des dernières régions civilisées aux extrémités les plus lointaines du Grand Désert Blanc.

[26] La Terreur Rouge.

Dix-neuf ans plus tôt, ces mêmes rumeurs avaient déjà couru et la Terreur Rouge avait suivi. L'horreur en subsistait encore parmi tous les gens du Wild, car des milliers de tombes sans croix, qu'on fuyait comme une pestilence, et qui se disséminaient de James Bay au Lac Athabasca, témoignaient du droit de péage qu'exigeait sur son passage le fléau[27].

[27] *James Bay*, ou la Baie James, forme le creux le plus méridional de la Baie d'Hudson. Le Lac Athabasca est situé à un millier de kilomètres nord-ouest, entre le 60e degré et le Cercle Arctique. C'est sur la rive nord de l'Athabasca que se trouve la région dénommée le Fond-du-Lac.

Souvent, dans leurs courses vagabondes, Kazan et Louve Grise avaient rencontré de ces petits tertres funèbres, et un mystérieux instinct, qui dépassait l'entendement humain, leur disait, sans le secours d'aucun sens, que la mort était là-dessous. Peut-être aussi, surtout Louve Grise, que sa cécité rendait plus sensible aux effluves de l'air et du sol, percevaient-ils directement ce que des yeux ne pouvaient voir.

Toujours est-il que ce fut Louve Grise qui discerna la première, la présence de la Terreur Rouge.

En sa compagnie, Kazan explorait une ligne de trappes, qu'il venait de découvrir. La piste qui l'y avait amené était ancienne. Personne, depuis un assez grand nombre de jours, n'était passé là. Dans une première trappe, abritée par d'épais sapins, ils trouvèrent un lapin à demi putréfié. Dans une autre était une carcasse de renard, récurée à fond par un hibou, qui avait laissé quelques plumes derrière lui. La majeure partie des pièges étaient détendus. D'autres étaient recouverts de neige. Vainement Kazan furetait de trappe en trappe, afin de trouver un gibier vivant à dévorer.

A côté de lui, la louve aveugle sentait la Mort présente. Elle la sentait frissonner dans l'air, au-dessus d'elle, sur les faîtes des sapins. Elle la découvrait dans chacune des trappes qu'elle et Kazan rencontraient. La Mort, celle de l'homme, était partout. Et, à mesure qu'ils allaient, elle gémissait davantage, en mordillant le flanc de Kazan, qui trottait toujours de l'avant.

Tous deux arrivèrent ainsi à une clairière, où s'élevait une cabane. Cette cabane était celle d'Otto, le chasseur de fourrures.

Louve Grise s'arrêta devant et, s'asseyant sur son derrière, leva vers le ciel gris sa face aveugle. Puis elle jeta une longue plainte. Alors les poils de Kazan commencèrent à se hérisser tout le long de son échine. Il s'assit à son tour et joignit à celui de Louve Grise sa hurle à la Mort.

La Mort était en effet dans la cabane. Au sommet de celle-ci se dressait une perche, faite d'un jeune sapin, au bout de laquelle flottait une bande de cotonnade rouge. C'était le drapeau avertisseur de la Mort Rouge, dont, de James Bay au Lac Athabasca, tout le monde connaissait bien la signification.

Le trappeur Otto, comme des centaines d'autres héros du Northland, avant de se coucher pour mourir, avait arboré le funeste signal.

Cette même nuit, sous la froide clarté de la lune, Kazan et Louve Grise reprirent leur course et s'éloignèrent de la cabane.

De factorerie en factorerie passaient les funèbres messagers de mort. L'un d'eux, qui venait du Lac du Renne et avait longé le Lac Wollaston[28] arriva, en traversant sur la glace le Lac Athabasca, au Poste du Fond-du-Lac.

[28] Le Lac du Renne et le Lac Wollaston sont situés au sud du Lac Athabasca, ainsi que les Forts Albany et Churchill.

— La Mort Rouge, disait-il, a contaminé les Indiens, eux aussi, depuis les riverains de la Baie d'Hudson jusqu'aux Crées et aux Chippewas, entre les Forts Albany et Churchill. Mais, je vais plus loin, vers l'ouest, porter la nouvelle.

Trois jours plus tard, un second messager arriva du Fort Churchill, porteur d'une lettre officielle de l'agent principal, avertissant les gens du Poste du Fond-du-Lac qu'ils eussent à se préparer sans retard, pour la Mort Rouge.

L'homme qui reçut la lettre devint, en la lisant, plus blême que le papier qu'il tenait entre ses doigts.

— Ceci, dit-il, signifie que nous devons creuser des tombes ! Ce sont les seuls préparatifs utiles qu'il y ait à faire !

Il lut la lettre à haute voix et tous les hommes valides furent désignés pour aller prévenir, sur le territoire du Poste, tous les camarades épars dans les forêts.

On se hâta de harnacher les chiens. Sur chaque traîneau qui partait, on déposait outre les médicaments usuels, un rouleau de cotonnade rouge, dont seraient faits les lugubres signaux de pestilence et d'horreur, et qui mettait de violents frissons aux mains des hommes qui le chargeaient.

Louve Grise et Kazan rencontrèrent la piste d'un de ces traîneaux, sur la glace du Fleuve du Castor-Gris, et tous deux la suivirent durant un demi-mille. Le lendemain, ils tombèrent sur une seconde piste, et, le surlendemain, sur une troisième.

Celle-ci était toute récente et Louve Grise gronda plus fort, les crocs découverts, comme si un objet invisible l'avait piquée. En même temps, le vent apportait au couple une âcre odeur de fumée.

Kazan et Louve Grise grimpèrent sur un monticule voisin. Ils aperçurent de là, au-dessous d'eux, une cabane qui brûlait, tandis qu'un traîneau attelé de chiens disparaissait parmi les sapins, avec l'homme qui le conduisait. Dans la cabane il y avait un autre homme, mort du terrible fléau, et qui flambait avec elle. Telle était la loi du Nord.

Devant le bûcher funèbre Louve Grise demeurait plus rigide qu'un roc, tandis qu'un gémissement roulait dans la gorge de Kazan, Puis, soudain, ils prirent la fuite, comme s'ils avaient eu eux-mêmes le feu au derrière, et ne s'arrêtèrent que dix milles au delà, sur un marécage glacé, où ils s'enfouirent dans la végétation drue et touffue qui le recouvrait.

Les jours et les semaines qui suivirent achevèrent de marquer l'hiver de 1910 comme un des plus terribles de toute l'histoire du Northland. La Terreur Rouge, le froid et la famine firent à ce point pencher la balance de la mort, tant pour les bêtes sauvages que pour les humains, que ce chapitre ne sera jamais oublié, même des générations à venir.

Kazan et Louve Grise avaient, parmi le marais, trouvé une demeure confortable dans le tronc creux d'un arbre tombé. C'était un petit nid fait à souhait, et bien abrité de la neige et du vent. Louve Grise, qui l'avait découvert, en prit possession la première et s'y étala sur son ventre, en haletant de satisfaction. Kazan y entra après elle.

Ils continuèrent à vivre sur les lapins blancs et sur les perdrix de sapins. Kazan surprenait les perdrix lorsque ces oiseaux se posaient sur le sol. Il bondissait sur eux avant qu'ils l'eussent entendu s'approcher.

Louve Grise avait cessé de s'affliger de sa cécité, de se frotter les yeux avec ses pattes et de pleurnicher pour la lumière du soleil, pour celle de la lune dorée et des étoiles. Son ouïe et son odorat s'affinaient de plus en plus. Elle pouvait sentir, dans le vent, un caribou à deux milles de distance et, à une distance supérieure, deviner la présence d'un homme. Par une nuit calme, elle percevait le clapotis d'une truite dans un torrent, à un demi-mille.

Son aide était, à la chasse, devenue précieuse pour son compagnon. C'était elle qui flairait le gibier et indiquait sa présence à Kazan qui, sur ce point, s'en reposait, maintenant, entièrement sur elle. Elle avait bien essayé aussi de prendre, malgré sa cécité, la poursuite des bêtes qu'elle faisait lever. Mais toujours elle avait échoué.

Les circonstances spéciales où tous deux se trouvaient les avaient accouplés non plus, seulement pour la saison des amours, mais pour toujours. Tandis que Kazan, dans ses chasses, ne pouvait plus se passer de Louve Grise, Louve Grise avait facilement déduit de sa cécité que sans Kazan elle périrait.

Son compagnon, pour elle, signifiait la vie. Aussi ne cessait-elle de le caresser et d'en prendre soin. Si Kazan grondait vers elle, dans un accès d'humeur, elle ne répondait point par un coup de dent, mais baissait humblement la tête. De sa langue tiède, elle faisait fondre la glace qui, lorsqu'il rentrait, s'était formée sous les poils, entre les griffes de Kazan.

Un jour où il s'était enfoncé un éclat de bois dans la plante d'une de ses pattes, elle ne cessa de lécher la blessure, pour la faire saigner et tirer dehors l'écharde douloureuse. Toujours, quand ils étaient au repos, elle posait sa belle tête aveugle sur le dos ou sur le cou de Kazan.

Le petit gibier abondait autour d'eux et il faisait chaud dans le tronc de l'arbre. Rarement ils s'aventuraient, même pour chasser, hors des limites du marais hospitalier. Tout là-bas, parfois, dans les vastes plaines et sur les crêtes lointaines, ils entendaient bien le cri de chasse des loups, sur la piste de la viande. Mais ils ne frissonnaient plus à l'appel de la horde et le désir de les rejoindre n'était plus en eux.

Comme un jour, ils avaient poussé leur course un peu plus loin que d'ordinaire, ils traversèrent une plaine sur laquelle un incendie avait passé, l'été précédent, grimpèrent sur une crête qui se trouvait devant eux, puis redescendirent vers une seconde plaine.

Là, Louve Grise s'arrêta, pour humer l'air. Kazan l'observa, attentif et nerveux, durant quelques instants, comme il en avait coutume. Mais, presque aussitôt, il comprit pourquoi les oreilles dressées de Louve Grise se rabattaient brusquement et lui-même sentit s'affaisser son train d'arrière. Ce n'était point un gibier qui était proche. C'était une autre odeur, celle de l'homme, qui avait frappé leurs narines.

Les deux bêtes parurent hésiter durant quelques minutes. Louve Grise était venue se mettre derrière Kazan, comme sous sa protection, et se plaignait. Kazan ouvrit la marche.

A une distance de moins de trois cents yards, ils arrivèrent à un boqueteau de petits sapins et y trouvèrent un « tepee »[29] enfoui presque entièrement sous la neige.

[29] Case indienne.

Il était abandonné. La vie et le feu s'en étaient retirés. C'est de là que venait l'odeur de l'homme.

Les pattes raides et le poil frémissant, Kazan s'approcha de l'ouverture du tepee. Il regarda intérieurement. Au centre de la cabane, sur les cendres carbonisées d'un feu, gisait, enveloppé dans une couverture à demi consumée, le corps d'un petit enfant indien. Kazan pouvait voir les pieds minuscules, chaussés de menus mocassins. Le corps était comme desséché et c'est à peine si l'odorat pouvait en sentir la présence.

Kazan sortit sa tête du tepee et aperçut, derrière lui, la louve aveugle qui promenait son nez autour d'un tertre allongé, dont la forme étrange se dessinait encore sous la neige. Elle en fit trois fois le tour, avec défiance, puis s'assit sur son derrière, à quelque distance.

A son tour, Kazan s'approcha du tas et renifla. Sous cette forme qui bombait dans la neige, tout comme dans le tepee, était la mort. Le fléau rouge était venu jusqu'ici.

La queue basse et les oreilles aplaties, le couple s'éloigna, rampant sur son ventre, jusqu'à ce que le boqueteau de sapins eût disparu. Kazan et Louve Grise ne s'arrêtèrent que dans leur « home » du marais.

Au cours de la nuit suivante, la pleine lune leur apparut sous l'aspect d'un disque blafard, dont le bord était nimbé d'un cercle cramoisi. C'était signe de froid, de froid intense.

Toujours la Mort Rouge allait de pair avec les grands froids. Et plus la température s'abaissait, plus les ravages de l'épidémie étaient terribles.

Durant toute la nuit, le froid ne fit qu'augmenter. Il pénétra jusqu'au cœur de l'arbre où gîtaient Kazan et Louve Grise, et les fit se tasser plus étroitement l'un contre l'autre.

A l'aube, qui apparut vers huit heures du matin, les deux bêtes se risquèrent à sortir de leur retraite. Un thermomètre eût marqué cinquante degrés sous zéro. Dans les ramures des sapins, les perdrix étaient recroquevillées sur elles-mêmes, en boules de plumes, et elles n'avaient garde de descendre sur le sol. Les lapins bottés de neige demeuraient enfouis au plus profond de leurs terriers.

Kazan et Louve Grise ne purent relever aucune piste et après une demi-heure d'une chasse stérile, s'en retournèrent vers leur arbre.

Deux ou trois jours avant, Kazan avait enterré sous la neige, comme font souvent les chiens, la moitié d'un lapin inachevé. Il le déterra et partagea avec Louve Grise la chair gelée.

Le thermomètre, durant la journée, continua à baisser. La nuit qui suivit fut claire et sans nuages, avec une lune blanche, pareille à un globe électrique, et des myriades de brillantes étoiles. La température tomba encore de dix autres degrés et, dans la nature, tout acheva de s'immobiliser. Même les bêtes à fourrure, le vison, l'hermine et le lynx lui-même, ne sortaient jamais de leurs refuges durant des nuits semblables, et toujours les trappeurs retrouvaient, le lendemain, tous leurs pièges intacts.

La faim qu'ils éprouvaient était insuffisante encore pour tirer Louve Grise et Kazan de leur retraite. Ils demeurèrent, jusqu'au jour, au chaud dans leur arbre, et firent bien. Car ils n'eussent pas rencontré dehors la moindre bestiole.

Le jour apparut, sans aucun changement dans le redoutable froid qui sévissait. Vers midi, Kazan, laissant Louve Grise dans l'arbre, se décida à aller seul en chasse.

Les trois quarts de chien qu'il avait dans le sang lui rendaient la nourriture plus nécessaire qu'à sa compagne. A celle-ci, au contraire, comme à tous ses frères loups, la prévoyante nature avait donné un estomac susceptible de supporter la famine. En temps normal, elle pouvait facilement demeurer une quinzaine sans manger. Par soixante degrés sous zéro, alors que la déperdition des forces est plus rapide, elle pouvait encore tenir à jeun pendant huit ou dix jours. Or trente heures seulement s'étaient écoulées, depuis qu'elle avait terminé le dernier morceau du lapin gelé, et elle préférait rester dans sa chaude retraite.

Kazan donc, qui avait faim, se mit à battre tous les buissons, à fouiller tous les fourrés. Une neige légère, presque un grésil, en menus grains, était tombée et il ne découvrit qu'une seule piste, celle d'une hermine, qu'il ne put rejoindre.

Sous un arbre mort, à l'ouverture d'un terrier, il flaira la bonne odeur d'un lapin. Mais le lapin était aussi en sûreté au fond de son trou que les perdrix sur les branches des arbres. Après une heure passée à gratter le sol gelé et à tenter vainement de le creuser des griffes, Kazan abandonna la partie.

Lorsqu'il revint vers Louve Grise, après trois heures de chasse, il était à bout de forces. Tandis que sa compagne, avec le sage instinct de conservation du Wild qui était en elle, avait épargné son énergie vitale. Kazan s'était inutilement dépensé et il avait plus faim que jamais.

Lorsque la nuit fut revenue et que la lune remonta au ciel, claire et brillante, Kazan se remit en chasse. Par de petits gémissements et par de faux départs, suivis de retours sur ses pas, il avait tenté encore d'entraîner Louve Grise avec lui. Mais, les oreilles obliquement repliées vers ses yeux aveugles, elle s'obstinait non moins tenacement à ne point bouger.

La température dégringolait toujours. Elle atteignait dans les soixante-cinq à soixante-dix degrés, aggravée par un vent coupant et de plus en plus violent, qui en était le résultat. Un être humain qui aurait essayé de se tenir dehors fût tombé mort.

A minuit, Kazan dut renoncer, une fois de plus, et regagner le gîte.

Les tourbillons du vent se faisaient plus brutaux et, grimpé sur son arbre mort, Kazan éclata en gémissements funèbres, en salves, alternées de silences, d'un chant perçant et farouche, qui retentissait au loin. C'était le signe précurseur de l'ouragan du Nord qui, depuis l'Arctique, accourait sur les grands Barrens.

Avec l'aube, il se déchaîna dans toute sa furie. Kazan et Louve Grise serrés l'un contre l'autre, en frissonnaient, dans l'infernal vacarme. Kazan, un moment, tenta de hasarder dehors sa tête et ses épaules, il fut repoussé en arrière.

Tous les animaux du Wild, tout ce qui y possédait vie, se tapit davantage encore dans ses refuges. Les bêtes à fourrures étaient celles qui avaient le moins à redouter de la violence et de la durée de ce cataclysme atmosphérique. Car au fond de leurs tanières elles entassent précautionneusement des vivres, durant la belle saison.

Les loups et les renards étaient blottis sous les arbres renversés ou dans les antres des rochers. Les choses ailées s'abritaient tant bien que mal dans les ramures de sapins ou se creusaient de petits silos dans les dunes de neige, du côté opposé au vent. Les hiboux, qui sont tout en plumes, de tous les oiseaux étaient ceux qui souffraient le moins du froid.

Mais c'était pour les grosses bêtes à cornes et à sabots que l'ouragan du Nord était le plus calamiteux.

Le renne, le caribou et l'élan ne pouvaient, étant donné leur taille, se glisser aux fentes des rochers. Le mieux qu'ils pussent faire, quand ils étaient surpris en rase plaine, était de se coucher sous le vent de quelque dune neigeuse, et de se laisser couvrir entièrement par les blancs flocons et par leur carapace protectrice.

Mais encore ne pouvaient-ils demeurer longtemps dans l'abri de cet ensevelissement volontaire. Car il leur fallait manger. Dix-huit heures durant, sur vingt-quatre, les mâchoires de l'élan doivent fonctionner, pendant l'hiver, pour qu'il ne meure point de faim. Son vaste estomac exige la quantité et doit engloutir sans trêve ; c'est deux ou trois boisseaux de nourriture journalière qu'il lui faut. Et le travail est long de grignoter au faîte des buissons, un pareil cube de brindilles et de pousses encore tendres. Le caribou exige presque autant. Le renne est, des trois, le moins difficile à satisfaire.

Trois jours et trois nuits durant, l'ouragan fit rage. Pendant la troisième nuit, le vent s'accompagna d'une grosse neige drue, qui recouvrit le sol d'une épaisseur de deux pieds et s'amoncela en énormes dunes. C'était ce que les Indiens appellent « la neige lourde », c'est-à-dire la neige qui, sur la création, s'étend comme une chape de plomb, et sous laquelle lapins et menues bestioles suffoquent par milliers.

Le quatrième jour, Kazan et Louve Grise se risquèrent à sortir de leur gîte. Le vent avait cessé et la neige ne tombait plus. Un blanc linceul, immense, infini, recouvrait le monde entier du Northland. Le froid était toujours intense.

Comme la Mort Rouge avait accompli ses ravages sur les hommes, les jours de famine, qui allaient les décimer, étaient maintenant arrivés pour les bêtes sauvages.

XV
LA PISTE DE LA FAIM

Il y avait cent quarante heures que Kazan et Louve Grise n'avaient pas mangé. Ce jeûne prolongé se traduisait chez la louve par un malaise croissant et une douleur aiguë de l'estomac. Pour Kazan, c'était l'inanition presque complète. Leurs côtes, à tous deux, saillaient de leurs flancs creusés, et leur arrière-train s'était comme rétréci. Les yeux de Kazan étaient injectés de sang et ils clignotaient, dans la fente étroite des paupières lorsqu'il regardait la lumière.

Louve Grise, cette fois, ne se fit point prier pour suivre Kazan, lorsque celui-ci partit en chasse sur la neige nue.

Impatient et plein d'espoir, le couple s'en alla d'abord visiter une partie du marais où les lapins blancs, d'ordinaire, étaient fréquents. Ils n'en trouvèrent aucune trace, aucune odeur. Ils revinrent sur leurs pas, en décrivant un fer à cheval, mais tout ce que leur flair leur désigna fut un hibou, haut perché sur un sapin.

Ils repartirent, déçus, dans une direction opposée à celle du marais et escaladèrent une crête rocheuse, qu'ils rencontrèrent. Du sommet, ils interrogèrent l'horizon, mais ne découvrirent rien d'autre qu'un monde sans vie.

Vainement Louve Grise reniflait l'air, de droite et de gauche. Quant à Kazan, son ascension l'avait tellement essoufflé qu'il en haletait, la langue pendante. En revenant bredouille au gîte, il trébucha sur un obstacle insignifiant, qu'il avait tenté de franchir d'un bond. Sa faiblesse et celle de Louve Grise ne faisaient qu'augmenter, de même que leur faim.

Pendant la nuit, qui était lumineuse et pure, ils recommencèrent à fouiller le marais. La seule créature qu'ils entendirent remuer fut un renard. Mais ils savaient trop bien qu'il était futile d'espérer le gagner à la course.

Soudain, la pensée de la cabane abandonnée d'Otto, le chasseur de fourrures, vint à Kazan. Dans son cerveau, cabane avait toujours été synonyme de chaleur et de nourriture. Il ne songea pas que la cabane enclosait la mort et que devant elle, lui et Louve Grise avaient jeté le hurlement funèbre. Et il fila, droit dans cette direction. La louve aveugle le suivit.

Chemin faisant, Kazan continuait à chasser; mais sans conviction. Il semblait découragé. La nourriture que devait enfermer la cabane était son dernier espoir.

Louve Grise, au contraire, demeurait alertée et vigilante. Sans cesse elle promenait son nez sur la neige et reniflait l'air.

L'odeur tant désirée vint enfin. Elle s'arrêta, et Kazan fit comme elle. Tendant ses muscles déprimés, il la regarda qui, les pattes de devant plantées dans la neige, dilatait ses narines, non dans la direction de la cabane, mais plus à l'est. Tout le corps de la louve frémissait et tremblait.

Un bruit imperceptible et lointain encore arriva jusqu'à eux et ils prirent leur course de ce côté. L'odeur se fit plus forte à mesure qu'ils avançaient. Ce n'était pas celle d'un lapin ou d'une perdrix. C'était celle d'un gros gibier. Ils commencèrent à aller plus prudemment.

L'endroit était boisé. Mais, s'ils ne pouvaient rien voir, maintenant ils percevaient nettement un fracas de cornes qui se croisaient et s'entre-choquaient, en grand heurt de bataille.

Ils arrivèrent bientôt à une clairière et Kazan, tout à coup, s'aplatit sur son ventre. Louve Grise fit comme lui.

Au milieu de la clairière, dont toutes les jeunes pousses avaient été broutées, tous les buissons rasés, se tenait une assemblée d'élans. Il y avait en tout six bêtes, trois femelles, un petit d'un an, et deux mâles. Les deux mâles étaient engagés en un formidable duel et les trois femelles regardaient.

Le plus jeune des deux mâles, à peine adulte, taureau robuste au poil luisant, dans toute la force de ses quatre ans, portait sur la tête une ramure compacte, qui n'était pas parvenue à son plein développement, mais qui gagnait en robustesse et en acuité ce qu'elle n'avait pas encore en ampleur. Il avait, durant l'ouragan des jours passés, amené son troupeau, dont il était le chef, les trois femelles et le petit d'un an, sous l'abri propice de la forêt de sapins.

Là, le second mâle, plus âgé, était venu le rejoindre durant la nuit, pourchassé lui aussi par l'ouragan. Et, sans vergogne, l'intrus avait tenté, près des femelles, d'empiéter sur le domaine de son hôte.

Le vieux taureau, quatre fois plus âgé que le jeune, pesait deux fois comme lui. Ses massives et redoutables cornes, irrégulières, palmées et noueuses, disaient son âge. C'était un guerrier accompli, qui avait pris part à cent combats. Aussi n'avait-il point hésité à livrer bataille à son jeune adversaire, afin de lui voler sa famille et son gîte.

Trois fois déjà depuis l'aurore, les deux adversaires avaient combattu. La neige foulée était autour d'eux rouge de sang. Et de ce sang l'odeur arrivait délicieusement aux narines de Kazan et de Louve Grise, qui le reniflaient ardemment. Des bruits étranges roulaient dans leur gorge, et ils se pourléchaient les mâchoires.

Les deux combattants étaient là, le front baissé, tête contre tête. Le vieil élan n'avait pas encore gagné sa victoire. Il avait pour lui l'art de la guerre, son poids supérieur, sa force plus mûre, son immense ramure. Le cadet possédait la jeunesse et l'endurance. Ses flancs ne haletaient point comme ceux du vieil élan, dont on voyait souffler les naseaux, qui s'ouvraient comme le creux intérieur de deux grosses sonnettes.

Puis, comme si quelque esprit invisible en avait donné le signal, les deux bêtes se reculèrent sur l'arène, pour prendre du champ, et le combat recommença.

Les dix-huit cents livres de chair et d'os du vieil élan foncèrent, en un clin d'œil, sur son jeune adversaire qui, non moins rapidement, se dressa en l'air et, pour la vingtième fois, les cornes se croisèrent. On aurait pu, à un demi-mille de distance, entendre le heurt des bois puissants et les craquements qui s'ensuivirent.

Tandis que les forces du vieux mâle semblaient diminuer, on eût dit que celles du jeune élan croissaient avec la lutte. Comprenant que la bataille touchait à son dénouement, il s'engagea à fond, et redoubla de vigueur et d'efforts.

Kazan et Louve Grise entendirent soudain un bruit sec, quelque chose comme le craquement d'un bâton que l'on brise sur son genou. On était alors en février, époque où les animaux à cornes commencent à se dépouiller de leurs bois, que les vieux mâles perdent les premiers. Cette circonstance décida de la victoire.

Une des énormes ramures du vieil élan s'était déboîtée de son crâne et était tombée sur l'arène sanglante. L'instant d'après, quatre pouce, quatre pouces d'une corne acérée comme un stylet s'enfonçaient dans son épaule. La panique le prit et il abandonna tout espoir de vaincre. Il se mit à reculer pas à pas, en se balançant sur ses pattes, tandis que le vainqueur continuait impétueusement à lui larder le cou et les épaules, d'où jaillissaient de petits ruisseaux de sang.

Il parvint enfin à se dégager et, faisant volte-face, décampa au triple galop, à travers la forêt. Le jeune élan le regarda fuir et ne le poursuivit pas. Il demeura quelques instants à se secouer la tête, les flancs haletants et les narines dilatées. Puis il s'en revint, en trottant, vers les femelles et vers le petit, qui, durant tout ce temps, n'avaient point bougé.

Du vainqueur et de sa famille Kazan et Louve Grise, tout frissonnants, n'avaient cure. De leur cachette, ils avaient vu devant eux, sur le champ de bataille, de la viande saignante, et un désir ardent s'emparait d'eux, d'y goûter. Ils se glissèrent en arrière et rejoignirent, fous de gourmandise, la piste rouge que le vieil élan avait laissée derrière lui.

Oubliant Louve Grise, tellement la concupiscence et la faim lui tenaillaient les entrailles, Kazan se précipita le premier sur cette piste, les mâchoires baveuses, un courant de feu dans ses veines, et les yeux flamboyants, qui lui sortaient de la tête.

Mais Louve Grise n'avait pas besoin de lui, pour la conduire. Le nez au ras de la piste sanglante, elle courait, courait, courait, à la suite de Kazan, aussi rapide que si ses yeux n'avaient point été dos à la lumière.

Au bout d'un demi-mille environ, ils rejoignirent le vieux taureau. Il s'était arrêté derrière un bouquet de baumiers et demeurait là, debout, immobile, au milieu d'une mare de sang qui s'élargissait dans la neige.

Ses flancs, se gonflant et s'abaissant, continuaient à panteler. Sa tête massive, grotesque avec sa seule corne, s'affaissait sur elle-même. Ses narines saignaient. Mais il demeurait, tout épuisé qu'il fût, puissant encore et une bande de loups aurait, en des circonstances ordinaires, hésité à s'attaquer à lui.

Kazan, n'hésita point. Il bondit, avec un grognement féroce, et planta ses dents dans la peau épaisse de la gorge du colosse. Puis il retomba sur le sol et il se recula d'une vingtaine de pas, pour renouveler immédiatement son attaque.

Le vieil élan, cette fois, réussit à l'enlever sur la large feuille palmée de sa corne unique et, le faisant danser en l'air, le rejeta en arrière, par-dessus sa tête, à moitié assommé.

Mais Louve Grise était, comme toujours, arrivée à la rescousse. Elle avait rampé vers le train de derrière du vieil élan et, malgré sa cécité, avait réussi à happer de ses crocs, tranchants comme des couteaux, le tendon d'une des pattes de leur ennemi.

Le monstre, se débattant, essaya de lui faire lâcher prise, en la secouant et la piétinant sur le sol. Mais elle tint bon. Kazan, durant ce temps, attaqua de flanc et quand enfin le vieil élan fut parvenu à se dégager, ce fut pour s'avouer vaincu en ce second combat et tenter une nouvelle retraite.

Kazan et Louve Grise, sans se risquer inutilement désormais, emboîtèrent le pas derrière lui. A peine pouvait-il se traîner. De sa hanche déchirée et de sa gorge, le sang ruisselait. Et, sur sa patte gauche, dont Louve Grise avait coupé le tendon, il claudiquait horriblement.

Au bout d'un quart d'heure, il s'arrêta derechef. Il releva péniblement sa lourde tête et promena son regard autour de lui. Puis il la laissa retomber. Ce n'était plus le fier seigneur des vastes solitudes, durant vingt ans invincible. Tout son corps s'affaissait, et le défi avait disparu dans ses yeux mornes.

Sa respiration n'était plus qu'un râle bruyant et saccadé. Le stylet du jeune élan avait pénétré jusqu'aux poumons. Cela, un chasseur un peu expérimenté l'eût aussitôt compris et Louve Grise, non plus, ne l'ignorait pas. En compagnie de Kazan, elle se mit à tourner en rond autour de l'ancien roi du Wild, en attendant le moment où il s'effondrerait.

Ce moment, pourtant, ne fut pas immédiat. Une fois, deux fois, dix fois, vingt fois, le couple famélique décrivit son cercle avide, au centre duquel le vieux taureau pivotait sur lui-même, en suivant du regard les deux bêtes.

A midi, le manège durait encore. Les vingt tours étaient devenus, sous les pattes de Louve Grise et de Kazan, cent, deux cents, et davantage. Par l'effet du froid, grandissant avec le déclin du soleil, la piste circulaire, tracée et battue sans trêve par les huit pattes du chien-loup et de la louve, devint pareille à une luisante lame de glace, tandis que le vieil élan, saignait, saignait, saignait toujours. Semblable à bien d'autres, ignorées, c'était une page tragique de la vie du Wild, qui achevait de se dérouler ; une lutte où le plus faible devait mourir, pour perpétuer l'existence du plus fort.

Une heure arriva enfin où, au centre du cercle de mort, inflexible et tenace, de Louve Grise et de Kazan, le vieil élan ne se retourna plus. Louve Grise et Kazan comprirent que c'était la fin et cessèrent eux-mêmes de tourner. Ils quittèrent la neige foulée et, se reculant un peu, s'aplatirent sous un sapin bas, en attendant.

Longtemps encore le monstre vaincu demeura comme figé sur place, en s'affaissant lentement sur son jarret replié sous lui. Puis, avec un râle rauque, que suffoquait le sang, il s'écroula enfin.

Kazan et la louve aveugle reprirent prudemment leur cercle, qu'ils rétrécirent peu à peu, de façon à se rapprocher insensiblement de leur victime. Quand ils furent tout près de lui, le gros taureau eut un dernier et vain sursaut. Il retomba.

Louve Grise, s'asseyant sur son derrière, jeta dans la solitude gelée, où sévissait la famine, un cri triomphal et lugubre.

Pour elle et pour Kazan, les jours de la faim étaient terminés.

XVI
VERS LA CURÉE

Après la mort de l'élan, qui survenait juste à point pour que le chien-loup ne succombât point de froid et de faim, Kazan, épuisé, s'était couché sur la neige sanglante. Il n'avait même pas la force de faire fonctionner ses mâchoires.

Louve Grise, avec l'endurance supérieure de sa race, s'était ruée au contraire sur l'énorme cadavre et avait commencé à mordre férocement dans la peau épaisse du cou, afin de mettre à nu la viande chaude.

Cela fait, elle ne mangea pas, mais courut vers Kazan et gémit doucement près de lui, en le flairant du museau et en le poussant de l'épaule. Il se leva et elle l'amena vers la chair vive, où tous deux, alors, festoyèrent longuement.

Pas avant que la dernière et pâle lueur du jour du Nord ne se fût lentement évanouie dans la nuit, ils ne quittèrent leur proie. Ils étaient gavés jusqu'à la gueule et leurs côtes creuses s'étaient à nouveau rebondies.

Le vent avait faibli. Quelques nuages qui, durant la journée, avaient flotté dans le ciel s'étaient dissipés et le clair de lune illuminait la nuit. A sa calme lumière vint s'ajouter bientôt celle, toute frémissante, de l'aurore boréale, qui se déployait au ciel, dans la direction du Pôle. Son sifflement monotone, pareil au crissement d'acier des patins de traîneau sur la neige gelée, parvint faiblement aux oreilles de Kazan et à celles de Louve Grise assoupis.

A la première perception de ce bruit mystérieux des cieux arctiques, ils cessèrent de dormir et se mirent sur le qui-vive, méfiants et les oreilles alertées.

Ils revinrent, en trottant, vers la viande qu'ils avaient tuée. Ils avaient combattu ensemble pour l'abattre, et n'ignoraient pas qu'elle leur appartenait seulement par le droit du croc. C'était la loi du Wilderness qu'ils auraient à lutter encore pour la conserver. Au temps des beaux jours de chasse, ils auraient, sans plus, continué leur route sous la lune et sous les étoiles. Mais les longues journées de jeûne et les nuits de famine les avaient rendus plus prévoyants.

Leur crainte n'était point vaine. Profitant de la beauté paisible de la nuit, qui venait après tant d'autres, si terribles, des milliers, des centaines de milliers de créatures affamées du Wild sortaient de leurs retraites pour quérir une nourriture. Sur dix-huit cents milles de l'est à l'ouest, sur un millier de milles du sud au nord, des légions d'êtres efflanqués, au ventre plat, se mettaient en chasse, dans la nuit claire.

L'instinct disait à Kazan et à Louve Grise que cette grande chasse de la création était commencée, et pas un instant ils ne cessèrent de monter la garde. Tapis sous un buisson, ils observaient, Louve Grise léchant amoureusement la tête de Kazan.

Soudain, ils tressaillirent et leurs muscles se raidirent. Quelque chose de vivant avait passé près d'eux, quelque chose que Kazan n'avait pu voir, que Louve Grise n'avait pu entendre, mais qu'ils avaient faiblement perçu dans l'air.

C'était un gros hibou blanc qui, mystérieux comme une ombre, impalpable et silencieux comme un flocon de neige, était descendu dans l'atmosphère.

Kazan aperçut l'être ailé qui s'était installé sur une des épaules du vieil élan. Rapide comme l'éclair, il sortit de son buisson, suivi de Louve Grise, et, avec un grondement de colère, bondit vers le voleur, les mâchoires béantes. Mais sa gueule se referma sur le vide. Son bond l'avait porté trop loin et, quand il se retourna, le hibou s'était envolé.

Il fit le tour de l'élan, le poil en brosse, les yeux dilatés et menaçants, grondant et grognant vers l'air paisible. Ses mâchoires claquaient vers un ennemi invisible et il s'assit sur son derrière, en face de la piste sanglante qu'en venant mourir ici l'élan avait tracée dans la forêt. Son instinct lui disait que c'était par là que les maraudeurs surviendraient.

Les petites hermines, aux mouvements vifs, qui partout, cette nuit-là, trottaient et sautillaient à la ronde, au clair de lune, pareilles à des rats blancs, découvrirent les premières le long ruban rouge qui se déroulait sur la neige. Féroces et avides de sang, elles le suivirent, en bonds souples et rapides.

Un renard, de son côté, avait, à un quart de mille, flairé l'odeur de la chair fraîche, que lui apportait le vent. Et il arrivait, lui aussi. Sortant d'un trou profond, creusé au centre d'un arbre mort, un chat-pêcheur, au ventre vide, aux petits yeux ronds, semblables à des grains de chapelet, se mit également en route, sur le ruban cramoisi.

Comme il était le plus proche, c'est lui qui se présenta tout d'abord. Kazan fonça vers lui. Il y eut une volée de coups de griffes, un grognement, des cris mutuels de douleur, et le chat-pêcheur oublia sa faim dans la fuite. Kazan s'en revint vers Louve Grise, le museau lacéré et saignant. Elle le lui lécha, tandis qu'il demeurait les oreilles raides et aux écoutes.

Le renard avait entendu les bruits du conflit. Comme il n'est pas, de sa nature, un lutteur bien vaillant, mais un simple escarpe, qui aime à tuer par derrière et sans risques, il fit demi-tour et s'en alla quérir une autre proie. Il rencontra un hibou posé sur le sol et, ayant sauté dessus, dut se contenter d'un peu de chair sous une masse volumineuse de plumes.

Kazan, par contre, fut impuissant à arrêter l'invasion des hermines, ces petits outlaws blancs du Wilderness. Elles auraient glissé entre les pieds même d'un homme, pour parvenir, comme elles le voulaient, à la viande et au sang du vieil élan.

Sauvagement Kazan les pourchassait, de droite et de gauche. Mais, dans la clarté lunaire, elles semblaient plutôt des lueurs fugitives que des êtres vivants. Plus rapides que lui dans leurs mouvements, elles lui échappaient toujours. Elles creusaient des galeries dans la neige, jusque sous le ventre de l'élan, qu'elles rongeaient, et s'y gorgeaient tout à leur aise. Exaspéré, Kazan mordait à tort et à travers, et avait de la neige plein la gueule.

Placidement, Louve Grise, assise sur son derrière, le laissait faire. Elle savait qu'il n'y avait rien à tenter avec les petites hermines et elle jugeait superflu de s'en tourmenter autrement. Kazan finit par le comprendre, lui aussi, et s'en vint la retrouver, haletant et soufflant.

Une partie de la nuit s'écoula sans incident. De temps à autre seulement, on entendait le hurlement lointain d'un loup, ou, ponctuant le silence funèbre, le hululement du hibou blanc que Kazan avait chassé et qui, du sapin sur lequel il était perché, susurrait sa protestation.

La lune était au zénith, au-dessus de la clairière, lorsque Louve Grise commença à s'agiter. Face à la piste sanglante, elle gronda, pour avertir Kazan.

Si féroce était son grondement que son compagnon ne se souvenait pas d'en avoir entendu un pareil depuis le jour du tragique combat sur le Sun Rock, où Louve Grise avait perdu la vue sous les griffes du lynx. Kazan ne douta point qu'un gros chat gris ne fût en route sur la piste rouge et il flaira l'air, en découvrant ses crocs et en se préparant à la bataille.

Mais alors, à un mille environ, un cri sauvage éclata, lancé à pleine gorge.

Ce cri était celui du fils véritable du Grand Désert Blanc : le loup.

Kazan et Louve Grise se tenaient épaule contre épaule. Ce cri n'était pas pour eux une menace. C'était la clameur de la faim et l'appel de leurs frères.

Un changement s'opéra dans leur esprit. Par delà le renard, le chat-pêcheur et les petites hermines blanches, par delà toutes les autres bêtes du Wild, la horde farouche avait droit commun à la pâture. Au-dessus de tout, existait la Fraternité du Loup.

Louve Grise se rassit sur son derrière et, comme un coup de clairon, lança à ses frères du Wilderness l'appel triomphant, qui leur annonçait qu'au bout de la piste rouge un vaste festin leur était servi.

Et le gros chat gris qui rôdait autour de la clairière, en entendant la double clameur, s'effraya. Il s'éloigna en rampant, l'oreille basse, et se perdit dans la vaste forêt que baignait la lune.

XVII
POUR L'AMOUR DE LA LOUVE

Assis sur leur derrière, Kazan et Louve Grise attendirent.

Cinq minutes s'écoulèrent, puis dix, puis quinze. Louve Grise commençait à s'inquiéter. Aucun cri n'avait répondu à son appel. Elle jeta à nouveau son hurlement sonore et, tandis que Kazan frissonnait à son côté, elle interrogea le silence. Pourquoi la horde ne lui avait-elle point donné la lointaine réplique coutumière ?

Mais, presque en même temps, ses narines se dilatèrent. Ceux qu'elle appelait étaient là.

Kazan vit une forme qui se dessinait dans un rayon de lune, à l'extrémité de la clairière. Puis une seconde suivit, puis une autre encore, jusqu'à ce qu'il y en eût cinq, qui s'avançaient la tête baissée, en flairant la piste rouge.

Elles s'arrêtèrent à une soixantaine de yards et demeurèrent immobiles.

Alors, chose étrange, Kazan vit Louve Grise qui reculait. Il la vit rabattre ses oreilles et découvrir ses crocs, et entendit rouler dans sa gorge un grondement hostile.

Pourquoi cela ? Pourquoi se mettait-elle ainsi sur la défensive, maintenant qu'elle était en présence de ses frères de race, qu'elle-même avait appelés à la curée ?

Sans se soucier de ses avertissements, il s'avança, à pas légers, la tête haute, l'échine hérissée, vers les nouveaux arrivants. Son flair, au contraire de celui de Louve Grise, lui enseignait pour eux la sympathie.

Il s'arrêta à une vingtaine de pas du petit groupe, qui s'était accroupi dans la neige.

Le panache de sa queue commença à s'agiter, tandis qu'une des bêtes s'était levée d'un bond et s'approchait de lui. Les autres firent de même et, l'instant d'après, Kazan était au milieu du groupe. On se flairait et se reflairait mutuellement, avec tous les signes évidents de la satisfaction. Les nouveaux venus n'étaient pas des loups. C'étaient des chiens.

En quelque cabane isolée de la solitude glacée, leur maître était mort. Alors ils étaient partis dans le Wild.

Ils portaient encore les marques des harnais de traîneaux auxquels ils avaient été attachés. Autour de leurs cous étaient des colliers en peau d'élan. Sur leurs flancs pelés, les poils étaient ras et usés, et l'un d'eux traînait encore après lui un trait de trois pieds de long. A demi claqués de faim, ils étaient maigres sinistrement. Leurs yeux luisaient, rougeâtres, dans leurs orbites creuses.

Aimablement, Kazan trotta devant eux et les amena devant le corps du vieil élan. Puis il alla rejoindre Louve Grise et, tout fier et satisfait, s'assit près d'elle, en écoutant la mastication des mâchoires des pauvres bougres qui festoyaient. Et, comme Louve Grise semblait toujours inquiète, il lui donna, de la langue, une rapide caresse, afin de l'assurer que tout allait bien.

Leur repas terminé, les chiens s'en vinrent vers Kazan et vers Louve Grise, afin de nouer plus ample connaissance. La louve aveugle parut surtout les intéresser, et ils la reniflèrent sur toutes ses faces. Cette familiarité déplut à Kazan, qui commença à surveiller de près ces effrontés.

Un des chiens était surtout formidable. C'était celui qui traînait après lui le trait brisé. Il approcha son nez de celui de Louve Grise et l'en toucha, Kazan jeta, en signe d'avertissement, un cri strident. Le chien recula et, tous deux, par-dessus la tête de la louve aveugle, se montrèrent les crocs. C'était le Défi du Mâle.

Le gros husky était le chef de la bande. Nul autre chien n'avait jamais osé lui résister. Il s'attendait à ce que Kazan, comme les autres, tremblât devant lui et se sauvât, la queue basse.

Il parut étonné de voir qu'il n'en était rien. Kazan, au contraire, était prêt à bondir par-dessus la louve et à engager immédiatement le combat. Le gros husky s'éloigna, grognant et grondant, et déchargea sa colère sur un de ses camarades, qu'il mordit férocement au flanc.

Louve Grise, sans qu'elle en fît rien voir, avait bien compris ce qui se passait. Elle se serra tout contre Kazan, le caressa et tenta de lui persuader qu'ils devaient tous deux s'éloigner. Elle savait, en effet, que pour être différé, le combat n'en était pas moins fatal et elle tremblait pour son compagnon.

La réponse de Kazan fut un roulement de tonnerre qui gronda dans sa gorge. Il lécha les yeux aveugles de Louve Grise et se coucha près d'elle, face à face avec les chiens étrangers.

La lune baissait au ciel et elle finit par disparaître à l'ouest, derrière le faîte des sapins. Puis ce fut au tour des étoiles de pâlir et de s'évanouir peu à peu, pour faire place à l'aube grise et froide du Northland.

Dans cette aube, Kazan vit le gros husky se lever du trou qu'il s'était creusé dans la neige et se diriger vers ce qui restait du corps du vieil élan.

Il fut aussitôt sur ses pattes et s'avança, lui aussi, vers le corps déchiqueté, la tête basse, l'échine hérissée.

Le gros husky fit mine de s'éloigner de quelques pas et de céder la place à Kazan. Celui-ci s'attaqua à la chair gelée. Il n'avait pas faim. Mais il prétendait montrer ainsi son droit à cette chair, son droit qui primait tout autre.

Tandis qu'il était à mordre dans le cou de l'élan et paraissait en oublier Louve Grise, le husky, se glissant en arrière, muet comme une ombre, s'en fut vers la louve et recommença à lui renifler tout le corps. Puis, incapable de se taire plus longtemps dans l'ardeur de son rut, il émit à l'adresse de Louve Grise un gémissement doux, qui lui disait sa passion, l'exigence de la nature et du Wild, et qui l'invitait à s'y soumettre. Louve Grise répondit en enfonçant profondément ses crocs dans l'épaule du galant.

Une traînée grise, silencieuse et terrible, passa dans le demi-jour de l'aurore. C'était Kazan qui bondissait. Sans un grognement, sans un cri, il fut sur le husky et, l'instant d'après, tous deux étaient aux prises, en un duel sans merci. Les quatre autres chiens accoururent et se tinrent immobiles à une douzaine de pas des deux champions, dans l'attente du résultat de la bataille. Louve Grise demeurait couchée sur le sol.

Ce fut un bref et forcené combat.

Une rage et une haine égales animaient le husky géant et le chien-loup. Chacun d'eux, alternativement, avait sa prise sur l'autre. C'était tantôt l'un et tantôt l'autre qui était debout ou roulait par terre. Si prestement se déroulaient les phases du combat que les quatre chiens spectateurs n'y pouvaient rien reconnaître. Dès qu'ils voyaient Kazan ou le husky renversé sur le dos, ils frémissaient du désir de se jeter sur lui, comme c'était l'usage, pour le mettre en pièces. Mais ils hésitaient et renonçaient, apeurés, tellement la décision finale apparaissait incertaine.

Jamais le gros husky n'avait été vaincu, en aucune bataille. De ses ancêtres danois il avait hérité une masse formidable et une mâchoire capable de broyer dans son étreinte la tête d'un chien ordinaire. Mais en Kazan il trouvait à la fois le chien et le loup, leurs divers modes de combat, et ce qu'il y avait de meilleur dans l'une et dans l'autre race. Tous deux, enfin, s'étaient refait des forces sur la chair du vieil élan.

Ils s'étaient mutuellement empoignés, et solidement, Kazan tenant le husky par l'épaule, le husky tenant Kazan par la gorge et y cherchant la veine jugulaire. Puis, ensemble, ils se lâchèrent et se dégagèrent, pour une attaque nouvelle. Les quatre chiens s'avancèrent légèrement, vigilants, l'œil fixe et la gueule ouverte, dans l'attente du dénouement.

Recourant à sa tactique favorite, Kazan se mit à tourner en rond autour de son adversaire, comme il avait fait, avec Louve Grise, autour du vieil élan.

Le husky parut tout décontenancé. Il pivotait péniblement sur lui-même, les oreilles rabattues, et boitant sur son épaule brisée.

Toute la prudence de Kazan lui était revenue et, quoiqu'il saignât abondamment, il avait repris sa sagesse et sa maîtrise de lui. Cinq fois il décrivit autour du gros husky son cercle fatal. Puis, soudain, comme part un coup de feu, il s'élança de côté sur son ennemi, de tout son poids, pour le renverser.

Le choc fut si violent que le husky en culbuta, les quatre pattes en l'air. Et déjà les quatre chiens, qui composaient l'impitoyable tribunal de mort, étaient sur lui.

Toute la haine accumulée en eux durant des semaines et des mois, contre le chef arrogant, aux longs crocs, qui les avait tyrannisés sous le harnais, se donna libre cours et, en un clin d'œil, il fut mis en lambeaux.

Kazan vint fièrement se camper aux côtés de Louve Grise, qui l'avait laissé combattre seul. Avec un petit pleurnichement joyeux, elle posa câlinement sa tête sur le cou du triomphateur. C'était la seconde fois que, pour l'amour d'elle, Kazan avait affronté le mortel combat. Deux fois il avait vaincu.

Et son âme — si elle avait une âme — en exulta vers le ciel gris et froid, tandis que, levant ses yeux aveugles vers l'invisible aurore, elle écoutait craquer, sous la dent des quatre chiens, la chair et les os de l'ennemi que son seigneur et maître avait abattu.

XVIII
LE CARNAVAL DU WILD

Durant trois jours et trois nuits, Kazan et Louve Grise vécurent sur la chair gelée du vieil élan, montant la garde auprès de lui, en compagnie des quatre chiens qui avaient immédiatement reconnu Kazan pour leur chef.

Louve Grise ne se souciait guère de cette société. Elle aurait préféré être seule avec son compagnon et, plusieurs fois, elle tenta de l'attirer à sa suite, dans la forêt. Mais, chez les animaux comme chez les gens, l'orgueil est grand de dominer et ce n'était pas sans plaisir que Kazan avait retrouvé son ancienne dignité et le temps oublié où il commandait aux chiens de traîneau.

La température, cependant, s'adoucissait de plus en plus et la chasse coutumière allait redevenir possible.

Kazan la reprit durant la nuit du quatrième jour et la conduisit avec entrain, à la tête de la meute des quatre chiens. Pour la première fois, il avait laissé derrière lui sa compagne aveugle.

Un jeune daim fut levé et forcé. Kazan lui sauta à la gorge et le tua. Et pas avant qu'il ne se fût rassasié, les autres chiens ne se permirent de goûter à la proie commune. Il était le maître, le tsar tout-puissant, qui les faisait reculer par un simple grognement. Au seul aspect de ses crocs, ils se couchaient tremblants, sur leur ventre, dans la neige.

Louve Grise arriva, une demi-heure après, triste, les oreilles pendantes et la tête basse. C'est à peine si elle goûta au daim. Ses yeux aveugles semblaient supplier Kazan de ne pas l'abandonner, de se séparer de ces intrus, pour revivre avec elle la solitude passée.

Ses instances demeuraient sans force, car les trois quarts de chien qui étaient dans Kazan faisaient qu'il ne lui déplaisait point de se retrouver avec ces cousins consanguins, en société desquels il avait si longtemps vécu. Il avait appris à haïr l'homme, non les chiens. Une autre influence contre-balançait maintenant celle de Louve Grise.

Deux semaines s'écoulèrent ainsi. Sous la chaleur croissante du soleil, le thermomètre continuait à monter et la neige, sur le sol, commençait à fondre. Bientôt Louve Grise sentit, pour la deuxième fois, dans ses flancs une prochaine maternité.

Mais, en dépit de ses protestations, la petite troupe ne cessait de faire route vers l'est et le sud. Kazan et les chiens savaient que c'était de ce côté que se trouvait cette civilisation avec laquelle ils souhaitaient de reprendre contact. L'homme était dans cette direction. Et ils n'avaient pas vécu assez longtemps de la vie du Wild pour que l'attirance du passé eût cessé complètement d'agir sur eux.

Les six bêtes arrivèrent ainsi à proximité d'un des Postes avancés de la Baie d'Hudson. Comme elles trottaient sur une longue crête, quelque chose les arrêta. C'était la voix perçante d'un homme, qui criait ce mot bien connu des quatre chiens et de Kazan : « Kouch ! Kouch ! Kouch ! » Au-dessous d'eux, en effet ils aperçurent, dans la plaine découverte, un attelage de six chiens qui tirait un traîneau. Un homme courait derrière, les excitant de ce cri répété : « Kouch ! Kouch ! Kouch ! »

Les quatre huskies et le chien-loup demeuraient tremblants et indécis, avec Louve Grise qui rampait derrière eux. Lorsque le traîneau eut disparu, ils descendirent vers la piste qu'il avait laissée et la reniflèrent brusquement, en grande agitation.

Pendant près d'un mille ils la suivirent, flanqués de Louve Grise, qui prudemment, et inquiète d'une telle témérité, se tenait un peu au large. L'odeur de l'homme la mettait en un inexprimable malaise et seul son attachement à Kazan l'empêchait de s'enfuir au loin.

Puis Kazan s'arrêta et, à la grande joie de Louve Grise, abandonna la piste. Le quart de loup qu'il avait en lui reprenait le dessus et lui disait de se défier. Au signal qu'il en donna, toute la compagnie regagna la plus proche forêt.

Partout la neige fondait et, avec le printemps, le Wilderness se vidait de tous les hommes qui y avaient vécu durant l'hiver. Sur une centaine de milles autour de la petite troupe, ce n'était que trappeurs et chasseurs, qui s'en revenaient vers la Factorerie, en apportant leur butin de fourrures. Leurs pistes multiples mettaient comme un filet autour de la bande errante, qui avait fini par se rapprocher à une trentaine de milles du Poste.

Et, tandis que la louve aveugle s'affolait, chaque jour davantage, de la menace de l'homme, Kazan finissait par n'y plus pouvoir tenir d'aller rejoindre ses anciens bourreaux.

Il saisissait dans l'air l'âcre odeur des feux de campements. Il percevait, durant la nuit, des bribes de chansons sauvages, suivies des glapissements et des abois de meutes de chiens. Tout près de lui, il entendit un jour le rire d'un homme blanc et l'aboiement joyeux de son attelage, auquel l'homme jetait la pâture quotidienne de poissons séchés.

Mille par mille, inéluctablement, Kazan se rapprochait du Poste et Louve Grise sentait approcher l'heure où l'appel final, plus fort que les autres, lui enlèverait son compagnon.

Dans la succursale de la Compagnie de la Baie d'Hudson, l'animation était grande. Jours de règlements de compte pour les trappeurs, jours de bénéfices et jours de plaisirs. Jours où le Wild apportait son trésor de fourrures, qui serait expédié ensuite vers Londres et vers Paris, et vers les autres capitales de l'Europe.

Et il y avait, cette année-ci, dans le rassemblement de tous les gens du Wild, un intérêt supplémentaire et plus palpitant que de coutume. La Mort Rouge avait passé et maintenant seulement on connaîtrait, en les voyant ou ne les voyant pas revenir, le nombre de ceux qui avaient survécu ou trépassé.

Les Indiens Chippewayans et les métis du Sud arrivèrent les premiers, avec leurs attelages de chiens hybrides, ramassés de long des frontières du monde civilisé.

Après eux apparurent les chasseurs des terres stériles de l'Ouest. Ils apportaient leurs charges de peaux de caribous et de renards blancs, halées par une armée de hounds du Mackenzie, aux grandes pattes et aux gros pieds, qui tiraient aussi dur que des chevaux et qui se mettaient à piailler comme des roquets qu'on fouette, lorsque les gros huskies et les chiens esquimaux leur couraient sus. Les chiens du Labrador, farouches et terribles entre tous, et que la mort seule pouvait vaincre, arrivaient des parages septentrionaux de la Baie d'Hudson. Les malemutes de l'Athabasca étaient énormes, avec une robe sombre, et les chiens esquimaux, jaunes ou gris, étaient aussi prestes de leurs crocs que leurs petits maîtres, noirauds et huileux, étaient agiles[30].

[30] Les hounds, les chiens du Labrador, les chiens esquimaux, les malemutes sont, comme les huskies, autant de variétés de chiens de traîneaux.

Toutes ces meutes, à mesure qu'elles arrivaient, ne manquaient pas de se jeter les unes sur les autres, grognant, aboyant, happant et mordant. Il n'y avait pas de cesse dans la bataille des crocs.

Les combats commençaient à l'aube, avec les arrivées de traîneaux au Poste, se continuaient toute la journée et, le soir, autour des feux des campements. Ces antipathies canines n'avaient pas de fin. Partout la neige fondante était maculée de sang.

Au cours de ces batailles diurnes et nocturnes, ceux qui écopaient le plus étaient les chiens hybrides du Sud, issus et mélangés de mâtins, de danois et de chiens de berger, et les hounds, lourds et lents, du Mackenzie.

Lorsque la neige liquéfiée fut devenue complètement impraticable aux traîneaux et qu'il n'y eut plus d'espoir de voir apparaître aucun nouvel arrivant, William, l'agent de la Factorerie, put établir la liste définitive des hommes qui manquaient. Il biffa leurs comptes de ses registres, car il savait bien que, ceux-là, la Mort Rouge les avait fauchés.

Une centaine de feux de campement élevaient leurs fumées autour du Poste et, des tentes à ces feux, allaient et venaient sans cesse les femmes et les enfants des chasseurs, qui, la plupart, les avaient amenés avec eux.

Mais où ce remue-ménage fut surtout considérable, ce fut pour la nuit du Grand Carnaval. Durant des semaines et des mois, hommes, femmes et enfants, de la forêt et de la plaine, hommes blancs et Peaux Rouges, jusqu'aux petits Esquimaux qui en rêvaient dans leurs huttes glacées, avaient attendu cette heure joyeuse, cette folle nuit de plaisir, qui allait redonner quelque attrait à la vie. C'était la Compagnie qui offrait la fête à tous ceux qu'elle employait ou avec qui elle commerçait.

Cette année plus que les autres, afin de dissiper les tristes souvenirs de la Mort Rouge, l'agent s'était mis en frais.

Il avait fait tuer par ses chasseurs quatre gros caribous et, dans la vaste clairière qui entourait la Factorerie, empiler d'énormes tas de bûches sèches. Sur des fourches de sapin, hautes de dix pieds, reposait, en guise de broche, un autre sapin, lisse et dépouillé de son écorce. Il y avait quatre de ces broches et sur chacune d'elles était enfilé un caribou tout entier, qui rôtissait au-dessus du feu.

Les flammes s'allumèrent à l'heure du crépuscule et l'agent lui-même entonna le *Chant du Caribou*, célèbre dans tout le Northland :

1 ! le caribou-ou-ou, le caribou-ou-ou

rôtit en l'air,

ut sous le ciel clair,

gros et blanc caribou-ou-ou !

— A vous, maintenant ! hurla-t-il. A vous, et en chœur !

Et, se réveillant du long silence qui, si longtemps, avait pesé sur eux dans le Wild, hommes, femmes et enfants entonnèrent le chant à leur tour, avec une frénésie sauvage, qui éclata vers le ciel. En même temps, se prenant par les mains, ils mettaient en branle, autour des quatre broches enveloppées de flammes, la Grande Ronde.

A plusieurs milles au sud et au nord, à l'est et à l'ouest, se répercuta ce tonnerre formidable. Kazan et Louve Grise, et les outlaws sans maîtres qui étaient avec eux, l'entendirent. Et bientôt se mêlèrent aux voix humaines le hurlement lointain des chiens, qu'excitait la sarabande infernale.

Les compagnons de Louve Grise et de Kazan ne tenaient pas en place. Ils dressaient leurs oreilles dans la direction de l'immense rumeur et gémissaient plaintivement.

Kazan n'était pas moins troublé. Il commença son manège ordinaire avec Louve Grise, qui s'était reculée en montrant les dents, et qu'il tentait d'entraîner à sa suite. Toujours, d'ailleurs, aussi vainement.

Alors il revint vers les quatre huskies. A ce moment, une bouffée de vent apporta plus distinct l'écho sonore du Carnaval du Wild et ses ardentes résonances. Les quatre bêtes, oubliant l'autorité de Kazan, ne résistèrent pas davantage à l'appel de l'homme. Baissant la tête et les oreilles, et s'aplatissant sur le sol, elles filèrent comme des ombres, dans la direction du bruit.

Le chien-loup hésitait encore. De plus en plus, il pressait Louve Grise, tapie sous un buisson, de consentir à le suivre. Elle ne broncha pas. Elle aurait, aux côtés de son compagnon, affronté même le feu. Mais point l'homme.

La louve aveugle entendit sur les feuilles séchées un bruit rapide de pattes qui s'éloignaient. L'instant d'après, elle savait que Kazan était parti. Alors seulement, elle sortit de son buisson et se mit à pleurnicher tout haut.

Kazan entendit sa plainte, mais ne se retourna pas. L'autre appel était le plus fort. Les quatre huskies avaient sur lui une assez forte avance et il tentait, en une course folle, de les rattraper.

Puis il se calma un peu, prit le trot et bientôt s'arrêta. A moins d'un mille devant lui, il pouvait voir les flammes des grands feux qui empourpraient les ténèbres et se reflétaient dans le ciel. Il regarda derrière lui, comme s'il espérait que Louve Grise allait apparaître. Après avoir attendu quelques minutes, il se remit en route.

Il ne tarda pas à rencontrer une piste nettement tracée. C'était celle où l'un des quatre caribous, qui étaient en train de rôtir, avait été traîné, quelques jours auparavant. Il la suivit et gagna les arbres qui bordaient la vaste clairière où s'élevait la Factorerie.

La lueur des flammes était maintenant dans ses yeux. Devant lui, la Grande Ronde se déroulait échevelée.

On aurait pu se croire dans une maison de fous. Le vacarme était réellement satanique. Le chant en basse-taille des hommes, la voix plus perçante des femmes et des enfants, les trépignements et les éclats de rire de tous, le tout accompagné par les aboiements déchaînés d'une centaine de chiens. Kazan en avait les oreilles abasourdies. Mais il brûlait d'envie de se joindre au démoniaque concert. Caché dans l'ombre d'un sapin, il refrénait encore son élan, les narines dilatées vers le merveilleux arome des caribous

- 108 -

qui achevaient de rôtir. L'instinct de prudence du loup, que lui avait inculqué Louve Grise, livrait en lui un dernier combat.

Tout à coup la ronde s'arrêta, le chant se tut. Les hommes, à l'aide de longs pieux, décrochèrent des broches qui les portaient les énormes corps des caribous, qu'ils déposèrent, tout ruisselants de graisse, sur le sol.

Ce fut alors une ruée générale et joyeuse de tous les convives, qui avaient mis au clair leurs coutelas ou leurs couteaux. Et, derrière ce cercle, suivit celui des chiens, en une masse jappante et grognante. Kazan, cette fois, n'y tint plus. Abandonnant son sapin, il se précipita dans la clairière.

Comme il arrivait, rapide comme l'éclair, une douzaine d'hommes de l'agent de la Factorerie, armés de longs fouets, avaient commencé à faire reculer les bêtes. La lanière d'un des fouets s'abattit, redoutable et coupante, sur l'épaule d'un chien d'Esquimau, près duquel Kazan se trouvait justement. L'animal, furieux, lança un coup de gueule vers le fouet, et ce fut Kazan que ses crocs mordirent au croupion. Kazan rendit le coup et, en une seconde, les mâchoires des deux chiens béaient l'une vers l'autre. La seconde d'après, le chien Esquimau était par terre, avec Kazan qui le tenait à la gorge.

Les hommes se précipitèrent, pestant et jurant. Leurs fouets claquèrent, et s'abattirent comme des couteaux. Kazan, qui était sur son adversaire, sentit la douleur cuisante. Alors remonta soudain en lui le souvenir cruel des jours passés, qui avaient fait de l'homme son tyran. Il gronda et, lentement, desserra son emprise.

Comme il relevait la tête, il vit un autre homme qui surgissait de la mêlée — car, animés par l'exemple, tous les autres chiens s'étaient rués les uns contre les autres — et cet homme tenait à la main un gourdin !

Le gourdin s'abattit sur son dos et la force du coup l'envoya s'aplatir sur le sol. Puis le gourdin se leva à nouveau. Derrière l'énorme bâton était une face rude et féroce, éclairée par les reflets rouges des feux. C'était une telle face qui avait jadis poussé Kazan vers le Wild. Comme le gourdin s'abaissait, il fit un écart brusque pour l'éviter, et les couteaux d'ivoire de ses dents brillèrent.

Pour la troisième fois, le gourdin se leva. Kazan, bondissant, happa l'avant-bras de l'homme qui le portait et lacéra la chair jusqu'à la main.

— Tonnerre de Dieu ! hurla l'homme.

Et Kazan perçut dans la nuit la lueur d'un canon de fusil.

Mais il détalait déjà vers la forêt. Un coup de feu retentit. Quelque chose qui ressemblait à un charbon rouge frôla le flanc du fuyard.

Lorsqu'il fut assez loin pour être certain de n'être point poursuivi, le chien-loup s'arrêta de courir et lécha le sillon brûlant que la balle avait tracé, roussissant le poil et emportant un lambeau de peau.

Il retrouva Louve Grise qui l'attendait toujours à la même place. Toute joyeuse, elle bondit à sa rencontre. Une fois de plus, l'homme lui avait renvoyé son compagnon.

XIX
UN FILS DE KAZAN

Épaule contre épaule, les deux bêtes repartirent dans la direction du nord-ouest, tandis que s'éteignait derrière eux la grande rumeur.

Étape par étape, elles s'en revinrent, au bout de plusieurs jours, au marais où elles avaient gîté durant la famine et avant la rencontre des chiens sauvages.

Alors le sol était gelé et enseveli sous la neige. Aujourd'hui le soleil brillait au ciel tiède, dans toute la gloire du printemps. Partout la glace achevait de se craqueler et de s'effriter, la neige de fondre, et une multitude d'eaux torrentueuses coulaient sur le sol. Partout le dégel et la mort de l'hiver se faisaient sentir, parmi les roches qui reparaissaient comme parmi les arbres, et la magnifique et froide clarté de l'aurore boréale, qui avait illuminé tant de nuits passées, avait reculé plus loin, plus loin encore vers le Pôle, sa gloire pâlissante.

Les peupliers gonflaient leurs bourgeons, prêts à éclater, et l'air s'imprégnait du parfum pénétrant des baumiers, des sapins et des cèdres. Là où, six semaines auparavant, régnaient la famine et la mort, Kazan et Louve Grise respiraient à pleines narines l'odeur de la terre et écoutaient palpiter tous les bruits de la vie renouvelée.

Au dessus de leurs têtes, un couple d'oiseaux-des-élans[31] nouvellement appariés, voletait et criaillait à leur adresse. Un gros geai lissait ses plumes au soleil. Plus loin, ils entendirent un lourd sabot qui faisait craquer sous son poids les brindilles dont le sol était jonché. Ils perçurent aussi l'odeur d'une mère-ours, qui était fort occupée à tirer vers le sol les branches d'un peuplier et leurs bourgeons, dont se délectaient ses oursons. Partout s'exhalait de la nature le mystère amoureux et celui de la maternité. Et Louve Grise ne cessait de frotter sa tête aveugle contre celle de Kazan. Elle n'était pour lui que caresses et invites à se recroqueviller tout contre elle, dans un nid bien chaud.

[31] L'oiseau-des-élans, *moose-bird*. Ces oiseaux ont l'habitude de venir se poser sur le dos des élans, qu'ils débarrassent de leurs parasites, comme font chez nous les sansonnets avec les bœufs et les moutons.

Elle n'éprouvait nul désir de chasser. L'odeur d'un caribou, ni celle de la mère-ours, n'éveillaient plus en elle aucun instinct combatif. Son ventre s'était alourdi de nouveau et elle s'ingéniait en vain à dire cela à son compagnon.

Ils arrivèrent tous deux en face de l'arbre creux qui avait été leur ancien gîte. Kazan le reconnut aussitôt et Louve Grise le sentit.

Le sol, légèrement exhaussé, n'avait point été, ici, envahi par l'eau provenant de la fonte des neiges et qui mettait son miroir dans mainte partie du marais. Mais un petit torrent encerclait le bas de l'arbre et l'isolait complètement.

Tandis que Louve Grise dressait l'oreille au clapotis des eaux, Kazan cherchait, à droite et à gauche, un gué qu'il fût loisible de traverser. Il n'en trouva point, mais un gros cèdre qui était tombé en travers du torrent et formait pont. Il s'y engagea et, après quelques hésitations, Louve Grise le suivit.

Ils parvinrent ainsi à leur ancienne retraite. Ils en flairèrent, avec prudence, l'ouverture et, comme rien ne leur apparut d'anormal, ils se décidèrent à entrer. Lasse et haletante, Louve Grise se laissa choir par terre aussitôt, dans le recoin le plus obscur du nid retrouvé, et Kazan vint vers elle, pour lui lécher la tête en signe de satisfaction. Après quoi, il se prépara à sortir, afin de s'en aller un peu à la découverte.

Comme il était sur le seuil de son home, l'odeur d'une chose vivante vint tout à coup jusqu'à lui. Il se raidit sur ses pattes et ses poils se hérissèrent.

Deux minutes ne s'étaient point écoulées qu'un caquetage, pareil à celui d'un enfant, se fit entendre et un porc-épic apparut. Lui aussi cherchait un gîte et, les yeux au sol, sans regarder devant lui, s'en venait droit vers l'arbre.

Kazan n'ignorait pas que le porc-épic, lorsqu'on ne s'attaque point à lui, est la bête la plus inoffensive qu'il y ait. Il ne réfléchit point qu'un simple grognement issu de son gosier suffirait à faire s'éloigner, vite et docilement, cette créature débonnaire, babillarde et piaillarde, qui sans cesse monologue avec elle-même. Il ne vit là qu'un fâcheux, qui venait l'importuner, lui et Louve Grise. Bref, l'humeur du moment fit qu'il bondit inconsidérément sur le porc-épic.

Un crescendo de piaillements, de pleurnichements et de cris de cochon, auquel répondit une gamme forcenée de hurlements, fut le résultat de cette attaque.

Louve Grise se précipita hors de son arbre, tandis que le porc-épic s'était rapidement enroulé en une boule hérissée de piquants et que Kazan, à quelques pieds de là, se démenait follement, en proie aux affres les plus cuisantes que puisse connaître un hôte du Wild.

Sa gueule et son museau étaient semblables à une pelote d'épingles. Il se roulait sur le sol, creusant dans l'humus un grand trou, et lançant des coups de griffes, à tort et à travers, aux dards qui lui perçaient la chair. Puis, comme l'avait fait le lynx sur la bande de sable, comme le font tous les animaux qui ont pris contact de trop près avec l'ami porc-épic, il se releva soudain et se mit à courir tout autour de l'îlot, hurlant à chacun de ses bonds désordonnés.

La louve aveugle devinait sans peine ce qui se passait. Elle ne s'en affolait point outre mesure et peut-être — qui sait quelles idées peuvent germer dans le cerveau des animaux ? — s'amusait-elle intérieurement de la mésaventure advenue à son imprudent compagnon, dont elle entendait et se figurait les gambades grotesques.

Comme, au demeurant, elle n'y pouvait rien, elle s'assit sur son derrière et attendit, dressant seulement les oreilles et s'écartant un peu, chaque fois que dans sa ronde démente Kazan passait trop près d'elle.

Le porc-épic, durant ce temps, satisfait du succès de sa manœuvre défensive, s'était précautionneusement déroulé, avait replié ses piquants et, tout en se dandinant, avait silencieusement gagné un peuplier voisin, qu'il escalada prestement, en s'y accrochant des griffes. Après quoi il se mit à grignoter, fort tranquille, la tendre écorce d'une petite branche.

Après un certain nombre de tours, Kazan se décida à s'arrêter devant Louve Grise. La douleur occasionnée chez lui par les terribles aiguilles avait perdu de son acuité. Mais elle laissait dans sa chair l'impression d'une brûlure profonde et continue.

Louve Grise s'avança vers lui, s'en approcha tout près, et le tâta du museau et de la langue, avec prudence. Puis elle saisit délicatement entre ses dents deux ou trois piquants, qu'elle arracha.

Kazan poussa un petit glapissement satisfait et Louve Grise renouvela la même opération avec un second bouquet de piquants. Alors, confiant, il s'aplatit sur le ventre, les pattes de devant étendues, ferma les yeux et, sans plus gémir, jetant seulement de temps à autre, un *yip* plaintif, lorsque la douleur était trop vive, il s'abandonna aux soins habiles de son infirmière.

Son pauvre museau fut bientôt rouge de sang. Une heure durant, Louve Grise, en dépit de sa cécité, s'appliqua à sa tâche et, au bout de ce temps, elle avait réussi à extirper la plupart des dards maudits. Seuls quelques-uns demeuraient, qui étaient trop courts ou enfoncés trop profondément pour que ses dents pussent les saisir.

Kazan descendit alors vers le petit torrent et trempa dans l'eau glacée son museau brûlant. Ce lui fut un soulagement, momentané seulement. Car les piquants qui étaient restés dans la chair vive ne tardèrent pas à produire, dans son museau et dans ses lèvres, une inflammation qui ne faisait qu'augmenter à mesure qu'ils déchiraient davantage les tissus, où ils pénétraient comme une chose vivante.

Lèvres et museau se mirent à enfler. Kazan bavait une salive mêlée de sang et ses yeux s'empourpraient. Deux heures après que Louve Grise, ayant terminé sa tâche, était rentrée dans son gîte et s'y était recouchée, l'infortuné en était toujours au même point.

Il se jeta, de male rage, sur un morceau de bois qu'il rencontra, et y mordit furieusement. Il sentit se casser un des dards qui le faisaient le plus souffrir, et il réitéra.

La Nature lui avait indiqué le seul remède qui fût à sa portée et qui consistait à mâcher avec force de la terre et des bouts de bois. Dans cette trituration, la pointe des dards s'émoussait et les dards eux-mêmes se brisaient. Finalement, la pression exercée sur eux les faisait jaillir de la chair, comme une écharde que l'on repousse du doigt.

Au crépuscule, Kazan était entièrement libéré et il s'en alla rejoindre Louve Grise au creux de l'arbre. Mais, plusieurs fois durant la nuit, il dut encore se relever et s'en aller au petit torrent, afin de calmer la cuisson inapaisée.

Le lendemain, il n'était point joli, joli, et son mufle avait ce que les gens du Wild appellent « la grimace du porc-épic ». La gueule était enflée au point que Louve Grise s'en fût tordue de rire, si elle n'eût point été aveugle et si elle eût été un être humain. Les lèvres étaient, le long des mâchoires, boursouflées comme des coussins. Les yeux n'étaient plus que deux fentes étroites, au milieu d'une fluxion générale de la face.

Lorsque Kazan sortit de l'arbre et vint au jour, il ne pouvait guère mieux voir que sa compagne aveugle. La douleur, du moins, s'en était allée en grande partie. La nuit suivante, il put songer à chasser de nouveau et revint, avant l'aube, avec un lapin.

La chasse aurait pu être plus fructueuse et s'augmenter d'une perdrix de sapins si, au moment même où Kazan allait bondir vers l'oiseau posé sur le sol, il n'avait entendu le doux caquetage d'un porc-épic.

Il en fut cloué sur place. Il n'était point facile à effrayer. Mais le piaillement incohérent et vide de la bestiole aux dards cruels suffit à le terrifier et à le faire déguerpir au loin, quelques instants après, au pas accéléré, la queue entre les pattes.

Avec la même invincible appréhension que l'homme éprouve pour le serpent, Kazan devait éviter toujours, désormais, cette créature du Wild, si bon enfant, qu'on n'a jamais vue, dans l'histoire animale, perdre sa jacassante gaieté ni chercher noise à quiconque.

Deux semaines durant, après l'aventure de Kazan et du porc-épic, les jours continuèrent à croître, le soleil à augmenter sa chaleur. Les dernières neiges achevèrent de rapidement disparaître. Partout éclataient les bourgeons des peupliers, où apparaissaient les pousses vertes, et étincelaient les feuilles cramoisies de la vigne rouge. Sur les pentes les plus ensoleillées, parmi les rochers, les petits perce-neige ouvraient leurs corolles, annonce décisive que le printemps était venu.

Pendant la première semaine, Louve Grise chassa plus d'une fois avec Kazan. Ils n'avaient pas besoin d'aller loin. Le marais fourmillait de petit gibier et, chaque jour ou chaque nuit, ils tuaient de la viande fraîche.

Au cours de la seconde semaine, Louve Grise chassa moins. Puis vint une nuit, une nuit embaumée, magnifique et douce sous les rayons de la pleine lune printanière, où elle se refusa à quitter le creux de l'arbre.

Kazan ne l'y incita point. L'instinct lui faisait comprendre qu'un événement nouveau se préparait. Il partit pour la chasse, sans trop s'éloigner, et rapporta bientôt un lapin blanc.

Quelques jours s'écoulèrent encore et une autre nuit arriva où, dans le recoin le plus obscur de sa retraite, Louve Grise salua d'un grognement étouffé Kazan qui rentrait. Il demeura sur le seuil de l'arbre, avec un lapin qu'il tenait dans sa gueule, et n'entra point.

Au bout de quelques instants, il laissa tomber le lapin, les yeux fixés sur l'obscurité où gisait Louve Grise. Finalement, il se coucha en travers, devant l'entrée de la tanière. Puis, tout agité, il se remit sur ses pattes et s'en alla.

Il ne revint qu'avec le jour. Comme jadis sur le Sun Rock, il renifla, renifla. Ce qui flottait dans l'air n'était plus pour lui une énigme. Il s'approcha de Louve Grise et elle ne grogna pas. Il la flaira et caressa, tandis qu'elle gémissait doucement. Puis son museau découvrit quelque chose d'autre, qui respirait faiblement.

Kazan, ce jour-là, ne repartit point en chasse. Il s'étendit voluptueusement au soleil, la tête pendante et les mâchoires ouvertes, en signe de la grande satisfaction qui était en lui.

XX
L'ÉDUCATION DE BARI

Frustrés une première fois des joies de la famille par le drame du Sun Rock, Kazan et Louve Grise n'avaient pas oublié la tragique aventure.

Au moindre bruit, Louve Grise tressaillait et tremblait, prête à bondir sur l'invisible ennemi qui se présenterait et à déchirer toute chair qui n'était pas celle de Kazan et de son petit.

Kazan n'était pas moins inquiet et alerté. Sans cesse il sautait sur ses pattes et épiait autour de lui. Il se défiait des ombres mouvantes, que promène le vent sous le soleil ou sous la lune. Le craquement d'une branche, le frémissement de la moindre brindille faisaient se retrousser ses lèvres sur ses crocs. Il menaçait et grondait vers la douceur de l'air, chaque fois qu'une odeur étrangère arrivait à ses narines.

Pas un seul instant, ni jour, ni nuit, il ne se distrayait de sa garde. Aussi sûrement que l'on s'attend, chaque matin, à voir se lever le soleil, il s'attendait à voir, un jour ou l'autre, tôt ou tard, apparaître, en bondissant ou en rampant, leur mortel ennemi. C'était en une heure pareille que le lynx avait amené avec lui la cécité et la mort.

Mais la paix avait étendu sur le marais ses ailes de soleil. Il n'y avait, autour de Kazan et de Louve Grise, d'autres étrangers que le silencieux whiskey-jack[32], les oiseaux-des-élans, aux yeux ronds, les moineaux babillards dans les buissons, les gentilles souris des bois et les petites hermines.

[32] Sorte de geai, aux gros yeux, du Northland.

Kazan finit par se rassurer. Délaissant de temps à autre sa faction, il s'en allait, dans l'ombre, flairer son fils, l'unique louveteau que Louve Grise avait engendré.

Ce louveteau, si les Indiens *Dog Ribs*[33], qui habitent un peu plus vers l'ouest, avaient eu à lui donner un nom, ils l'auraient sans aucun doute appelé *Baree* (Bari), qui dans leur langage signifie à la fois « sans frère ni sœur » et « chien-loup », deux choses qu'il était effectivement.

[33] *Dog Ribs* ou Côtes-de-Chiens.

Ce fut, dès le début, un petit bonhomme doux et vif, à qui sa mère prodigua tous les soins dont elle était capable. Il se développa avec la rapidité précoce d'un loup, et non avec la lenteur coutumière aux petits chiens.

Pendant les trois premiers jours, il ne fit rien d'autre que de se tasser, le plus près possible, contre le ventre de sa mère. Il tétait quand il avait faim, dormait tout son saoul, et la langue affectueuse de Louve Grise n'arrêtait pas de le peigner et nettoyer.

Le quatrième jour, sa curiosité commença à s'éveiller. Avec d'énormes efforts, et s'agrippant des griffes au poil de Louve Grise, il se hissa jusqu'à la gueule de sa mère. Puis il risqua de s'éloigner d'elle, se traîna à quelques pieds de distance, en chavirant sur ses pattes molles, et, une fois là, se mit à renifler désespérément, en se croyant à tout jamais perdu.

Il connut ensuite que Kazan était comme une partie de Louve Grise. Huit jours ne s'étaient pas écoulés qu'il venait, avec satisfaction, se mettre en boule entre les pattes de devant de son père et s'y endormir paisiblement.

La première fois où il agit ainsi, Kazan parut fort interloqué. Il ne remua pas, d'une demi-heure, et Louve Grise vint, tout heureuse, lécher le petit fuyard.

A dix jours, Bari découvrit la notion du jeu et que c'était un sport sans pareil de tirer après lui un débris de peau de lapin.

Tout ceci se passait encore dans le home obscur du creux de l'arbre. Jusqu'au moment où le louveteau apprit à connaître ce qu'étaient la lumière et le soleil.

Ce fut par une belle après-midi. Par un trou qui était percé dans l'écorce de l'arbre, un rayon resplendissant se fraya son chemin et vint tomber sur le sol, à côté de Bari. Bari commença par fixer, avec étonnement, la traînée d'or. Puis, bientôt, il s'essaya à jouer avec elle, comme il avait fait avec la peau de lapin. Il ne comprit pas pourquoi il ne pouvait point s'en saisir ; mais, dès lors, il connut ce qu'étaient la lumière et le soleil.

Les jours suivants, il alla vers l'ouverture de la tanière, où il voyait luire cette même clarté, et, les yeux éblouis et clignotants, se coucha, apeuré, sur le seuil du vaste monde qu'il avait devant lui.

Louve Grise qui, durant tout ce temps, l'avait observé, cessa dès lors de le retenir dans l'arbre. Elle même s'alla coucher au soleil et appela son fils vers elle. Les faibles yeux du louveteau s'accoutumèrent peu à peu à la clarté solaire, que Bari apprit à aimer. Il aima la tiédeur de l'air, la douceur de la vie, et n'eut plus que répulsion pour les obscures ténèbres de l'antre où il était né.

Il ne tarda pas non plus à connaître que tout dans l'univers, n'était pas doux et bon. Un jour où un orage menaçait et où Bari rôdait, insouciant, sur l'îlot, Louve Grise le rappela vers elle et vers l'abri protecteur de l'arbre. Le louveteau, qui ne comprenait point ce que signifiait cet appel, fit la sourde oreille. Mais la Nature se chargea de le lui apprendre, à ses dépens. Un effroyable déluge de pluie s'abattit soudain sur lui, à la lueur aveuglante des éclairs et au fracas du tonnerre. Littéralement terrorisé, il s'aplatit sur le sol, et fut trempé jusqu'aux os, et presque noyé, avant que Louve Grise n'arrivât pour le saisir dans ses mâchoires et l'emporter au bercail.

Ce fut ainsi que, successivement, son raisonnement se forma et ses divers instincts continuèrent à naître. Le jour où son museau fureteur rencontra un lapin fraîchement tué et tout sanguinolent, que Kazan venait d'apporter, il eut le premier goût du sang. Il trouva que c'était exquis. Et la même impression se renouvela, désormais, chaque fois que Kazan revenait avec une proie dans ses mâchoires. Comme il devait apprendre à tuer lui-même, abandonnant les moelleuses peaux de lapin dont il s'amusait jusque-là, il se mit bientôt à batailler avec des branches tombées et des bouts de bois, où il s'aiguisa et se renforça les dents, qui se transformèrent, à cet exercice, en de durs et coupants petits crocs.

Le temps arriva ainsi où lui fut dévoilée la Grande Énigme de la Vie et de la Mort. Kazan avait rapporté dans sa gueule un gros lapin blanc, encore vivant, mais tellement mal en point qu'il ne put se relever lorsque le chien-loup l'eut déposé sur le sol. Bari savait bien ce qu'étaient lapins et perdrix, et préférait maintenant leur chair sanglante au doux lait de sa mère. Mais toujours lapins et perdrix lui étaient venus morts.

Cette fois, le lapin, le dos brisé, se convulsait et se débattait sur le sol. Le louveteau, à cette vue, recula épouvanté. Puis il revint de l'avant, épiant curieusement les soubresauts d'agonie de la malheureuse bête.

Pressentant que les choses n'avançaient pas, Louve Grise vint vers le lapin, le renifla de près, une demi-douzaine de fois, sans toutefois lui donner le coup de dent libérateur, et tourna vers Bari sa face aveugle. Quant à Kazan, nonchalamment couché par terre, à quelques pas de là, il continuait à observer et semblait beaucoup se divertir.

Chaque fois que Louve Grise baissait la tête et promenait son museau sur le lapin, les petites oreilles du louveteau se dressaient, attentives et alertées. Lorsqu'il vit qu'aucun mal n'arrivait à sa mère, il s'approcha un peu plus, prudemment et les pattes raides. Bientôt il fut à même de toucher le lapin et, comme sa mère, il posa son museau sur la fourrure qui gisait, en apparence inerte.

Mais le lapin n'était pas encore mort. Dans une violente convulsion, il replia et déplia son train de derrière, envoyant à Bari une maîtresse ruade, qui l'envoya s'étaler, plusieurs pieds plus loin, piaillant de terreur.

Rapidement, pourtant, le louveteau se remit sur ses pattes. Il était en grande colère et éprouvait un violent désir de se venger. Il revint à la charge, moins craintivement, son petit dos tout hérissé, et, achevant lui-même son éducation, enfouit ses crocs aigus dans le cou du lapin. Il sentit la vie palpiter dans le corps pantelant, les muscles du lapin agonisant se contracter sous lui, et il ne desserra point ses dents avant que tout frisson vital n'eût disparu chez sa première victime.

Louve Grise était ravie. Elle donna, de sa langue, une caresse au louveteau et Kazan, s'étant relevé, exprima son approbation par un reniflement bien senti. Bari mangea du lapin tout ce qu'il voulut, et jamais encore le sang et la viande ne lui avaient paru si délicieux.

Un à un, tous les mystères de la vie se révélaient à lui. Il apprit à ne pas s'effrayer du hideux hululement d'amour du hibou gris, du craquement d'un arbre qui choit, du roulement du tonnerre, du tumulte de l'eau courante, du cri perçant du chat-pêcheur, du beuglement de l'élan femelle en rut, ni de l'appel lointain de ses frères loups, hurlant dans la nuit.

Il prit conscience de son odorat qui, de tous ces mystères, était le plus merveilleux. Comme il errait un jour à une cinquantaine de yards du logis familial, son nez rencontra sur le sol l'odeur tiède d'un lapin. Immédiatement, sans raisonner sa sensation et sans autre processus de sa pensée, il sut que, pour arriver à la chair vivante qu'il aimait, il lui suffisait de suivre cette odeur. Ainsi fit-il, en frétillant de contentement tout le long de la piste qu'il avait découverte. Il arriva à un gros tronc d'arbre, renversé sur le sol, par-dessus lequel le lapin avait bondi. La piste était coupée et Bari, tout désorienté, rebroussa chemin.

Chaque jour, il partait tout seul vers de nouvelles aventures et, pareil à un explorateur débarqué sans boussole sur une terre ignorée, il se lançait au hasard, dans l'inconnu. Et, chaque jour, il rencontrait du nouveau, toujours merveilleux, souvent effrayant. Mais ses terreurs, maintenant, allaient en diminuant, et croissait sa confiance, puisqu'au demeurant aucun mal bien grave ne lui advenait.

Parallèlement à son cerveau, son corps physique se formait. Il n'était plus une petite masse rondelette et empotée. Ses formes s'assouplissaient, ses mouvements se faisaient plus vifs. Sa robe jaunâtre brunissait et une bande gris clair se dessinait tout le long de son échine, comme il en existait une chez Kazan. Sa tête, allongée et fine, rappelait celle de sa mère. Mais, pour tout le reste du corps, il tenait de son père.

Il avait de lui les membres trapus et la large poitrine, qui annonçaient sa force future. Ses yeux s'ouvraient largement, avec, aux coins, un peu de rouge. Tous les gens de la forêt savent à quoi s'en tenir quand ils constatent, aux yeux des petits huskies, cette goutte de sang. Elle signifie que la bête est née dans le Wild, et que sa mère ou son père ont été pris parmi les hordes sauvages des outlaws du Grand Désert Blanc. Cette tache rouge était spécialement prononcée chez Bari. Elle voulait dire que, quoique demi-chien, il était un vrai fils du Wild, qui avait remis sur lui son emprise.

Quand l'îlot encerclé d'eau, sur lequel se trouvait le gîte du louveteau, eut été complètement exploré par lui, il songea à passer sur la rive opposée.

Après avoir longtemps observé et côtoyé, toujours en vain, l'eau clapotante qui murmurait sur la berge, devant ses pattes, il se risqua sur l'arbre renversé qui servait de pont à ses parents. Arrivé sans encombre, et sans avoir perdu son équilibre, sur l'autre rive, il lui parut qu'il était soudain transporté dans un monde nouveau. Il hésita encore, quelques instants, puis se mit bravement en route.

Il n'avait pas parcouru plus d'une cinquantaine de yards lorsqu'il entendit près de lui un battement d'ailes. C'était un whiskey-jack, qui se trouvait précisément sur son chemin.

L'oiseau ne pouvait plus voler. Une de ses ailes traînait à terre, brisée sans doute au cours d'un combat avec quelqu'une des petites bêtes de proie du Wild. Il n'en apparut pas moins, tout d'abord, à Bari, comme une des choses vivantes les plus troublantes et les plus excitantes à la fois qu'il y eût.

Sur la ligne grisâtre de son dos, le poil ne tarda pas à se hérisser et le louveteau avança vers l'oiseau.

Le whiskey-jack, qui jusque-là était demeuré immobile, commença à battre en retraite, en boitant et clopinant, lorsqu'il vit que Bari n'était plus qu'à trois pieds de lui. Mais Bari, dépouillant son indécision, fonça rapidement sur l'oiseau blessé, en jetant un *yip* aigu et irrité. Il y eut une brève et passionnante poursuite, et les petites dents aiguës du louveteau s'enfouirent dans les plumes.

Alors le bec de l'oiseau se mit à frapper. Le whiskey-jack est l'épouvantail de la menue gent emplumée. Dans la saison des nids, il y tue, de son bec dur, les petits des moineaux des buissons, ceux des oiseaux-des-élans, aux doux yeux, et ceux mêmes de ces sapeurs ailés de la forêt qu'on appelle les piverts.

Le gros geai frappait sans trêve sur le museau de Bari. Mais le fils de Kazan était assez grand pour ne plus rechigner à la bataille, et la douleur qu'il ressentait des coups de bec eut pour seul résultat de lui faire davantage enfoncer ses dents. Celles-ci finirent par trouver la chair et un grognement de joie enfantine en roula dans sa gorge.

La résistance du whiskey-jack, de ce moment-là, commença à faiblir, et bientôt l'oiseau cessa de frapper et de se débattre. Bari desserra son étreinte et se recula légèrement. Il regarda l'oiseau qui gisait devant lui, immobile et hirsute. Le whiskey-jack était mort.

Le louveteau avait gagné sa première bataille et un immense orgueil en naissait en lui. Il n'était plus désormais un parasite du Wild. Il avait fait son début dans le mécanisme implacable de la vie sauvage. Il avait tué.

Une heure après, Louve Grise, qui avait suivi sa piste, le retrouva à la même place. Il n'y avait plus, du gros geai, que des lambeaux ; ses plumes étaient partout éparpillées sur le sol. Quant à Bari, le museau tout sanglant, il s'était, pour se reposer, couché triomphant en face des débris de sa victime.

Louve Grise comprit et caressa son louveteau. Elle le ramena avec elle et, dans sa gueule, il rapporta à son père une aile de l'oiseau vaincu.

La chasse, dès lors, devint la passion dominante de Bari. Quand il ne dormait point au soleil ou, la nuit, dans le creux de l'arbre, il cherchait tout ce qui avait vie et qu'il pouvait détruire.

Il massacra une famille entière de souris des bois. Les oiseaux-des-élans, qu'il guettait à l'affût, lui furent également une proie facile et, en quelques jours, il réussit à en tuer trois. Il fut, par contre, moins heureux avec une hermine, qui le mordit cruellement et qui échappa, indemne, lui faisant connaître ainsi sa première défaite.

De cette défaite, il demeura, pendant plusieurs jours, fort marri et il se tint plus tranquille. Mais il avait appris que, parmi les bêtes du Wild, il convenait d'être prudent avec celles qui, comme lui, portaient des crocs. Et, plus généralement, il sut que ce n'était point de celles-là qu'il convenait de faire sa nourriture. S'étant, en effet, rencontré, quelque temps après, avec un chat-pêcheur, qui était comme lui en quête de nourriture, il le laissa passer son chemin, sans lui rien dire. Et le chat-pêcheur, non moins circonspect, fit de même.

D'autres notions étaient innées en lui. Instinctivement il sut, avant même d'en avoir éprouvé la cuisante blessure, qu'il était nécessaire d'éviter tout contact avec le porc-épic.

Les courses du louveteau devenaient de plus en plus lointaines et plus longues ses absences. Louve Grise, au début, s'inquiétait lorsque son fils tardait trop à rentrer au gîte. Maintenant elle s'en souciait moins. La loi de la Nature suivait son cours.

Puis vint un après-midi où Bari s'éloigna plus encore que les autres jours. Il tua un lapin, s'en reput et demeura là où il était, jusqu'au crépuscule.

Alors la pleine lune se leva, énorme et dorée, inondant d'une lumière qui rivalisait presque avec la clarté du jour plaines, forêts et crêtes de montagnes. C'était une nuit superbe. Et Bari découvrit la lune, et il se mit en route dans sa lueur merveilleuse, en continuant à tourner le dos au gîte familial.

Toute la nuit, Louve Grise veilla, à attendre son fils. Lorsque reparut le jour, elle s'assit sur son derrière et, levant vers le ciel ses yeux aveugles, elle poussa un long hurlement.

Au loin, Bari l'entendit, mais ne répondit point. Son évolution était terminée. La Nature avait achevé de reprendre ses droits. Un monde nouveau et une vie nouvelle s'ouvraient définitivement pour le louveteau. Il avait dit adieu à ses père et mère.

XXI
DENT-BRISÉE ÉMIGRE AVEC SA FAMILLE

La beauté de la saison où se termine le printemps et s'amorce l'été agissait pareillement sur Kazan et sur Louve Grise. La soif les prenait aussi de se remettre en route et de s'en aller vagabonder par le vaste monde. Cette volupté d'errer reprend infailliblement les bêtes à fourrures et les bêtes à crocs du Wild, aussitôt que les petits de la portée du printemps, pour s'en aller de leur côté, les ont quittées.

Par une nuit admirable, baignée de lune et d'étoiles, le chien-loup et la louve aveugle abandonnèrent à leur tour l'arbre creux et entreprirent de remonter, vers les montagnes de l'Ouest, la vallée qui aboutissait au marais.

Jour et nuit ils chassaient, marquant leur piste, derrière eux, d'innombrables carcasses à demi dévorées de lapins et de perdrix. C'était, en effet, la saison du plaisir de tuer et non celle de la faim.

A dix milles à l'ouest, ils tuèrent un jeune faon. Ils l'abandonnèrent également, après un seul repas. Longuement ils se chauffaient au soleil et devenaient de plus en plus luisants et gras.

Ils trouvaient peu de gêne avec les autres animaux. Il n'y avait pas de lynx dans la région, insuffisamment boisée pour plaire au gros chat, ni de loups. Le chat-pêcheur, la martre et le vison abondaient le long du torrent, mais n'étaient point dangereux. Un jour, ils rencontrèrent une vieille loutre. C'était, en son genre, un géant de l'espèce, dont le poil tournait, avec le proche été, au gris sale.

Kazan, paresseux et repu, la regarda négligemment. Louve Grise humait dans l'air la forte odeur de poisson que dégageait la bête. Cet être aquatique ne les intéressa pas plus qu'un bâton qui s'en serait allé à la dérive, au fil de l'eau. Ils continuèrent leur chemin sans se douter que cette grosse créature, d'aspect stupide, à la queue noire comme du charbon, allait bientôt devenir leur alliée dans une de ces batailles haineuses et sans merci, comme il s'en livre entre les hôtes du Wild. Luttes tragiques, qui se terminent par la seule survivance du plus fort, et qui n'ont pour témoins que le ciel impassible et muet, où leur souvenir se dissémine aux vents.

Aucun homme n'était venu, depuis plusieurs années, dans cette partie supérieure de la vallée et une colonie de castors y prospérait en paix.

Le chef de la colonie était un vénérable patriarche, qu'un Indien, en sa langue imagée, n'eût pas manqué de baptiser « Dent-Brisée ». Car une des quatre et longues incisives, dont se servent les castors pour abattre les arbres destinés à la construction de leurs digues, était brisée chez le vieux père.

Il y avait six ans que Dent-Brisée était arrivé en cet endroit, avec quelques autres castors de son âge, et qu'ils avaient ensemble construit leur première digue et leur première hutte.

En avril suivant, la femelle de Dent-Brisée lui donnait quatre bébés castors et chacune des autres mères castors avaient pareillement accru la population de la petite colonie de deux, trois ou quatre membres nouveaux.

Si cette première génération avait suivi la loi ordinaire de l'espèce, elle se serait, au bout de quatre ans, appariée entre elle et aurait quitté la colonie pour aller en fonder une autre. Mais elle se trouvait bien où elle était et y demeura. Elle procréa sur place. Si bien que maintenant on eût dit le grouillement serré de la population qui s'entasse dans une ville assiégée.

La colonie, cette sixième année, comptait quinze huttes et plus de cent citoyens, avec, en surplus, la dernière portée de jeunes castors de mars et d'avril. La digue qui retenait les eaux du torrent s'était allongée au point d'atteindre deux cents yards. L'eau débordée couvrait une vaste étendue de sol, transformée en étang, et d'où émergeaient bouleaux, peupliers, aulnes et saules, à la tendre écorce et aux pousses vertes.

Quelle que fût la surface couverte par l'eau, cette pitance ordinaire des castors était devenue insuffisante pour la nourriture des huttes surpeuplées. On ne voyait plus partout qu'arbres et arbrisseaux rongés jusqu'à l'aubier.

Retenus, comme l'homme, par l'amour du foyer natal, les castors n'avaient pu se décider encore à émigrer. La hutte de Dent-Brisée mesurait intérieurement huit à neuf pieds de diamètre, et dans cet étroit espace vivaient enfants et petits-enfants, au nombre de vingt-sept.

Aussi le vieux patriarche s'était-il résolu à abandonner sa tribu, pour s'en aller ailleurs chercher fortune. Tandis que Kazan et Louve Grise reniflaient négligemment les fortes odeurs qu'exhalait la ville des castors, Dent-Brisée ralliait justement et faisait ranger autour de lui sa famille — c'est-à-dire sa femelle, deux de ses fils et leur progéniture — pour l'exode.

Dent-Brisée avait toujours été le chef reconnu de la colonie. Aucun autre castor n'y avait jamais atteint sa taille et sa force. Son corps épais était long de trois bons pieds et pesait dans les soixante livres. Sa queue plate mesurait cinq pouces de large, sur quatorze de long et, lorsqu'elle frappait l'eau, par une nuit calme, on pouvait, à un mille de distance, entendre la résonance du coup. Ses pattes de derrière, largement palmées, étaient grosses deux fois comme celles de sa femelle et aucun nageur de la colonie ne pouvait lutter de rapidité avec lui.

La nuit qui suivit, tandis que Kazan et Louve Grise continuaient leur course le long du torrent, Dent-Brisée sortit de l'eau, grimpa sur la digue, se secoua et regarda si toute sa smalah était en ligne.

L'eau de l'étang, qui, sous la nuit claire, était toute piquée d'étoiles, se ridait, derrière lui, de corps qui nageaient et qui vinrent le rejoindre sur la digue. Quelques autres castors s'étaient joints à lui et à sa famille. Quand tout le monde fut réuni, le digne patriarche piqua une tête dans le torrent, du côté opposé à l'étang, et les corps soyeux et luisants des émigrants commencèrent à descendre le courant. Les bébés de trois mois nageaient comme leurs parents et avaient grand peine à ne pas se laisser distancer. Dent-Brisée fendait l'eau, le premier, superbement. Derrière lui, venaient les castors adultes. Les mères et les enfants formaient l'arrière-garde. Il y avait quarante têtes au total.

Durant toute la nuit, le voyage se continua sans incident. La grosse loutre, cachée dans un épais bouquet de saules, laissa, sans s'attaquer à elle, passer la caravane.

Par une curieuse prévision de la Nature, qui voit souvent au-delà de notre compréhension humaine, la loutre est la mortelle ennemie de la race des castors et plus redoutable pour elle que ne l'est l'homme même. Mangeuse de poissons, elle veille en même temps à ce que l'espèce n'en soit point anéantie. Un instinct secret lui a sans doute appris que les digues élevées par le castor, coupant le flux naturel des rivières et des torrents, entravent la course naturelle du poisson au moment du frai. Incapable de se mesurer, elle seule, contre les tribus nombreuses de ses ennemis, elle travaille, en sourdine, à détruire leurs ouvrages. Comment elle s'y prend, c'est ce que nous verrons tout à l'heure.

Plusieurs fois, durant la nuit, Dent-Brisée s'était arrêté de nager pour examiner la berge, constater s'il y rencontrait assez d'arbres aux écorces tendres et décider s'il convenait de faire halte. Mais ici ces écorces étaient insuffisamment nombreuses. Là, c'était l'endroit qui n'était point propice à la construction d'une digue, et l'on sait que l'instinct d'ingénieur des castors l'emporte même sur l'attrait de la nourriture.

Toute la troupe s'en rapportait, sur ce point, au jugement de Dent-Brisée, qu'elle ne discutait point, et personne ne songeait à demeurer en arrière tandis qu'il continuait à avancer.

Aux premiers feux de l'aube, on arriva à la partie du marais où Kazan et Louve Grise avaient élu domicile. Par droit du premier occupant, le terrain de l'îlot et celui qui l'avoisinait appartenaient sans conteste au chien-loup et à la louve. Partout ils avaient laissé des marques de leur emprise.

Mais Dent-Brisée était une créature aquatique et son flair, qui d'ailleurs n'était pas très fin, n'avait cure des créatures terrestres. Il s'arrêta juste en face de l'arbre creux qui avait servi de gîte à Louve Grise et à Kazan, et grimpa sur la rive. Là, il se dressa tout droit sur ses pattes de derrière et, s'appuyant sur sa large et lourde queue, se mit à se dandiner en signe de contentement.

Le lieu était idéal pour y établir une colonie. En coupant d'une digue le torrent, un peu au-dessous de l'îlot, celui-ci serait facilement inondé, avec sa provision de peupliers, d'aulnes, de saules et de bouleaux. Un rideau d'arbres épais coupait le vent, du côté du nord, et promettait pour l'hiver une température clémente.

Dent-Brisée fit aussitôt comprendre à la troupe que c'était ici qu'il convenait de se fixer. Ce fut à qui se hâterait d'escalader l'îlot et les berges qui lui faisaient face. Les bébés castors commencèrent incontinent à grignoter les écorces qui leur tombaient sous la dent. Les castors adultes, après quelques bouchées, se mirent au travail sans plus tarder et, sous la direction de Dent-Brisée, entamèrent, le jour même, leur œuvre de constructeurs.

Dent-Brisée, ayant jeté son dévolu sur un gros bouleau qui s'élevait en bordure du torrent, entreprit de le sectionner par la base. En dépit de sa dent perdue, le vieux patriarche savait faire bon usage des trois qui lui restaient et que l'âge n'avait point détériorées.

Les dents du castor sont tranchantes comme autant de ciseaux d'acier. Un dur émail, qui ne s'écaille jamais, les recouvre extérieurement. Du côté intérieur, elles sont formées d'un ivoire plus tendre qui, au fur et à mesure de son usure, se renouvelle d'année en année.

Assis sur son train de derrière, ses pattes de devant appuyées contre le trône d'arbre, et bien en équilibre sur sa queue, où il s'arc-boutait, Dent-Brisée taillait autour du tronc une bague, qui allait peu à peu en s'amincissant. Il travailla plusieurs heures durant et quand enfin il s'arrêta, pour se reposer, un autre ouvrier se mit à la tâche.

D'autres castors adultes, durant ce temps, coupaient de moindres arbres. Ce fut un petit peuplier qui, avec grand fracas, s'abattit le premier dans l'eau.

Le gros bouleau qui, à la base, prenait la forme évidée d'un sablier fut plus long à faire choir. Vingt heures y furent nécessaires. Alors il tomba en travers du torrent, à la place exactement qui lui avait été assignée.

Au cours de la semaine qui suivit, la tribu ne prit que fort peu de repos. Si le castor, en principe, préfère travailler la nuit, il s'accommode également, s'il est nécessaire, de travailler le jour.

Avec une intelligence presque humaine, les petits ingénieurs étaient attelés à leur tâche. Beaucoup de jeunes arbres furent abattus et sectionnés en longueur de quatre à cinq pieds. Ces bûches étaient ensuite roulées jusqu'au torrent, les castors les poussant de la tête et des pattes, et venaient buter contre le gros bouleau, entremêlées de broussailles et de menues branches, qui jouaient le rôle de fascines.

Lorsque la charpente de la digue fut ainsi achevée, le cimentage commença. Les castors, sur ce point, sont les maîtres des hommes et, ce qu'ils construisent, la dynamite seule peut le faire sauter.

Triturant, et apportant sous leur menton replié en forme de poche, un mélange de boue et de brindilles végétales d'une demi-livre à une livre par chargement, ils s'étudiaient à obturer, à l'aide de ce mortier, tous les vides qui subsistaient dans leur charpente, entre les troncs et les fascines.

C'était, semblait-il, une tâche colossale. Mais les constructeurs de Dent-Brisée pouvaient, en vingt-quatre heures, transporter une tonne de leur ciment. Après le troisième jour, le barrage commençait à fonctionner, l'eau à monter, et le torrent à s'épandre de droite et de gauche.

Ceci rendait désormais le travail plus facile et les matériaux de construction étaient manœuvrés plus aisément, les castors les faisant flotter sur l'eau. Les bûches s'accumulaient les unes à la suite des autres et la digue ne tarda pas à s'étendre sur une longueur d'une centaine de pieds.

La tribu en était là de son travail quand, un beau matin, Kazan et Louve Grise s'en revinrent vers leur domicile.

XXII
LA LUTTE CONTRE LES ENVAHISSEURS

Comme tous deux étaient encore à un demi-mille de distance, une brise légère, qui soufflait du sud, apporta aux naseaux de Louve Grise l'odeur des intrus.

De l'épaule, en signe d'avertissement, elle heurta Kazan qui, à son tour, flaira dans l'air l'odeur étrange. Celle-ci ne fit que croître à mesure qu'ils avançaient.

A deux cents yards environ des castors, ils perçurent le craquement soudain d'un arbre qui tombait et le claquement de l'eau sous sa chute. Ils s'arrêtèrent net et, durant une bonne minute, ils demeurèrent les nerfs tendus, et aux écoutes. Puis ils entendirent de nouveaux clapotements dans l'eau, accompagnés de cris perçants.

Louve Grise tourna vers Kazan ses yeux aveugles. Mieux que lui, elle savait ce dont il s'agissait et elle eût voulu pouvoir le lui dire.

Ils reprirent en avant leur petit trot. Quand ils arrivèrent là où ils avaient laissé un îlot, cerclé d'un peu d'eau, et l'arbre creux qui les avait si longtemps abrités, Kazan éprouva un ahurissement sans limites en face du prodigieux changement qui avait eu lieu durant leur absence. Un étang couvrait le sol, inondant arbres et buissons.

Kazan et Louve Grise s'étaient avancés sans faire de bruit et les ouvriers de Dent-Brisée ne se doutaient en rien de leur présence. Dent-Brisée en personne était fort occupé à saper un arbre. Près de lui, quatre ou cinq bébés castors s'amusaient à construire une digue en miniature, avec de la boue et des petites branches. Sur la grande digue, d'autres enfants castors, un peu plus âgés mais pas encore adultes, grimpaient, puis se divertissaient follement à se laisser glisser sur sa pente, comme en toboggan, pour culbuter finalement dans l'eau. C'était leurs ploufs ! et leurs petits cris joyeux que Kazan et Louve Grise avaient entendus.

Les castors adultes étaient au travail en divers endroits.

Kazan avait déjà assisté à des scènes semblables lorsque, dans la partie supérieure de la vallée, il était passé près de la première colonie des castors. Cela ne l'avait point alors intéressé.

Il n'en était plus de même aujourd'hui. Les castors avaient cessé d'être pour lui de simples animaux aquatiques, coriaces et non comestibles, et qui exhalaient une odeur déplaisante. C'étaient les envahisseurs de son domaine, donc des ennemis, et ses crocs se découvraient en silence. Son échine se mit en brosse, les muscles de ses pattes de devant, et ceux de ses épaules, se tendirent comme des cordes de fouet et, sans jeter un seul cri, il se précipita sur Dent-Brisée.

Le vieux patriarche n'avait point pressenti le danger qui le menaçait. Il n'aperçut Kazan que quelques secondes avant que le chien-loup l'eût atteint. Il s'arrêta de scier son arbre ; mais, lent à se mouvoir sur la terre ferme, il parut hésiter un instant. Kazan était déjà sur lui lorsqu'il se laissa dégringoler vers le torrent.

Il y eut un corps à corps rapide entre le castor et son agresseur. Mais Dent-Brisée glissa comme de l'huile sous le ventre de Kazan et se retrouva bientôt en sûreté dans son élément, avec deux morsures à vif dans sa queue charnue.

Kazan demeura fort estomaqué de l'échec de son attaque et de la fuite de son insaisissable ennemi. Ahuris et épouvantés du spectacle auquel ils venaient d'assister, les bébés castors qui se trouvaient sur la berge étaient demeurés figés sur place. Ils ne se réveillèrent qu'en voyant le chien-loup qui fondait sur eux.

Trois, de cinq qu'ils étaient, eurent le temps de regagner l'eau. Pour les deux autres bébés, il fut trop tard. D'un simple claquement de mâchoires, Kazan brisa le dos de l'un. Il saisit l'autre par la gorge et le secoua en l'air, comme un terrier fait d'un rat.

Louve Grise, qui avait entendu la brève bataille, vint rejoindre son compagnon. Elle renifla les deux tendres petits corps, qui avaient cessé de vivre, et se prit à gémir. Sans doute les deux mignonnes créatures lui rappelaient-elles ses propres petits, ceux que le lynx avait étranglés sur le Sun Rock, et Bari qui s'était enfui, car il y avait dans son gémissement une sorte d'attendrissement maternel.

Mais si Louve Grise avait des visions sentimentales de ce genre, il n'en était pas de même pour Kazan. Le chien-loup s'était montré aussi froidement impitoyable à deux des petites créatures qui avaient envahi son domaine que l'avait fait le lynx pour la première portée de Louve Grise. Ce succès remporté sur ses ennemis excitait davantage encore son désir de tuer. Il côtoyait, en proie à une sorte de frénésie, le bord de l'étang, grognant à l'adresse de l'eau trouble, sous laquelle Dent-Brisée avait disparu.

La tribu entière s'était pareillement réfugiée dans le liquide élément, dont la surface se soulevait au passage de tous ces corps nageant entre deux eaux.

Kazan arriva ainsi à l'une des extrémités du barrage. C'était nouveau pour lui. Mais l'instinct lui enseignait que cet ouvrage était l'œuvre de Dent-Brisée et de sa tribu. Pendant quelques instants, il s'acharna furieusement contre les bûches et contre les brindilles entrelacées.

Soudain, à quelque cinquante pieds de la berge, vers le centre de la digue, l'eau s'agita et la grosse tête ronde de Dent-Brisée émergea.

Pendant une demi-minute de tension mutuelle, le castor et le chien-loup se mesurèrent du regard. Puis, tout tranquillement, Dent-Brisée sortit de l'eau son corps humide et luisant, grimpa au faîte de la digue, et s'y étala à plat ventre, face à Kazan.

Le vieil ingénieur était seul. Aucun autre castor ne se montrait plus. La surface de l'étang était maintenant sans une ride.

Vainement, Kazan tenta de découvrir un passage lui permettant d'arriver jusqu'à son ennemi, qui semblait le narguer. Mais, entre le mur solide de la digue centrale et la berge, il n'y avait qu'une charpente à claire-voie, à travers laquelle l'eau transitait en bouillonnant, comme à travers les portes à demi fermées d'une écluse.

Par trois fois, Kazan s'acharna à se frayer un chemin dans cet enchevêtrement de branches et, trois fois, ses efforts n'aboutirent qu'à un brusque plongeon dans l'étang.

Le vieux patriarche, pendant ce temps, ne remuait toujours pas. Quand, enfin, Kazan découragé eut abandonné son attaque, Dent-Brisée se laissa glisser sur le bord de la digue et disparut sous l'eau. Le malin castor avait appris que, pas plus que le lynx, Kazan n'était capable de combattre dans l'eau et il alla répandre cette bonne nouvelle parmi les autres membres de la tribu.

Kazan vint rejoindre Louve Grise. Il s'étendit près d'elle, au soleil, et se remit à observer.

Au bout d'une demi-heure, il vit, sur la rive opposée, Dent-Brisée qui sortait de l'eau à nouveau. D'autres castors le suivaient et tous se remirent, de compagnie, à la besogne, comme si rien n'était arrivé. Les uns recommencèrent à scier leurs arbres, les autres travaillaient dans l'étang, apportant avec eux et mettant en place leurs charges de ciment et de brindilles. Le milieu de l'étang était leur ligne de mort. Pas un ne la dépassait.

Une douzaine de fois, un des castors nagea jusqu'à cette ligne et s'y arrêta, en regardant les petits corps que Kazan avait tués et qui étaient demeurés sur la berge. Sans doute était-ce la mère, qui eût voulu aller vers les innocentes victimes et ne l'osait point.

Kazan, qui s'était un peu calmé, réfléchissait sur ces êtres bizarres qu'il avait devant lui, et qui usaient à la fois de la terre et de l'eau. Ils n'étaient point aptes au combat et, si nombreux fussent-ils contre lui seul, ils déguerpissaient comme des lapins dès qu'il était à portée de les atteindre. Contre lui, Dent-Brisée, dans leur corps à corps, n'avait même pas fait usage de ses dents.

Il en vint à conclure que ces créatures envahissantes devaient être chassées à l'affût, comme les lapins et les perdrix. En vertu de quoi, il se mit en route, dans le courant de l'après-midi, suivi de Louve Grise.

Par une ruse coutumière aux loups, il commença par s'éloigner de la proie convoitée et remonta tout d'abord le cours du torrent. Le niveau y avait considérablement monté, par l'effet du barrage des castors, et de nombreux gués, qu'il avait maintes fois traversés, étaient devenus impraticables.

Il se décida donc, au bout d'un mille, à traverser le torrent à la nage, en laissant derrière lui Louve Grise que son horreur de l'eau retenait au rivage. Puis il redescendit silencieusement la rive opposée, en se tenant à une centaine de yards du torrent.

Un peu en deçà de la digue, aulnes et saules formaient un épais fourré. Kazan en tira profit. Il put s'avancer sans être vu et s'aplatit sur le sol, prêt à s'élancer dès que l'occasion s'en présenterait.

Pour l'instant, la plupart des membres de la tribu travaillaient dans l'eau. Quatre ou cinq seulement étaient sur la berge. Il allait bondir sur eux quand, au dernier moment, il décida de s'avancer encore un peu vers la digue. Il était bien caché dans son fourré et le vent était pour lui. Le bruit de l'eau, qui jaillissait en cascatelles à travers les claires-voies du barrage, étouffait le son de ses pas.

Le barrage était, sur cette rive, encore inachevé et, à quelques pieds seulement de la berge, Dent-Brisée était en plein travail avec ses ouvriers. Le vieux castor était à ce point affairé, occupé qu'il était à mettre en place un rondin, de la grosseur du bras d'un homme, qu'il ne vit point la tête et les épaules de Kazan surgir des buissons.

Ce fut un autre castor qui, en piquant aussitôt une tête dans l'eau, lança l'avertissement, Dent-Brisée releva la tête et ses yeux rencontrèrent les crocs découverts de Kazan. Il était trop tard. Déjà Kazan, se risquant sur le tronc couché d'un petit bouleau, était sur lui. Ses longs crocs s'enfoncèrent profondément dans le cou de son ennemi.

Mais le vieux compère avait plus d'un tour dans son sac. Se rejetant en arrière, d'un mouvement brusque, il réussit à faire perdre à Kazan l'équilibre. Simultanément, ses dents, tranchantes comme un ciseau, réussissaient une prise solide à la gorge du chien-loup. Mutuellement rivées ainsi l'une à l'autre, les deux bêtes firent dans l'onde un bruyant plongeon.

Dent-Brisée, nous l'avons dit, pesait dans les soixante livres. De l'instant où il fut dans l'étang, il se retrouva dans son élément et, s'accrochant opiniâtrement à la gorge de Kazan, il se laissa couler à fond, comme un morceau de plomb, en entraînant avec lui son adversaire.

L'eau verte se précipita dans la gueule de Kazan, dans ses oreilles, dans ses yeux et dans son nez. Il était aveuglé et étouffait. Tous ses sens étaient en tumulte. Mais, au lieu de se débattre afin de se dégager au plus vite, il s'obstinait à ne point lâcher Dent-Brisée, retenant sa respiration et resserrant davantage ses crocs.

Bientôt il toucha le fond mou et bourbeux de l'étang, et commença à s'enfoncer dans la vase.

Alors il s'affola et comprit qu'il y allait pour lui de la vie ou de la mort. Il abandonna Dent-Brisée, pour ne plus songer qu'à fermer hermétiquement ses mâchoires, afin de n'être point suffoqué par l'eau. Et, de toute la force de ses membres puissants, il lutta pour se libérer de son ennemi, pour remonter à la surface, vers l'air libre et vers la vie.

L'entreprise qui, sur terre, eût été facile, était ici terriblement malaisée. L'adhérence du vieux castor était, sous l'eau, plus redoutable pour lui que celle d'un lynx à l'air libre. Comble de malheur ! Un second castor, adulte et robuste, arrivait, dans un remous de l'eau. S'il se joignait à Dent-Brisée, c'en était fait de Kazan. Mais le sort en avait décidé autrement.

Le vieux patriarche n'était pas vindicatif. Il n'avait soif, ni de sang, ni de mort. Maintenant qu'il était délivré de l'étrange ennemi qui, deux fois, s'était jeté sur lui et qui maintenant ne pouvait plus lui faire aucun mal, il n'avait aucune raison de conserver Kazan sous l'eau. Il desserra sa petite gueule.

Ce n'était pas trop tôt pour le père de Bari, déjà aux trois quarts noyé. Il parvint cependant à remonter à la surface et, accrochant ses pattes de devant à un petit arbre du barrage, il se maintint la tête hors de l'eau, durant dix bonnes minutes, jusqu'à ce qu'il eût absorbé de suffisantes bouffées d'air et retrouvé la force de regagner le rivage.

Il était anéanti. Trempé comme il ne l'avait jamais été, il grelottait de tous ses membres. Ses mâchoires pendaient bas. Il avait été battu, battu, battu à plates coutures. Et son vainqueur était un animal d'une race inférieure à la sienne. Il en sentait toute l'humiliation. Lamentable et pouvant à peine se traîner, il remonta le cours du torrent, qu'il lui fallut retraverser à la nage, pour aller retrouver Louve Grise qui l'attendait.

XXIII
LA LOUTRE FAIT UNE TROUÉE

Quelques jours après, Kazan avait repris sa force coutumière et sa belle santé. Mais sa haine pour les castors maudits n'avait fait qu'empirer. Détruire ses ennemis était devenu pour lui une idée fixe et qui lui bouleversait passionnément le cerveau.

Le barrage prenait des proportions de plus en plus formidables. Le cimentage de la digue s'étendait plus profondément sous l'eau, par les soins constants et rapides des ingénieurs à quatre pattes. Trois huttes s'élevaient. A chaque vingt-quatre heures, l'eau montait plus haut et régulièrement l'étang s'élargissait, submergeant tout.

Sans cesse aux aguets, dès que la chasse et le souci de la nourriture pour lui et pour Louve Grise ne le retenaient pas, Kazan ne cessait de rôder autour de l'étang à la recherche d'une occasion favorable pour tuer quelqu'un des membres imprudents de la tribu de Dent-Brisée.

C'est ainsi qu'il surprit un gros castor, qui s'était trop écarté sur la berge, et l'étrangla. Trois jours après, ce fut au tour de deux bébés castors, qui s'ébattaient dans la vase, à quelques pieds du rivage. Kazan, dans sa fureur, les mit littéralement en morceaux.

Alors Dent-Brisée décida qu'on ne travaillerait plus que durant la nuit et que, le jour, toute la tribu demeurerait dans ses huttes. Kazan n'y perdit point. Il était un habile chasseur nocturne et, deux nuits de suite, il tua son castor. Il avait déjà sept pièces au tableau, lorsque la loutre entra en scène.

Jamais Dent-Brisée n'avait encore été placé entre deux ennemis plus acharnés et plus féroces que ceux qui, maintenant, l'assaillaient. Sur terre, Kazan était son maître et celui de sa race, par l'agilité supérieure qui était la sienne, par son odorat plus subtil et ses ruses de combat. La loutre, dans l'eau, était une pire menace.

Elle y évoluait, plus rapide que le poisson dont elle faisait sa nourriture. Ses dents aiguës étaient pareilles à des aiguilles d'acier. Elle était si lisse et luisante, et glissante, que les castors, si nombreux fussent-ils après elle, eussent été incapables de l'empêcher de leur filer entre les pattes.

Pas plus que le castor, la loutre n'a soif de sang. Et pourtant, dans tout le Northland, elle est la pire destructrice de ces animaux. Elle est pour eux une véritable peste.

C'est surtout durant les grands froids de l'hiver qu'elle accomplit son œuvre la plus redoutable. Elle ne s'en va pas attaquer les castors dans leurs chaudes huttes. Mais, et l'homme fait de même à l'aide de la dynamite, elle va pratiquer, sous la glace, une trouée dans la digue. L'eau se met aussitôt à descendre, la glace s'effondre en masses cahotiques et les huttes demeurent à sec. Les castors ne tardent pas à y mourir de froid. Car, en dépit de leur épaisse fourrure, ces animaux sont très sensibles aux basses températures, qui atteignent, durant l'hiver canadien, quarante à cinquante degrés au-dessous de zéro. La protection de l'eau et de la glace contre l'air extérieur est pour eux aussi nécessaire que le feu l'est à l'homme.

Deux jours durant, la loutre s'ébattit autour de la digue et de l'eau profonde de l'étang. Kazan la prit pour un castor et tenta en vain de la chasser à l'affût. La loutre, de son côté, regardait Kazan avec méfiance et se tenait soigneusement hors de sa portée. Ni l'un ni l'autre ne se reconnaissaient pour des alliés.

Les castors continuaient leur travail avec une prudence redoublée, mais sans l'abandonner une minute. L'eau montait toujours.

Le troisième jour, l'instinct de destruction de la loutre se décida à opérer. Elle plongea et, fouinant partout de sa petite tête, elle se mit à examiner la digue près de ses fondations. Elle ne fut point longue à découvrir un point faible, où les bûches, les branches et le ciment formaient un tout moins homogène et, de ses petites dents aiguës, elle entama ses opérations de forage.

Pouce par pouce, creusant et rongeant devant elle, elle se frayait un chemin dans la digue. La petite ouverture ronde qu'elle pratiquait mesurait dans les sept pouces de diamètre. Au bout de six heures de travail, la digue était entièrement percée.

Alors, par ce déversoir, l'eau se précipita, pareille à celle d'un tonneau qui se vide par sa bonde. Kazan vit la loutre, satisfaite de son ouvrage, sortir de l'eau, grimper sur la digue et s'y secouer. En une demi-heure, le niveau de l'étang avait subi une baisse déjà perceptible et, par l'effet de la pression de l'eau, le trou de fuite s'élargissait de lui-même.

En une autre demi-heure, les trois cabanes furent asséchées et la vase sur laquelle elles reposaient apparaissait.

Ce fut seulement à ce moment-là que Dent-Brisée commença à s'alarmer. Pris de panique, il rallia autour de lui la colonie, qui se démenait de droite et de gauche, et nageait affolée dans toutes les directions, sans plus se soucier du chien-loup et de la louve. Un gros castor ayant abordé de leur côté, Kazan, aussitôt suivi de Louve Grise, fut sur lui, en deux bonds. Le combat fut bref et cruel, et les castors virent leur frère rapidement étranglé. Alors, ils se précipitèrent tous vers la rive opposée.

Dent-Brisée, cependant, escorté de ses meilleurs ouvriers, avait plongé dans ce qui restait d'eau à la base de la digue et cherchait la brèche, afin de l'obturer au plus vite. La loutre, sur ces entrefaites, s'était éclipsée.

Le travail à exécuter était difficultueux, car les castors devaient, après les avoir rognées à la dimension convenable, traîner à travers la vase bûches et fascines. Il fallait, en outre, dans cette lutte pour la vie, braver à découvert les crocs de Kazan et de Louve Grise, qui barbotaient dans la boue, s'avançant aussi loin du rivage qu'ils le pouvaient, et qui haletaient de carnage. Cinq autres castors adultes et un bébé castor tombèrent sous leurs coups, au cours de l'après-midi, et furent mis en pièces.

Dent-Brisée réussit enfin à obturer la brèche, l'eau recommença à monter et le massacre prit fin.

La grosse loutre, remontant le torrent, s'en était allée à un demi-mille de là, se reposer de sa besogne. Étalée sur une souche, elle se chauffait aux derniers rayons du soleil couchant. Son intention était, dès le lendemain, de redescendre vers la digue et de renouveler sa trouée. C'était sa méthode coutumière et son amusement, à elle.

Mais cet étrange et invisible arbitre du Wild, celui que les Indiens appellent O-se-ki, « l'Esprit », condescendit enfin à jeter un regard de pitié sur Dent-Brisée et sa malheureuse tribu.

Voyant l'étang à nouveau rempli, Kazan et Louve Grise entreprirent, eux aussi, de remonter le torrent, à la recherche de nouveaux castors à tuer, si par hasard il s'en était égaré par là.

La loutre était, avons-nous dit, grosse et grise, et vieille. Pendant dix ans elle avait vécu, pour prouver à l'homme qu'elle était plus madrée que lui. En vain, maint chasseur avait-il disposé ses pièges pour la capturer. Dans le courant des ruisseaux et des torrents, des couloirs perfides avaient été, par d'astucieux trappeurs, savamment établis à l'aide de bûches et de grosses pierres, au bout desquels la guettaient les mâchoires d'acier. Toujours elle avait éventé ces traquenards.

Peu de ceux qui la chassaient l'avaient vue. Mais la piste qu'elle laissait dans la vase ou le gravier disait sa grande taille. Si elle n'avait su la défendre ainsi, sa splendide et moelleuse fourrure hivernale eût pris, depuis longtemps, la route des plus luxueux magasins de l'Europe. Car cette fourrure était vraiment digne d'un duc ou d'une duchesse, d'un roi ou d'un empereur. Dix années durant, elle avait su vivre et échapper aux convoitises des riches.

Mais, par ce beau soir d'été, elle était sans défiance. Il ne se fût pas trouvé un seul chasseur pour la tuer, car en cette saison sa peau était de nulle valeur. Cela, l'instinct et la Nature le lui disaient. C'est pourquoi, engourdie à la fois par le bon soleil et par la fatigue, l'estomac bien garni d'un lot de poissons qu'elle était en train de digérer, elle dormait voluptueusement, en pleine sérénité, aplatie sur sa souche, à proximité du torrent.

A pas de velours, Kazan arriva, suivi de Louve Grise. Le vent, qu'ils avaient pour eux, ne les trahissait pas et il leur apporta bientôt l'odeur de la loutre.

Ils trouvèrent que c'était celle d'un animal aquatique, une odeur rance, aux relents de poisson, et ils ne doutèrent point qu'ils allaient rencontrer un de leurs ennemis à large queue. Ils redoublèrent de prudence et parvinrent, sans être entendus, en face de la loutre. Kazan s'arrêta brusquement et, en guise d'avertissement, heurta de l'épaule la louve aveugle.

L'ultime plongée du soleil à travers les arbres s'était éteinte et le crépuscule commençait à tomber. Dans le bois qui s'obscurcissait, un hibou saluait la nuit de son premier appel, aux notes sourdes. La loutre s'agitait sur sa souche. Une sorte de malaise s'emparait d'elle et son museau moustachu se contractait. Elle était prête à s'éveiller lorsque Kazan bondit sur elle.

Face à face, en franche bataille, la loutre aurait pu encore se défendre et prouver sa valeur. Mais le Wild avait décrété, cette fois, qu'elle devait mourir. O-se-ki, l'Esprit immanent et tout-puissant, s'appesantissait sur elle. Il était plus redoutable que l'homme et elle n'avait nul moyen de lui échapper.

Les crocs de Kazan s'enfoncèrent dans la veine jugulaire de la loutre et elle mourut instantanément, avant même d'avoir pu connaître qui lui avait bondi dessus. Quant au chien-loup et à la louve, ils reprirent leur tournée, cherchant toujours des castors à égorger, et sans se douter qu'en tuant la loutre ils avait supprimé le seul allié qui aurait, à la longue, fini par faire évacuer le marais à l'ennemi commun.

La situation, pour eux, ne fit dès lors qu'empirer. Dent-Brisée et sa tribu, maintenant qu'il n'y avait plus de loutre, avaient beau jeu pour poursuivre leurs constructions. Ils ne s'en firent pas faute et, en juillet, la dépression presque entière qu'occupait le marais était profondément sous l'eau.

Kazan et Louve Grise furent pris d'effroi devant cet incoercible pouvoir qui leur rappelait celui de l'homme. Par une grosse lune blanche et ronde, ils abandonnèrent leur ancien domaine, remontèrent le torrent sans s'arrêter de la nuit, jusqu'à la première colonie de castors, dont ils se hâtèrent de se détourner, et continuèrent leur route vers le nord.

XXIV
LA CAPTURE

L'incendie auquel Kazan et Louve Grise avaient miraculeusement échappé ne fut pas le seul qui, cette année-là, désola le Northland. D'autres feux, malencontreusement allumés par des imprudences d'indiens ou d'hommes blancs, ajoutèrent leur fléau au gel excessif de l'hiver, à la famine et à la Peste Rouge, et dévastèrent, en juillet et août, des régions entières.

Kazan et Louve Grise atteignirent bientôt des forêts dévastées par la flamme, que les vents d'est, venant de la Baie d'Hudson, avaient attisée, et où toute trace de vie, tout vestige vert avait disparu. Les doux coussinets de leurs pattes ne foulaient plus que des souches roussies, des bûches carbonisées et un sol noirci. La louve aveugle ne pouvait voir le monde noir où ils évoluaient, mais elle le sentait des narines.

Devant cette désolation infinie, Kazan semblait hésiter sur la route à suivre. En dépit de sa haine des hommes, il eût préféré redescendre vers le sud. Car c'est au sud qu'est la civilisation et l'instinct du chien le ramène toujours, malgré lui, dans cette direction. L'instinct du loup, au contraire, le repousse toujours vers le nord, et c'est vers le nord que Louve Grise prétendait aller.

Ce fut elle qui, finalement, l'emporta. Le couple continua à s'orienter de ce côté, vers le Lac Athabasca et les sources du Fleuve Mac-Farlane.

Vers la fin de l'automne précédent, un prospecteur d'or était arrivé au Fort Smith, sur le Grand Lac de l'Esclave[34], avec un bocal à conserves rempli de poussière d'or et de pépites. Il avait fait cette précieuse récolte dans le Fleuve Mac-Farlane. La nouvelle s'en était rapidement colportée jusqu'au monde civilisé et, à la mi-hiver, l'avant-garde d'une horde de chercheurs de trésors était accourue, précipitamment, sur ses raquettes et en traîneaux à chiens.

[34] Le Grand lac de l'Esclave s'étend, au nord du Lac Athabasca, entre le soixantième degré et le Cercle Arctique. Il mesure, de l'est à l'ouest, 500 kilomètres environ.

Les trouvailles d'or se multiplièrent. Le Mac-Farlane était riche en paillettes, petites et grosses, qu'il n'y avait qu'à ramasser dans ses eaux, mêlées au sable et au gravier. Les prospecteurs, sitôt arrivés, se hâtaient de délimiter, tout le long du fleuve, leurs champs d'exploitation et se mettaient aussitôt au travail. Les retardataires s'en allaient un peu plus loin. Et la rumeur se répandit, dans tout le Northland, que la récolte du jaune métal était plus abondante encore que sur les rives du Yukon[35].

[35] Le Yukon, ou Yakou, après avoir coulé du sud au nord, comme le Mackenzie, fait un coude vers l'ouest et va se jeter dans la Mer de Behring, sur le territoire de l'Alaska. Les deux fleuves sont séparés l'un de l'autre par la chaîne des Montagnes Rocheuses.

L'afflux des chasseurs d'or augmenta. D'une vingtaine qu'ils étaient au début, ils devinrent cent, puis cinq cents, puis un millier. Beaucoup venaient du sud et du pays des prairies, abandonnant les gisements plus exploités du Saskatchewan. Les autres descendaient du Far Nord[36] et du Klondike, par les Montagnes Rocheuses et le Fleuve Mackenzie. Ceux-là étaient les aventuriers les plus aguerris et les plus rudes, qui ne redoutaient ni la mort par le froid, ni celle par la faim.

[36] Le *Far Nord* ou l'Extrême-Nord.

De ce nombre était Sandy Mac Trigger.

Pour de multiples raisons, Sandy avait jugé préférable de s'éloigner du Yukon. Il était en délicatesse avec la police qui patrouillait dans la région et, par surcroît, sa poche était vide.

C'était un des meilleurs prospecteurs qui eussent cherché fortune sur cette terre lointaine. Il avait récolté de l'or pour un ou deux millions de dollars. Mais il avait bu ou perdu au jeu tout son gain. C'était, au demeurant, un roué, sans conscience aucune, et qui ne craignait ni Dieu ni Diable.

Sa face était brutale et bestiale. Sa mâchoire en galoche, ses yeux exorbités, son front bas et la touffe de cheveux roux, tirant déjà vers le gris, qui lui ornait le crâne, lui donnaient un aspect peu rassurant. Rien qu'à le regarder, quiconque comprenait qu'il était peu prudent de se fier à lui, au delà de la portée de la vue ou d'une balle de fusil.

Il était véhémentement soupçonné d'avoir tué deux hommes et d'avoir vidé les poches de beaucoup d'autres. Mais, chaque fois, la preuve avait manqué et jamais la police n'avait pu le prendre sur le fait. Son sang-froid et sa maîtrise de lui étaient extraordinaires. Ses pires ennemis lui rendaient sur ce plan justice et ne pouvaient s'empêcher d'admirer non plus sa ténacité et son courage.

En six mois de temps, Red Gold City[37] avait poussé sur les bords du Mac-Farlane, à cent cinquante milles de distance de Fort Smith, qui est lui-même à cinq cents milles de toute civilisation.

[37] La Cité de l'Or Rouge.

Lorsque Sandy Mac Trigger arriva, il fit rapidement le tour de l'ensemble rudimentaire de baraques, de cabanes de bûches, de maisons de jeu et de bars dont se composait la nouvelle ville, et risqua au jeu les quelques piécettes qui lui restaient. La chance le favorisa suffisamment pour lui permettre de renouveler ses provisions de bouche et son équipement.

Outre une petite pirogue, le principal de cet équipement fut un vieux fusil, au mécanisme antédiluvien, et dont il ne put s'empêcher de bien rire en l'achetant, lui qui avait manié tant d'armes modernes et magnifiques. Mais c'était tout ce que l'état de ses finances lui avait permis d'acquérir.

Quittant ensuite Red Gold City où l'encombrement et la cohue étaient à leur comble, il résolut de descendre vers le sud, dans sa pirogue, en remontant le Mac-Farlane vers sa source, au delà du point où les chercheurs d'or avaient cessé d'explorer le lit du fleuve. Ce fut là seulement qu'il commença ses recherches.

En prospectant un petit affluent, il trouva de l'or, en effet. Il aurait pu en ramasser pour six à huit dollars par jour. Mais il haussa dédaigneusement les épaules et recommença son exploration.

Patiemment il la continua, toujours en remontant le fleuve, durant plusieurs semaines. Il ne trouva rien. Après une pareille malchance, il eût été dangereux de se rencontrer avec lui. Mais il était seul, dans un désert. Il ne pouvait faire de mal à personne.

Un après-midi, il accosta, avec son embarcation, sur une berge de sable blanc, qui bordait le fleuve. La première chose qui frappa sa vue, sur le sable humide, furent des empreintes de pas d'animaux. Ceux-ci étaient deux. Ensemble et côte à côte, ils étaient descendus vers l'eau, pour y boire. Les empreintes étaient récentes et ne dataient que d'une heure ou deux.

Une curiosité brilla dans les yeux de Sandy. Il regarda autour de lui.

— Des loups ! grommela-t-il. Volontiers, pour me détendre un peu les nerfs, je leur tirerais une balle de ce vieux flingot, qui opère à un coup par minute. Bon Dieu ! Écoutez-les gueuler… Et en plein jour encore !

Il sauta à terre.

A un quart de mille de là, Louve Grise avait senti dans le vent la dangereuse odeur de l'homme. Kazan s'était éloigné d'elle, quelques minutes avant, pour courir après un lapin blanc. Couchée sous un taillis, en l'attendant, elle avait perçu d'abord le claquement des rames sur l'eau, puis le bruit de la pirogue qui râclait la rive. Alors elle avait jeté à son compagnon, en guise d'avertissement, un long hurlement plaintif. C'était la première fois, depuis l'hiver, qu'un être humain se trouvait ainsi à proximité du couple errant.

Mac Trigger attendit que le dernier écho de la voix de la louve se fût évanoui au loin. Alors il tira de l'embarcation son vieux fusil, y enfila par le canon une cartouche neuve et s'enfonça dans les broussailles qui bordaient le fleuve.

Kazan avait rapidement rejoint Louve Grise et se tenait près d'elle, l'échine hérissée. Une bouffée de vent, imprégnée de l'odeur de l'homme et qu'il huma, le fit tressaillir.

Sandy avait chassé le renard dans les régions arctiques et, selon la tactique que lui avaient enseignée les Esquimaux, il tournait autour de son gibier jusqu'à ce qu'il se trouvât à contre-vent.

Mais Louve Grise était plus fine encore que le renard aux petits yeux rouges de l'Arctique. Son museau pointu suivait lentement l'évolution circulaire de Sandy. Elle entendit, à quelques trois cents yards, une branche sèche craquer sous les pieds de l'homme, qui commençait à se rapprocher. Puis ce fut le bruit métallique du fusil, qui heurtait le tronc d'un jeune bouleau. Elle poussa Kazan de l'épaule et tous deux se défilèrent, au petit trot et en silence, dans la direction opposée.

Sandy continua à ramper comme un serpent, mais ne trouva rien. Après une heure de chasse vaine, il retourna sur ses pas, vers le fleuve et vers la pirogue. Il poussa un juron et sa face mauvaise se crispa. Les deux bêtes étaient, derrière son dos, revenues boire dans le fleuve. De nouvelles empreintes, toutes fraîches, le lui apprenaient, sans nul doute possible.

Puis il se mit à rire sous cape, tandis qu'il sortait de la pirogue son sac de voyage et tirait de celui-ci une petite pochette de caoutchouc.

De cette pochette il extirpa un flacon hermétiquement bouché, qui contenait de menues capsules de gélatine. Chacune d'elles renfermaient cinq granules de strychnine.

Sur les bords du Yukon, il avait été beaucoup dit de choses sombres au sujet de ces granules. On assurait que leur propriétaire avait, une fois, pour les essayer, laissé choir l'une d'elles dans une tasse de café qu'il offrait à boire à un autre homme. Cela non plus n'avait pas été prouvé.

Ce qui est certain, c'est que Sandy Mac Trigger était, pour ses chasses, un maître dans l'emploi du poison. Ce sont des milliers de renards dont il s'était ainsi emparé et il ricanait encore aujourd'hui, sinistrement, en songeant combien il lui serait facile, par ce moyen, de mettre à la raison cette paire de loups, si curieux de lui.

Quelques jours auparavant, il avait tué un caribou dont il avait chargé sur son embarcation les meilleurs morceaux. Et, à l'aide de bâtonnets, afin qu'il n'y eût aucune odeur de ses doigts adhérente à l'appât, il commença à englober dans un peu de graisse, puis à enrouler dans des bandes de peau, une des mortelles capsules.

Ayant renouvelé huit fois la même opération, il s'en alla, un peu avant le coucher du soleil, mettre en place le poison. Il pendit à des buissons une partie des appâts et sema les autres sur diverses pistes de lapins et de caribous. Après quoi, il revint à sa pirogue et prépara le souper.

Le lendemain matin, il se réveilla de bonne heure et partit aussitôt, afin d'aller constater les effets de son stratagème.

Le premier appât qu'il releva était intact. Le second était tel également qu'il l'avait déposé. Le troisième avait disparu.

Sandy se frotta les mains et ne douta point que, dans un rayon de deux ou trois cents yards, il trouverait son gibier. Mais il fallut bientôt déchanter. Son regard s'étant porté à terre, une malédiction s'échappa de ses lèvres. Sous le buisson à une branche duquel il avait suspendu la capsule empoisonnée, celle-ci gisait sur le sol. La peau qui l'enveloppait avait été déroulée, mais la capsule même était intacte dans la graisse.

C'était la première fois que pareille aventure advenait à Sandy Mac Trigger. Si un renard ou un loup trouvaient un appât assez alléchant pour y toucher une fois, il s'ensuivait invariablement que l'appât était mangé. Le prospecteur d'or ignorait que Kazan était, de longue date, familiarisé avec toutes ces ruses, qu'il avait appris à connaître chez les hommes.

Il continua son chemin.

Le quatrième et le cinquième appât étaient à nouveau intacts. Le sixième avait été dépouillé comme le troisième et la poudre blanche était, cette fois, éparpillée sur le sol. Il en était de même des deux derniers. Il n'y avait aucun doute, au surplus, que ce travail ne fût l'œuvre des deux loups mystérieux, dont les huit pattes avaient laissé d'indiscutables empreintes.

L'exaspération de Mac Trigger en fut à son comble. La méchante humeur qui s'accumulait en lui, depuis plusieurs semaines d'inutile labeur, éclata en fusées de colère et en jurons. Elle avait trouvé, dans les deux loups, des responsables envers qui s'extérioriser et se détendre. Il considéra ce nouvel échec comme le point culminant de sa mauvaise chance et jugea qu'il était inutile de pousser plus outre. Tout était ligué contre lui et il décida à s'en retourner à Red Gold City.

Aussitôt donc qu'il eut fini de déjeuner, Sandy Mac Trigger repoussa à l'eau sa pirogue et s'abandonna au fil du courant. Paresseusement assis sur son banc, comme dans un fauteuil, il sortit sa pipe, la bourra, et commença à fumer, ne se servant de la rame que pour gouverner son frêle esquif. Il avait mis son vieux flingot entre ses genoux. Peut-être, chemin faisant, découvrirait-il, sur l'une ou l'autre rive du fleuve, quelque gibier à tirer.

Vers le milieu de l'après-midi, Kazan et Louve Grise qui avaient, de leur côté, jugé prudent de s'éloigner des appâts empoisonnés et qui, à cet effet, avaient descendu rapidement la vallée pendant cinq ou six milles, eurent soif.

Ils descendirent sur la berge du fleuve qui, à cet endroit, décrivait un coude brusque. Si le vent avait été favorable ou si Sandy avait ramé, Louve Grise n'eût point manqué de flairer le péril qui s'approchait. Mais le vent soufflait de face et l'embarcation filait silencieusement au fil de l'eau.

Seul le clic ! clic ! métallique du fusil qu'armait Mac Trigger lui fit dresser l'oreille. Instantanément son poil se hérissa et, cessant de laper l'eau fraîche, elle se recula avec précipitation vers les buissons qui bordaient le rivage. Mais Kazan, relevant la tête, demeura sur le sable, afin d'affronter l'ennemi.

Presque aussitôt la pirogue débouchait du coude du fleuve et Sandy pressait sur la gâchette.

Il y eut un vomissement de fumée et Kazan sentit un jet brûlant qui le frappait à la tête. Il chavira en arrière, ses pattes cédèrent sous lui et il tomba comme un paquet inerte.

Au bruit de la détonation, Louve Grise avait pris la fuite comme un trait. Aveugle comme elle l'était, elle n'avait pas vu Kazan s'abattre sur le sable. Ce fut seulement après avoir parcouru près d'un mille, loin de l'effroyable tonnerre du fusil de l'homme blanc, qu'elle s'arrêta et constata que son compagnon, qu'elle attendit en vain, ne l'avait pas suivie.

Sandy Mac Trigger avait arrêté son esquif et il sauta sur la berge avec un hurlement de joie.

— Tout de même je t'ai eu, vieux diable ! cria-t-il. Et j'aurais eu l'autre aussi, si j'avais possédé autre chose que la saloperie qui me sert de fusil !

De la crosse de son arme, il retourna la tête de Kazan et un vif étonnement se peignit sur sa face.

— Cré Dié ! dit-il. Ce n'est pas un loup ! C'est un chien, Sandy Mac Trigger ! Un chien authentique !

XXV
LA MÉTHODE DE SANDY MAC TRIGGER

Mac Trigger s'agenouilla sur le sable, près de sa victime, qui paraissait toujours inanimée. Il souleva la tête de Kazan et ne tarda pas à découvrir l'usure du poil autour du cou, ainsi que les cals de la peau, qui indiquaient que la bête avait porté le collier.

Il ne pouvait en croire ses yeux.

— C'est un chien ! s'exclama-t-il à nouveau. Un chien, Sandy ! Et de toute beauté !

Une mare de sang rougissait le sable autour de la tête de Kazan. L'homme examina la blessure et chercha à se rendre compte de l'endroit exact où la grosse balle ronde avait porté.

Elle avait atteint le sommet de la tête, mais n'avait pas entamé la boîte crânienne, sur laquelle, au contraire, elle avait dévié. La blessure, quelque violent qu'en eût été l'effet, n'était pas grave et les soubresauts de Kazan, qui agitaient nerveusement ses pattes et son échine, n'étaient point, comme Mac Trigger l'avait craint tout d'abord, les convulsions de l'agonie. Le chien-loup n'avait nulle envie de mourir et c'était la vie qui revenait peu à peu en lui.

Mac Trigger était, en chiens de traîneaux, un fin connaisseur. En leur compagnie il avait passé deux tiers de sa vie. Sur un simple coup d'œil, il était capable de dire pour chacun d'eux l'âge de la bête, ce qu'elle valait et d'où elle venait. Il pouvait, sur la neige, distinguer la piste d'un chien du Mackenzie de celle d'un malemute, les empreintes d'un chien d'Esquimau de celles d'un husky du Yukon.

Il examina donc les pattes de Kazan, C'étaient des pattes de loup. Sandy ricana. Il était fort et puissant, et Sandy songea, à part lui, aux prix élevés qu'à l'hiver prochain les chiens atteindraient à Red Gold City.

Il alla donc à sa pirogue et en rapporta un morceau de toile, dont il étancha le sang de la blessure, ainsi qu'une grande provision de lanières de babiche, dont il entreprit immédiatement de confectionner une muselière.

Il l'exécuta en tressant ensemble les plus fines de ces lanières, comme on fait pour les sangles d'une raquette à neige. En dix minutes, il avait terminé la muselière, y avait inséré le nez de Kazan, et l'avait fixée solidement autour du cou de l'animal. Il confectionna, avec d'autres lanières, une laisse de dix pieds de long. Puis il s'assit, les jambes croisées, en attendant que Kazan revînt à lui.

Cela ne tarda pas. Le chien-loup commença par soulever sa tête et regarda autour de lui. Il ne vit rien tout d'abord. Un brouillard de sang était sur ses yeux. Puis son regard s'éclaircit et il aperçut l'homme.

Son premier mouvement fut de se dresser sur ses pattes. Trop faible pour se tenir debout, il retomba, par trois fois, sur le sol. L'homme, assis à six pieds de lui, tenait la laisse et ricanait. Les crocs de Kazan se découvrirent. Il grogna, menaçant, et son dos se mit en brosse, Sandy Mac Trigger se remit debout.

— Sûr et certain, que je sais bien ce que tu complotes, marmotta-t-il. J'en ai, avant toi, vu d'autres de ton espèce. Les damnés loups t'ont rendu mauvais et tu auras besoin d'une bonne quantité de coups de trique avant de te décider à remarcher droit. Veux-tu que nous commencions immédiatement la leçon ? Écoute un peu...

Mac Trigger avait eu soin d'apporter de la pirogue un robuste gourdin. Il le ramassa sur le sable, sans lâcher la lanière, qu'il tenait de l'autre main.

Kazan s'était enfin redressé. Devant lui il retrouvait l'Homme, son vieil ennemi, et, dans la main de l'Homme, l'inséparable gourdin. Tout ce qu'il y avait dans sa nature de férocité farouche se réveilla. Il savait que Louve Grise était partie. L'homme qui était là en était responsable. Ce même homme l'avait blessé et son gourdin, il le savait bien, s'apprêtait à frapper.

Alors si soudainement il bondit que Mac Trigger, qui pourtant se méfiait, n'eut point le temps de parer l'attaque. Avant qu'il n'eût levé son gourdin ou sauté de côté, Kazan lui arrivait en pleine poitrine.

La muselière sauva seule la vie à Sandy. La mâchoire redoutable claqua, sans pouvoir mordre. Mais il tomba en arrière, sous la violence du choc, comme s'il eût été frappé par une catapulte.

Aussi agile qu'un chat, Sandy Mac Trigger se remit aussitôt sur ses pieds, tenant toujours solidement la lanière qui retenait Kazan captif et qu'il avait enroulée plusieurs fois autour de son poignet.

Le chien-loup bondit derechef. Mais il rencontra le furieux moulinet du gourdin, qui s'abattit sur son épaule, d'un coup bien appliqué, et l'envoya rouler sur le sable.

Avant qu'il eût pu reprendre ses esprits, Mac Trigger, raccourcissant davantage la lanière, était sur lui.

Le gourdin retomba, en un rythme terrible et précis, comme on pouvait l'attendre d'une main aussi exercée à son emploi. Les premiers coups ne servirent qu'à augmenter davantage encore la rage de Kazan. Mais celle de son adversaire, à demi-fou de cruauté et de colère, n'était pas moindre. Chaque fois que Kazan bondissait, le bâton l'atteignait au vol, avec une violence capable de lui briser les os. La bouche contractée de Sandy ne connaissait nulle pitié. Jamais il n'avait vu pareil chien et, tout muselé que fût Kazan, il n'était qu'à moitié rassuré sur l'issue de la bataille. Il était trop évident que si la muselière venait à rompre ou à glisser, c'en était fait de lui, sans rémission.

Tout à cette pensée, l'homme asséna finalement un coup si formidable sur la tête de Kazan que le vieux lutteur en retomba sur le sol, plus flasque qu'une chiffe.

Mac Trigger était à bout de souffle. Sa poitrine haletait. Devant Kazan abattu, il laissa son gourdin glisser de sa main et ce fut seulement alors qu'il se rendit compte pleinement de la lutte désespérée qu'il lui avait fallu soutenir.

Il profita de ce que l'animal avait perdu connaissance pour renforcer la muselière à l'aide de nouvelles lanières. Puis il traîna Kazan à quelques pas plus loin, jusqu'à un tronc d'arbre que les eaux avaient rejeté sur le rivage, et il l'y assujettit fermement. Ensuite, il tira à terre son esquif et se mit à préparer le campement de la nuit.

Lorsque Kazan eut un peu repris ses sens, il demeura immobile et gisant, en observant son bourreau. Chacun de ses os le faisait souffrir.

Mac Trigger semblait très satisfait. Plusieurs fois il revint vers l'animal, en compagnie du gourdin, et réitéra. La troisième fois, il piqua Kazan avec l'extrémité du bâton, ce qui redoubla la fureur du chien-loup. C'était ce que voulait Mac Trigger. Le procédé est ordinaire aux dresseurs de chiens indisciplinés. Il contraint ceux-ci à se rendre compte de l'inutilité de leur révolte. Puis les coups recommencèrent à pleuvoir. Si bien que Kazan finit par ne plus faire face à l'homme et au gourdin, et se réfugia, en gémissant, derrière le tronc d'arbre auquel il était attaché. A peine pouvait-il se traîner. Eût-il été libre alors qu'il n'aurait même pas pu fuir.

Sandy avait retrouvé toute sa bonne humeur.

— Je réussirai bien, disait-il à Kazan pour la vingtième fois, à faire sortir le méchant diable qui est en toi. Il n'y a rien de tel que les coups de bâton pour apprendre à vivre aux chiens et aux femmes. Avant un mois d'ici, tu seras à point et tu vaudras deux cents dollars, ou je t'écorcherai tout vif !

A plusieurs reprises encore, avant la tombée de la nuit, Sandy tenta de réveiller la colère de Kazan en le piquant et tarabustant du bout du gourdin. Mais maintenant la réaction était nulle. Les yeux clos et la tête entre ses pattes, il ne voyait même plus Mac Trigger. Mac Trigger lui jeta, pour son dîner, un morceau de viande sous le nez. Il ne le regarda pas davantage.

Il ne sut pas non plus quand le soleil acheva de sombrer à l'occident, derrière les forêts, et ne vit point venir la nuit. Il y eut un moment, seulement, où il s'éveilla de sa stupeur. Dans son dolent cerveau il lui sembla que résonnait une voix connue, une voix du passé. Il leva la tête et écouta.

Sur le sable de la berge, il vit Mac Trigger qui avait établi son feu. L'homme s'était levé et se tenait debout dans la lueur rougeâtre, tourné vers les ténèbres de la forêt, et lui aussi écoutait. Il écoutait ce même cri funèbre qui avait ranimé Kazan, la lamentation de Louve Grise, qui retentissait au loin.

Kazan se remit sur ses pattes et, en gémissant, commença à tirer sur la lanière. Sandy bondit vers lui après s'être saisi du gourdin, qu'il avait gardé à sa portée.

— Couché ! Sale bête ! ordonna-t-il.

Dans la lumière du feu, le gourdin se leva et s'abattit, rapide et féroce.

Et lorsque Mac Trigger s'en revint vers le foyer qui brûlait sur le sable, à côté de ses couvertures qu'il avait étendues pour y dormir, le gros bâton avait pris un aspect tout différent. Il était maintenant couvert de sang et de poils.

— Certainement, monologua Sandy, que ma méthode, à la longue, le calmera. J'y réussirai... ou je le tuerai !

Plusieurs fois, durant la nuit, Kazan entendit l'appel de Louve Grise. Il gémissait très bas, en réponse, de crainte du gourdin. Il avait la fièvre et souffrait atrocement dans sa chair sanglante. Il regardait brûler le feu et son gosier desséché implorait un peu d'eau.

Aux premières lueurs de l'aube, l'homme sortit de dessous ses couvertures et apporta à Kazan de la viande et de l'eau. Il but l'eau, mais continua à refuser la viande. Il ne grognait plus et ne découvrait plus ses crocs. Sandy se plut à constater cette amélioration.

Quand le soleil se leva, Sandy avait terminé son déjeuner du matin et était prêt à partir. Sans crainte, et négligeant le gourdin, il vint vers Kazan, le délia du tronc de l'arbre et le traîna à sa suite, sur le sable, vers la pirogue. Kazan se laissa faire.

Lorsque tous deux furent arrivés au bord de l'eau, Sandy Mac Trigger attacha la lanière à l'arrière de la pirogue. Il s'amusait énormément à l'idée de ce qui allait suivre et qui faisait encore partie des méthodes de dressage employées sur le Yukon.

Comme Sandy avait, en effet, poussé au large, d'un coup net et subit, à l'aide d'une de ses rames, Kazan se trouva tout à coup en pleine eau. La lanière se tendit, cependant que Mac Trigger se mettait à ramer, pour accélérer la vitesse de l'embarcation.

En dépit de sa grande faiblesse, l'animal fut contraint de nager, afin de tenir sa tête hors de l'eau et de ne pas couler à fond, Et, en un jeu diabolique, destiné à augmenter son supplice, Sandy continuait à ramer de toutes ses forces. Pris dans les remous de la pirogue, Kazan sentait, par moments, sa tête broussailleuse disparaître dans le fleuve. D'autres fois, quand il s'était remis d'aplomb, en nageant dans un effort désespéré, c'était l'homme qui, d'un coup de sa rame durement asséné, le replongeait dans l'eau.

Au bout d'un mille de ce mode de voyager, le chien-loup, exténué, n'allait pas tarder à être noyé. Alors seulement son maître se décida à le tirer à bord et à l'embarquer.

Tout brutal qu'il fût, et par cette brutalité même, le système de Sandy Mac Trigger avait abouti au résultat désiré. Kazan était devenu aussi soumis qu'un enfant. Il ne songeait plus à sa liberté perdue et à lutter encore pour elle. Son seul désir était que le maître lui permît de demeurer couché au fond de la pirogue, à l'abri de l'eau et du gourdin. Celui-ci gisait entre lui et l'homme, à un pied de son museau, et le sang coagulé qu'il y flairait était son propre sang.

Pendant cinq jours et cinq nuits, la descente du fleuve continua et la méthode de Mac Trigger, afin de bien inculquer au chien-loup la civilisation, se poursuivit par trois autres rossées, qui lui furent administrées à terre, et par un recours supplémentaire au supplice de l'eau.

Le matin du sixième jour, l'homme et la bête atteignirent Red Gold City et Mac Trigger campa près du fleuve. Il se procura une chaîne d'acier, s'en servit pour attacher solidement Kazan à un gros piquet, puis coupa lanière et muselière.

— Maintenant, dit-il à son prisonnier, tu ne seras plus gêné pour manger. Je veux que tu redeviennes fort et aussi féroce que l'Enfer... L'idée que je rumine vaut toute une cargaison de fourrures ! Oui, oui, c'est un riche filon qui bientôt remplira mes poches de poussière d'or. J'ai déjà fait cela, et nous le referons ici. Par la grâce de Dieu ! Voilà enfin un riche atout dans mon jeu !

XXVI
LE PROFESSEUR WEYMAN DIT SON MOT

Deux fois par jour, désormais, Sandy Mac Trigger apportait à Kazan de la viande fraîche. Il ne lui donnait ni poisson, ni graisse, ni bouillie à la farine, mais seulement de la viande crue. Il lui rapporta un jour, de cinq milles de distance, les entrailles encore chaudes d'un caribou, qu'il avait été tuer tout exprès.

A ce régime reconstituant, Kazan ne tarda pas à recouvrer la santé et à se refaire de la chair et des muscles. Mac Trigger ne le battait plus, et c'était Kazan qui l'accueillait, au bout de sa chaîne, en grondant et en découvrant ses crocs.

Un après-midi, Sandy amena avec lui un autre homme. Kazan bondit soudain sur l'étranger, qui s'était approché d'un peu trop près, et qui sauta en arrière, avec un juron étouffé.

— Il fera l'affaire, grogna-t-il. Il est plus léger de dix à quinze livres que mon danois. Mais il a ses crocs et la rapidité... Avant qu'il ne touche le sol, ce sera un beau spectacle !

— Touche le sol... rétorqua Mac Trigger. Je te parie vingt-cinq pour cent de ma part de bénéfices que ma bête n'aura pas le dessous.

— Tope là ! dit l'autre. Combien de temps encore avant qu'il ne soit en forme ?

Sandy réfléchit un moment.

— Une semaine... Il n'aura pas avant tout son poids.

L'homme acquiesça de la tête.

— Ce sera donc pour aujourd'hui en huit, au soir.

Et il ajouta :

— Cinquante pour cent de ma part, que mon danois tuera ton champion.

Sandy Mac Trigger regarda longuement Kazan.

— Je te prends au mot, dit-il finalement.

Et secouant la main de l'étranger :

— Je ne pense pas qu'il y ait, d'ici au Yukon, un seul chien qui soit capable de venir à bout de ce métis de loup.

L'heure était à point pour offrir aux gens de Red Gold City une fête de ce genre. Ils avaient bien, pour se distraire, le jeu et les tripots, quelques rixes de temps à autre et les joies de l'alcool. Mais la présence de la Police Royale avait mis un frein à l'excès de ces divertissements. Comparée à celle que l'on menait, à plusieurs centaines de milles vers le nord, dans la région de Dawson[38] la vie était austère et plate à Red Gold City.

[38] Ville du Klondike.

L'annonce du combat organisé par Sandy Mac Trigger et par le tenancier du bar, Jan Harker, fut accueillie par de multiples bravos. La nouvelle s'en répandit, sous le manteau, à vingt milles à la ronde et agita toutes les cervelles.

Au cours de la semaine qui précéda la rencontre, Kazan et le gros danois furent, dans une arrière-pièce du bar, exhibés chacun dans deux cages de bois, construites tout exprès.

Le chien de Harker était un métis de grand danois et de mâtin. Né dans le Northland, il avait porté le harnais et tiré les traîneaux.

La fièvre des paris commença. Ils étaient pour le danois, dans la proportion de deux à un.

Parfois ils montaient à trois contre un. Les gens qui risquaient sur Kazan leur argent et leur pain étaient d'anciens familiers du Wilderness. Ils savaient ce qui signifiait, comme force et comme endurance, l'éclat rougeâtre qui luisait aux yeux du chien-loup.

Un vieux trappeur, devenu mineur, confiait, à voix basse, à l'oreille de son voisin :

— C'est pour celui-ci que je ferai ma mise. Il battra le danois à plate couture. Le danois n'aura pas son savoir-faire.

— Mais il a le poids, répliquait l'homme, qui doutait. Regarde-moi ses mâchoires et ses épaules…

— Regarde toi-même, interrompit le vieux trappeur, les pattes trop faibles de ton champion, sa gorge tendre et trop exposée aux crocs du chien-loup, et la lourdeur de son ventre. Pour l'amour de Dieu, camarade, crois-m'en sur parole ! Ne mets pas ton argent sur le danois !

D'autres hommes prirent part à la discussion, qui tenaient chacun pour une des deux bêtes.

Kazan, tout d'abord, avait grondé vers toutes ces faces qui l'entouraient. Puis il avait fini par se coucher dans un coin de la cage, la tête entre ses pattes, et il regardait les gens, maussade et silencieux.

Le soir du combat, la grande salle du bar de Jan Harker se trouva complètement déblayée de ses tables. Surélevée sur une plate-forme de trois pieds de haut, une grande cage, de dix pieds carrés, autour de laquelle des bancs avaient été rangés, occupait le milieu de la pièce. La partie supérieure de cette cage était ouverte et, au-dessus, pendaient du plafond deux grosses lampes à pétrole, munies de réflecteurs.

Trois cents spectateurs, qui avaient payé chacun cinq dollars d'entrée, attendaient l'arrivée des deux gladiateurs.

Le gros danois avait été introduit le premier dans la grande cage. Il était huit heures du soir lorsque Harker, Mac Trigger et deux autres hommes apportèrent dans la salle, à l'aide de forts brancards de bois passés en dessous d'elle, la cage où était Kazan.

Le danois, qui clignotait des yeux sous la lumière crue des réflecteurs, en se demandant ce qu'on lui voulait, dressa les oreilles lorsque le chien-loup fut introduit près de lui.

Mais Kazan ne montra pas ses crocs et c'est à peine s'il se raidit sur ses pattes, pendant quelques instants. Ce chien, qu'il ne connaissait pas, lui était indifférent. Le danois ne bondit, ni ne grogna. Kazan non plus ne l'intéressait point.

Il y eut parmi le public un murmure de désappointement. Le gros danois tourna son regard vers les trois cents faces de brutes qui l'entouraient et parut les examiner curieusement, en se dandinant sur ses pattes. Kazan fit de même.

Un rire de dérision se mit à courir sur les lèvres de cette foule étroitement tassée dans la salle, et qui était venue là pour un spectacle de mort. Des cris d'animaux, et des quolibets partirent à l'adresse de Mac Trigger et de Harker, et une clameur grandissante s'éleva, qui réclamait la bataille promise ou le remboursement du prix des places.

La figure de Sandy était pourpre de mortification et de rage. Sur le front de Harker les grosses veines bleues s'enflaient comme des bourrelets, au double de leur grosseur normale.

Le tenancier du bar montra le poing à la foule et hurla :

— Vous êtes bien pressés, tas d'idiots ! Laissez-les prendre contact ! Patience, s'il vous plaît !

Le tumulte s'apaisa et les yeux se reportèrent à nouveau vers la cage. Kazan était venu, en effet, se placer en face de l'énorme danois et celui-ci avait commencé à dévisager Kazan.

Puis le chien-loup s'avança imperceptiblement. Avec prudence, il se préparait à bondir sur son adversaire, ou à se jeter de côté, s'il y avait lieu. Le danois l'imita. Leurs muscles à tous deux se raidirent. On aurait pu, dans la salle, entendre maintenant le vol d'une mouche. Sandy et Harker, debout près de la cage, respiraient à peine.

Les deux bêtes, pareillement splendides, les deux lutteurs de tant d'impitoyables batailles, allaient sans nul doute, par la cruelle volonté des hommes, livrer leur dernier duel. Déjà les deux animaux s'affrontaient.

Mais, à ce moment, que se passa-t-il en eux ? Est-ce O-se-ki, le Grand Esprit des Solitudes, qui opéra dans leur cerveau et leur fit comprendre que, victimes de la barbarie humaine, ils avaient l'un envers l'autre un impérieux devoir de fraternité ?

Toujours est-il qu'à la seconde décisive, alors que toute la salle, haletante, s'attendait à une mutuelle prise de corps, imminente et féroce, on vit le gros danois lever lentement sa tête vers les lampes à pétrole et esquisser un bâillement.

Harker, qui voyait son champion offrir ainsi sa gorge aux crocs de Kazan, se mit à trembler de tous ses membres et à proférer d'affreux blasphèmes. Kazan pourtant ne bondit pas. Le pacte de paix avait été mutuellement scellé entre les deux adversaires qui, se rapprochant l'un de l'autre, épaule contre épaule, parurent regarder avec un immense dédain, à travers les barreaux de leur prison, la foule à nouveau furieuse.

Ce fut, cette fois, une explosion de colère, un mugissement menaçant, pareil à celui d'un ouragan. Exaspéré, Harker tira de l'étui son revolver et coucha en joue le gros danois.

Mais, par-dessus le tumulte, une voix s'éleva.

— Arrêtez ! jeta-t-elle d'un ton de commandement. Arrêtez au nom de la loi !

Il y eut un silence soudain et toutes les figures se retournèrent vers la voix qui parlait.

Deux hommes étaient montés sur des tabourets et dominaient les assistants.

L'un était le sergent Brokaw, de la Police montée du Nord-Ouest. C'est lui qui avait parlé. Il tenait sa main levée, pour ordonner attention et silence. L'autre était le professeur Paul Weyman. Ce fut lui qui, protégé par la main levée du sergent, prit ensuite la parole.

— Je donnerai, dit-il, aux propriétaires cinq cents dollars pour ces chiens.

Il n'y eut personne dans la salle qui n'entendît l'offre ainsi faite.

Harker regarda Sandy. Leurs deux têtes se rapprochèrent.

— Ils ne veulent pas se battre, continua celui qui était survenu, et ils feront d'excellents chiens de traîneaux. Je donnerai aux propriétaires cinq cents dollars.

Harker fit un geste indiquant qu'il voulait parler.

— Donnez-en six cents ! Oui, six cents, et les deux bêtes sont à vous.

Le professeur Paul Weyman parut hésiter. Puis il acquiesça de la tête.

— Je paierai six cents, affirma-t-il.

La foule recommença à grogner. Harker grimpa sur la plate-forme qui supportait la cage.

— Je ne suis point responsable, clama-t-il, pas plus que le propriétaire du chien-loup, s'ils n'ont pas voulu se battre ! S'il est toutefois, parmi vous, des gens assez peu délicats pour exiger le remboursement de leur argent, on le leur rendra à la sortie ! Mais nous sommes innocents de ce qui se passe. Les chiens nous ont roulés, voilà tout.

Paul Weyman, accompagné du sergent, s'était frayé un chemin jusqu'à la cage et, tout en sortant de sa poche une liasse de billets, dont il compta trois cents à Jan Harker et trois cents à Sandy Mac Trigger, il dit à mi-voix, aux deux bêtes qui le considéraient curieusement à travers les barreaux :

— C'est un gros prix, un énorme prix que je paie pour vous, mes petits amis… Mais vous me serez utiles pour poursuivre mon voyage et bientôt, j'espère, nous serons les meilleurs camarades du monde.

XXVII
SEULE DANS SA CÉCITÉ

Bien des heures après que Kazan fût tombé sur la rive du fleuve, sous le coup de fusil de Sandy Mac Trigger, Louve Grise attendit que son fidèle compagnon vînt la retrouver. Tant de fois il était revenu vers elle qu'elle avait confiance dans son retour. Aplatie sur son ventre, elle reniflait l'air et gémissait de n'y point découvrir l'odeur de l'absent. Mais, de tout le jour, Kazan ne reparut point.

Le jour et la nuit étaient depuis longtemps semblables pour la louve aveugle. Elle sentait pourtant, par un secret instinct, l'heure où les ombres s'épaississaient, et que la lune et les étoiles devaient briller sur sa tête. Mais, avec Kazan à côté d'elle, l'effroi de sa cécité n'était plus pareil. Le même abîme des ténèbres ne lui semblait pas l'envelopper.

Vainement elle lança son appel. Seule lui parvint l'âcre odeur de la fumée qui s'élevait du feu allumé par Mac Trigger sur le sable. Elle comprit que c'était cette fumée, et l'homme qui la produisait, qui étaient la cause de l'absence de Kazan. Mais elle n'osa pas approcher trop près ses pas ouatés et silencieux. Elle savait être patiente et songea que, le lendemain, son compagnon reviendrait. Elle se coucha sous un buisson et s'endormit.

La tiédeur des rayons du soleil lui apprit que l'aube s'était levée. Elle se remit sur ses pattes et, l'inquiétude l'emportant sur la prudence, elle se dirigea vers le fleuve. L'odeur de la fumée avait disparu ainsi que celle de l'homme, mais elle percevait le bruit du courant, qui la guidait.

Le hasard la fit retomber sur la piste que, la veille, Kazan et elle avaient tracée, lorsqu'ils étaient venus boire sur la bande de sable. Elle la suivit et arriva sans peine à la berge, à l'endroit même où Kazan était tombé et où Mac Trigger avait campé.

Là son museau rencontra le sang coagulé du chien-loup, mêlé à l'odeur que l'homme avait, tout à côté, laissée sur le sable. Elle trouva le tronc d'arbre auquel son compagnon avait été attaché, les cendres éteintes du foyer, et suivit jusqu'à l'eau la traînée laissée par le corps de Kazan, lorsque Mac Trigger l'avait tiré demi-mort, derrière lui, vers la pirogue. Puis toute piste disparaissait.

Alors Louve Grise s'assit sur son derrière, tourna vers le ciel sa face aveugle et jeta vers Kazan disparu un cri désespéré, tel un sanglot que le vent emporta sur ses ailes. Puis, remontant la berge jusqu'au plus prochain buisson, elle s'y coucha, le nez tourné vers le fleuve.

Elle avait connu la cécité, et maintenant elle connaissait la solitude, qui venait y ajouter une pire détresse. Que pourrait-elle faire ici-bas, désormais, sans la protection de Kazan ?

Elle entendit, à quelques yards d'elle, le gloussement d'une perdrix des sapins. Il lui sembla que ce bruit lui arrivait d'un autre monde. Une souris des bois lui passa entre les pattes de devant. Elle tenta de lui donner un coup de dent. Mais ses dents se refermèrent sur un caillou.

Une véritable terreur s'empara d'elle. Ses épaules se contractaient et elle tremblait, comme s'il avait fait un gel intense. Épouvantée de la nuit sinistre qui l'étreignait, elle passait ses griffes sur ses yeux clos, comme pour les ouvrir à la lumière.

Pendant l'après-midi, elle alla errer dans le bois. Mais elle eut peur et ne tarda pas à revenir sur la grève du fleuve, et se blottit contre le tronc d'arbre près duquel Kazan enchaîné avait dormi sa dernière nuit. L'odeur de son compagnon était là plus forte qu'ailleurs et, là encore, le sol était souillé de son sang.

Pour la seconde fois, l'aube se leva sur la cécité solitaire de Louve Grise. Comme elle avait soif, elle descendit jusqu'à l'eau et y but. Quoiqu'elle fût à jeun depuis deux jours, elle ne songeait point à manger.

Elle ne pouvait voir que le ciel était noir et que dans le chaos de ses nuages sommeillait un orage. Mais elle éprouvait la lourdeur de l'air, l'influence irritante de l'électricité, dont l'atmosphère était chargée, et qui s'y déchargeait en zigzags d'éclairs.

Puis l'épais drap mortuaire s'étendit, du sud et de l'ouest, jusqu'à l'extrême horizon, le tonnerre roula et la louve se tassa davantage contre son tronc d'arbre.

Plusieurs heures durant, l'orage se déchaîna au-dessus d'elle, dans le craquement de la foudre, et accompagné d'un déluge de pluie. Lorsqu'il se fut enfin apaisé, Louve Grise se secoua et, sa pensée toujours fixée vers Kazan qui était bien loin déjà à cette heure, elle recommença à flairer le sable. Mais l'orage avait tout lavé, le sang de Kazan et son odeur. Aucune trace, aucun souvenir ne restaient plus de lui.

L'épouvante de Louve Grise s'en accrut encore et, comble de misère, elle commença à sentir la faim qui lui tenaillait l'estomac. Elle se décida à s'écarter du fleuve et à battre le bois à nouveau.

A plusieurs reprises, elle flaira divers gibiers qui, chaque fois, lui échappèrent. Même un mulot dans son trou, qu'elle déterra des griffes, lui fila sous le museau.

De plus en plus affamée, elle songea au dernier repas qu'elle avait fait avec Kazan. Il avait été constitué par un gros lapin, dont elle se souvint qu'ils n'avaient mangé que la moitié. C'était à un ou deux milles.

Mais l'acuité de son flair et ce sens intérieur de l'orientation, si puissamment développé chez les bêtes sauvages, la ramenèrent à cette même place, à travers arbres, rochers et broussailles, aussi droit qu'un pigeon retourne à son colombier.

Un renard blanc l'avait précédée. A l'endroit où Kazan et elle avaient caché le lapin, elle ne retrouva que quelques bouts de peau et quelques poils. Ce que le renard avait laissé, les oiseaux-des-élans et les geais des buissons l'avaient à leur tour emporté. Le ventre vide, Louve Grise s'en revint vers le fleuve, comme vers un aimant dont elle ne pouvait se détacher.

La nuit suivante, elle dormit encore là où avait dormi Kazan et, par trois fois, elle l'appela sans obtenir de réponse. Une rosée épaisse tomba, qui aurait achevé d'effacer la dernière odeur du disparu, si l'orage en avait laissé quelques traces. Et pourtant, trois jours encore, Louve Grise s'obstina à demeurer à cette même place.

Le quatrième jour, sa faim était telle qu'elle dut, pour l'apaiser, grignoter l'écorce tendre des saules. Puis, comme elle était à boire dans le fleuve, elle toucha du nez, sur le sable de la berge, un de ces gros mollusques que l'on rencontre dans les fleuves du Northland et dont la coquille à la forme d'un peigne de femme ; d'où leur nom.

Elle l'amena sur la rive avec ses pattes et, comme la coquille s'était refermée, elle l'écrasa entre ses dents. La chair qui s'y trouvait enclose était exquise et elle se mit en quête d'autres «peignes». Elle en trouva suffisamment pour rassasier sa faim. En sorte qu'elle demeura là durant trois autres jours.

Puis, une nuit, un appel soudain sonna dans l'air, qui l'agita d'une émotion étrange. Elle se leva et, en proie à un tremblement de tous ses membres, elle trottina de long en large sur le sable, tantôt faisant face au nord, et tantôt au sud, puis à l'est et à l'ouest. La tête rejetée en l'air, elle aspirait et écoutait, comme si elle cherchait à préciser de quel point de l'horizon arrivait l'appel mystérieux.

Cet appel venait de loin, de bien loin, par-dessus le Wilderness. Il venait du Sun Rock, où elle avait si longtemps gîté avec Kazan, du Sun Rock où elle avait perdu la vue et où les ténèbres qui l'enveloppaient maintenant avaient, pour la première fois, pesé sur ses paupières. C'est vers cet endroit lointain, où elle avait fini de voir la lumière et la vie, où le soleil avait cessé de lui apparaître dans le ciel bleu, et les étoiles et la lune dans la nuit pure, que, dans sa détresse et son désespoir, elle reportait tout à coup sa pensée. Là, sûrement, s'imaginait-elle, devait être Kazan. Alors, affrontant sa cécité et la faim, et tous les obstacles qui se dressaient devant elle, tous les dangers qui la menaçaient, elle partit, abandonnant le fleuve. A deux cents milles de distance était le Sun Rock, et ç'était vers lui qu'elle allait.

XXVIII
COMMENT SANDY MAC TRIGGER TROUVA LA FIN QU'IL MÉRITAIT

Kazan, durant ce temps, à soixante milles vers le nord, était couché au bout de sa chaîne d'acier et observait le professeur Paul Weyman, qui mélangeait dans un seau, à son intention, de la graisse et du son.

Le gros danois, à qui la moitié du repas était destinée, était couché pareillement, à quelques pieds de Kazan, et ses énormes mâchoires bavaient, dans l'attente du festin qui se préparait.

Le refus de ces deux superbes bêtes de s'entre-tuer pour le plaisir de trois cents brutes, assemblées tout exprès, réjouissait infiniment le digne professeur. Il avait dressé déjà le plan d'une communication sur cet incident.

Ce fut le danois que Paul Weyman commença par servir. Il lui apporta un litre environ de la succulente pâtée et, tandis que, remuant la queue, le chien la malaxait dans ses puissantes mâchoires, il lui donna sur le dos une chiquenaude amicale.

Son attitude fut toute différente quand il se dirigea vers Kazan. Très prudemment il s'avança, sans vouloir, cependant, paraître avoir peur.

Sandy, qu'il avait longuement interrogé, lui avait conté l'histoire de la capture de Kazan et la fuite de Louve Grise. Paul Weyman ne doutait pas que le hasard ne lui eût fait retrouver la même bête qu'il avait eue déjà en sa possession et à qui il avait rendu la liberté.

Tout en estimant que lui redonner cette liberté était devenu inutile, puisque sa compagne sauvage avait disparu, à tout jamais sans doute, le professeur s'efforçait, de tout son pouvoir, d'obtenir les bonnes grâces de Kazan.

Ces avances demeuraient sans succès. Elles n'amenaient dans les yeux du chien-loup aucune lueur de reconnaissance. Il ne grognait pas à l'adresse de Weyman et ne tentait pas de lui mordre les mains lorsqu'elles se trouvaient à sa portée. Mais il ne manifestait nul désir de devenir amis. Le danois gris, au contraire, s'était fait rapidement familier et confiant.

Parfois, sous un prétexte ou sous un autre, Mac Trigger venait rendre visite à la petite cabane de bûches, qu'en compagnie d'un domestique habitait Paul Weyman, au bord du Grand Lac de l'Esclave, à une heure environ de Red Gold City.

Alors Kazan entrait en fureur et tirait sur sa chaîne par bonds frénétiques, afin de se jeter sur son ancien maître. Ses crocs ne cessaient pas de luire et il ne se calmait qu'en se retrouvant seul avec le professeur.

Un jour, comme la même scène s'était renouvelée, Sandy Mac Trigger dit à Paul Weyman :

— C'est un stupide métier que d'essayer de s'en faire un camarade !

Puis il ajouta brusquement :

— Quand démarrez-vous d'ici ?

— Dans une huitaine, répondit le professeur. Les premières gelées ne vont pas tarder. Je dois rejoindre le sergent Conroy et ses hommes au Fort du Fond-du-Lac, le 1er octobre.

— Comment effectuez-vous ce voyage ?

— Une pirogue viendra me chercher avec mes bagages et, en remontant la Rivière de la Paix, m'emmènera d'ici au Lac Athabasca[39].

[39] Le Lac Athabasca, sur lequel se trouve le Fort du Fond-du-Lac, est situé, comme nous l'avons dit, au sud du Grand Lac de l'Esclave. La Rivière de la Paix relie les deux lacs. La distance est de 350 kilomètres.

— Et vous emporterez avec vous tout le bazar qu'il y a dans cette cabane ? Je pense que vous emmenez aussi les chiens…

— Oui.

Sandy alluma sa pipe et, d'un air indifférent en apparence, quel que fût l'intérêt visible que ce dialogue faisait luire dans son regard :

— Ça doit coûter chaud, tous ces voyages, monsieur le professeur ?

— Le dernier qui a précédé celui-ci m'est revenu à environ sept mille dollars. Celui-ci en coûtera dans les cinq mille. Mais j'ai diverses subventions.

— Bon Dieu de bon Dieu ! soupira Sandy. Alors vous partez dans huit jours ?

— A peu près.

Sandy Mac Trigger se retira, avec un mauvais sourire au coin de la lèvre.

Paul Weyman le regarda s'en aller.

— J'ai dans l'idée, dit-il à Kazan, que cet homme ne vaut pas cher. Peut-être n'as-tu pas tort de toujours vouloir lui sauter à la gorge. Il aurait apparemment désiré que je le prenne pour guide.

Il plongea ses mains dans ses poches et rentra dans a cabane.

Kazan, s'étant couché, laissa tomber sa tête entre ses pattes, les yeux grands ouverts. L'après-midi était déjà fort avancé. On était bientôt à la mi-septembre et chaque nuit apportait avec elle les souffles froids de l'automne.

Le chien-loup regarda les dernières lueurs du soleil s'éteindre dans le ciel du Sud. Puis les ténèbres s'étendirent rapidement. C'était l'heure où se réveillait son désir farouche de liberté. Nuit après nuit, il rongeait la chaîne d'acier. Nuit après nuit, il avait regardé la lune et les étoiles, et, tandis que le grand danois dormait allongé tout de son long, interrogé l'air pour y saisir l'appel de Louve Grise.

Le froid, cette nuit-là, était plus vif que de coutume, et la morsure aiguë et glacée du vent de l'est agitait Kazan étrangement. Il lui allumait dans le sang ce que les Indiens appellent la « frénésie du froid ». Les nuits léthargiques de l'été s'en étaient allées et le temps se rapprochait des chasses enivrantes, interminables. Kazan rêvait de bondir en liberté, de courir jusqu'à épuisement, avec Louve Grise à son côté.

Il fut en proie, toute la nuit, à une agitation extraordinaire. Il se disait que Louve Grise l'attendait et il n'arrêtait pas de tirer sur sa chaîne, en poussant des gémissements plaintifs. Une fois, il entendit au loin un cri qu'il imagina être celui de sa compagne. Il y répondit si bruyamment que Paul Weyman en fut tiré de son profond sommeil.

Comme l'aube était proche, le professeur se vêtit et sortit de la cabane. Il remarqua aussitôt la froideur de l'air. Il mouilla ses doigts et les éleva au-dessus de sa tête. Par le côté des doigts qui s'était aussitôt séché, il constata que le vent était remonté au nord. Il se mit à rire sous cape et, allant vers Kazan :

— Ce froid, mon vieux ! va détruire les dernières mouches. Dans quelques jours, nous serons partis. La pirogue qui nous emmènera doit être en route...

Au cours de la journée, Paul Weyman envoya son domestique à Red Gold City, pour quelques emplettes, et il l'autorisa à ne rentrer que le lendemain matin. Lui-même s'occupa à faire ses préparatifs de voyage, à emballer ses bagages et à classer ses notes.

La nuit qui suivit fut calme et claire. Tandis que Weyman dormait à l'intérieur de la cabane, dehors, le grand danois en faisait autant, au bout de sa chaîne. Seul, Kazan ne faisait que somnoler, son museau entre ses pattes, les paupières mi-closes.

Quoiqu'il fût moins agité que la nuit précédente, il redressait la tête, de temps à autre, en humant l'air.

Soudain, le craquement d'une brindille sur le sol le fit sursauter. Il ouvrit tout à fait les yeux et renifla. Un danger immédiat était dans l'air. Le gros danois continuait à dormir.

Quelques minutes après, une forme ombreuse apparut dans les sapins, derrière la cabane. Elle approchait prudemment, la tête baissée, les épaules ramassées. Pourtant, à la lueur des étoiles, Kazan ne tarda pas à reconnaître la face patibulaire de Sandy Mac Trigger. Il ne bougea pas, suivant l'usage du loup, et feignit de ne rien voir, de ne rien entendre.

Mac Trigger, cette fois, n'avait à la main ni fouet, ni gourdin. Mais il tenait un revolver, dont le canon poli scintillait imperceptiblement. Il fit le tour de la cabane, à pas silencieux, et arriva devant la porte, qu'il se préparait à enfoncer d'un bref et violent coup d'épaule.

Kazan épiait tous ses mouvements. Il rampait sur le soi, en oubliant sa chaîne. Chaque once de force de son corps puissant se rassemblait sur elle-même pour bondir.

Il bondit, et l'élan fut tel qu'un des anneaux d'acier, plus faible que les autres, céda, avec un bruit sec. Avant que Sandy Mac Trigger eût eu le temps de se retourner et de se mettre en garde, le chien-loup était à sa gorge.

Avec un cri d'épouvante, l'homme chavira et, tandis qu'il roulait sur le sol, la voix grave du gros danois qui tirait sur sa chaîne, gronda en un tonnerre d'alarme.

Paul Weyman, réveillé, s'habillait. Sur la terre sanglante, le bandit, atteint mortellement et la veine jugulaire tranchée, se tordait dans son agonie.

Kazan regarda les étoiles qui brillaient au-dessus de sa tête, les noirs sapins qui l'entouraient. Il écouta le murmure du vent dans les ramures. Ici étaient les hommes. Là-bas, quelque part, était Louve Grise. Et il était libre.

Ses oreilles s'aplatirent et il fila dans les ténèbres.

XXIX
L'APPEL DU SUN ROCK

Les oreilles rabattues, la queue basse et pendante sur le sol, le train de derrière à demi écrasé, comme celui du loup qui se sauve craintif devant le péril, Kazan fuyait à toute vitesse, poursuivi par le râle de la voix humaine de Sandy Mac Trigger. Il ne s'arrêta pas avant d'avoir parcouru un bon mille.

Alors, pour la première fois depuis des semaines, il s'assit sur son train de derrière et poussa vers le ciel un vibrant et profond appel, que les échos répétèrent au loin.

Ce ne fut pas Louve Grise qui répondit, mais, la voix du gros danois. Paul Weyman, penché sur l'immobile cadavre de Sandy Mac Trigger, entendit le hurlement du chien-loup. Il prêta l'oreille, en écoutant si l'appel se renouvellerait. Mais Kazan était, déjà, rapidement reparti.

L'air vif et froid qui, par-dessus les immenses Barrens, lui arrivait de l'Arctique, les myriades d'étoiles qui luisaient au-dessus de sa tête dans le vaste ciel, le bonheur enfin de la liberté reconquise, lui avaient rendu toute son assurance et excitaient encore l'élasticité de sa course.

Il galopait droit devant lui, comme un chien qui suit, sans que rien ne l'en détourne, la piste de son maître.

Contournant Red Gold City et tournant le dos au Grand Lac de l'Esclave, il coupa court à travers bois et buissons, plaines, marécages et crêtes rocheuses, en se dirigeant vers le Fleuve Mac Farlane. Lorsqu'il l'eut atteint, il entreprit aussitôt d'en remonter le cours, quarante milles durant. Il ne doutait point que, de même que Louve Grise l'avait souvent attendu, elle ne l'attendît encore, à la même place, sur la berge où lui-même avait été capturé.

Au lever du jour, il était arrivé à son but, plein d'espoir et de confiance. Il regarda autour de lui, en cherchant sa compagne, et il gémissait doucement, et remuait la queue. Louve Grise n'était point là.

Il s'assit sur son derrière et lança dans l'air son appel du mâle. Nulle voix ne lui répondit. Il se mit alors à flairer et à chercher partout.

Mille pistes s'entre-croisaient et, toute la journée, il les suivit à tour de rôle. Toujours sans succès. Aussi vainement il renouvela, plusieurs fois, son appel.

Un travail semblable à celui qui s'était opéré chez Louve Grise se produisit dans son cerveau. Sans doute celle qu'il cherchait et qui avait disparu, il la retrouverait dans l'un des lieux où tous deux avaient vécu.

Il songea tout d'abord à l'arbre creux, dans le marécage hospitalier où s'était écoulé l'hiver précédent. Et, dès que la nuit embrumée eut envahi le ciel, il reprit sa course. O-se-ki, le Grand Esprit, se penchait sur lui et dirigeait ses pas[40].

[40] On sait que, comme le loup, le chien est susceptible de parcourir, sans se perdre, des distances considérables et d'y suivre une direction fixe vers le but qu'il s'est assigné. On a vu des chiens qui, lors des campagnes de Napoléon, avaient accompagné des soldats jusqu'en Russie et à Moscou s'en revenir seuls à travers toute l'Europe, leur maître étant mort, et regagner, en France ou en Italie, leur ancien domicile.

Jour et nuit, sous le soleil automnal comme sous les étoiles, il courait sans trêve à travers monts et vaux. Parfois, épuisé et tombant d'inanition, il tuait un lapin et en mangeait quelques bouchées, puis dormait une heure ou deux, pour se relever et repartir ensuite.

La quatrième nuit, il atteignit la vallée qui descendait vers le marécage.

Il suivit le cours du torrent et passa, sans y prêter attention, près de la première colonie de castors. Mais, lorsqu'il arriva à la seconde cité, élevée par Dent-Brisée et par sa troupe, il se trouva tout désappointé. Cela, il l'avait oublié.

Dent-Brisée et ses ouvriers avaient achevé et parfait leur œuvre. L'étang artificiel qui recouvrait le marécage avait encore accru sa surface et l'arbre creux, nid douillet contre les frimas, avait complètement disparu. Le paysage même était méconnaissable.

Kazan demeura immobile et sidéré, devant toute cette eau, reniflant l'air en silence, l'air imprégné de l'odeur nauséabonde des usurpateurs.

Alors, son courage lui faillit, sa belle endurance tomba. Ses pattes étaient endolories de la longue et rude randonnée. Ses côtes, amaigries par une nourriture insuffisante, saillaient. Pendant toute la journée, il tourna autour de l'étang et chercha. La crête velue de son dos s'était aplatie et l'affaissement de ses épaules, le regard mobile et inquiet de ses yeux lui donnaient une apparence de bête traquée. D'ici encore, Louve Grise était partie !

Elle aussi, cependant, avait passé là. Comme il flairait tout le long du torrent, un peu en amont de l'étang, Kazan découvrit un petit tas de coquilles fluviales brisées. C'étaient les reliefs d'un repas de la louve aveugle.

Kazan renifla l'odeur presque effacée de Louve Grise, puis il se glissa sous une vieille souche et s'endormit en pleurant. Son chagrin s'accrut encore durant son sommeil et, tout en dormant, il gémissait comme un enfant. Puis il se calma, une autre vision traversa soudain son cerveau, et à peine l'aurore avait-elle paru qu'il reprenait sa course rapide, droit devant lui.

Durant ce même temps, sous les rayons dorés du soleil d'automne, un homme et une femme, accompagnés d'un enfant, remontaient dans leur pirogue vers le Sun Rock. Ils ne tardèrent pas à voir apparaître, à un coude du fleuve, par-dessus la tête des sapins, la cime sourcilleuse de l'abrupte roche, qu'ils connaissaient bien.

La jeune femme était un peu pâlotte et amaigrie, et ses joues, qui avaient perdu de leur ancien éclat, commençaient à peine, sous l'influence du grand air libre, à retrouver leur fraîcheur rosée. C'était la civilisation et le séjour de six mois dans les villes qui l'avaient ainsi anémiée.

— Jeanne, disait l'homme, ma chère Jeanne, je crois que les médecins avaient raison en me conseillant de te ramener avec moi, pour une nouvelle saison de chasse, vers cette belle et sauvage nature où s'est écoulée ta jeunesse, avec ton vieux père, et sans laquelle tu ne saurais vivre. Es-tu heureuse, à présent ?

La jeune femme se mit à sourire.

Et, comme la pirogue passait en vue d'une longue presqu'île de sable blanc qui, du rivage, s'allongeait dans le fleuve :

— C'est ici, dit-elle, te souviens-tu ? que notre vieil ami, le chien-loup, nous a faussé société. Je reconnais l'endroit. Sa compagne délaissée, la louve aveugle, était là, sur le sable, qui l'appelait. Alors il a piqué une tête dans l'eau... Je me demande où, depuis, ils s'en sont allés... Quant à nous, nous serons bientôt arrivés.

L'ancienne cabane était toujours en place, telle que Jeanne et son mari l'avaient laissée. Seules, la vigne vierge et les autres plantes grimpantes l'avaient recouverte. Les volets et la porte étaient toujours clos, avec leurs barres transversales clouées. Tout autour avaient démesurément grandi les herbes sauvages.

Elle fut rouverte, non sans émotion. Tandis que le mari déchargeait de la pirogue les bagages et toutes ses séries de trappes, Jeanne commençait à déjà remettre son home en état, et bébé Jeanne, qui était devenue une gentille fillette, s'en donnait à cœur joie de folâtrer et de jacasser.

Comme le crépuscule tombait et comme bébé Jeanne, fatiguée du voyage, s'était couchée déjà et endormie, Jeanne et son mari s'assirent tous deux sur le seuil de la cabane, afin de profiter de l'ultime beauté de ces jours automnaux, que le rude hiver allait bientôt suivre.

Soudain ils tressaillirent.

— As-tu entendu ? dit l'homme à la jeune femme, dont il caressait de la main la soyeuse chevelure.

— Oui, j'ai entendu… répondit-elle.

Et sa voix tremblait.

— Ce n'était pas sa voix à lui. C'était plutôt celle de l'autre, le même appel que jetait, sur la bande de sable, la louve aveugle.

L'homme fit un signe d'assentiment.

Jeanne avait saisi nerveusement le bras de son mari.

— Sans doute, reprit-elle, sont-ils toujours là, ou, comme nous, sont-ils revenus.

Puis, après un silence :

— Écoute-moi, mon ami ! Veux-tu me promettre, au cours de cet hiver, de ne point chasser, ni trapper les loups ? S'il arrivait malheur à ces deux pauvres bêtes, j'en serais inconsolable.

L'homme répondit :

— Ta pensée correspond à la mienne… Oui, je te le promets.

La nuit montait rapidement au ciel, qui commençait à se cribler d'étoiles.

Pour la seconde fois, l'appel gémissant retentit. Aucun doute n'était plus possible. La voix arrivait directement du Sun Rock.

— Mais, et lui, murmura Jeanne, avec un peu d'angoisse. Lui, où est-il ?

A ce moment, une forme confuse bondit dans l'ombre.

— C'est lui ! cria la jeune femme. C'est lui ! Le voilà !

Déjà Kazan était vers elle, en aboyant et sautant, et agitant le panache de sa queue.

— Il te reconnaît, ma parole ! dit en riant le mari, et sa passion pour toi est toujours la même.

Tout heureuse, Jeanne caressait l'animal, passant sa main dans le poil rude et dorlotant entre ses bras la grosse tête broussailleuse.

Soudain, le plaintif appel, qui semblait venir du Sun Rock, résonna à nouveau. Aussitôt, comme frappé par un fouet, Kazan sursauta et, se débattant, s'échappa brusquement de la folle étreinte de Jeanne. L'instant d'après, il avait disparu.

La jeune femme était tout émue. Presque haletante, elle se tourna vers son mari, qui était devenu pensif.

— Tu vois, lui dit-elle, qu'il y a un Dieu du Wild, un Dieu qui a donné une âme, même aux bêtes sauvages. Dans l'immensité solitaire du Grand Désert Blanc, les animaux sont nos frères. Et c'est pourquoi ce Dieu nous dit : « Tu ne les tueras point. »

— Je le crois, ma Jeanne chérie, murmura l'homme.

Nous devons respecter la vie... Sauf, hélas ! pour défendre et alimenter la nôtre. Ici, où l'on est face à face avec la nature et le vaste ciel, les choses apparaissent différentes de ce qu'elles nous semblent dans les grandes villes.

La nuit était tout à fait tombée. L'éclat des étoiles se reflétait dans les yeux de Jeanne, qui avait posé languissamment sa tête sur la poitrine de son mari.

— Ce monde sauvage est beau ! disait-elle. Notre vieil ami ne nous avait pas oubliés, et il lui était toujours demeuré fidèle, à elle. J'ai confiance qu'il reviendra nous voir, de temps à autre, comme il le faisait jadis.

Ses paupières se fermaient peu à peu. Dans le lointain, on entendait, de temps à autre, des coups de voix, suivis de longs silences.

C'était Kazan qui chassait, côte à côte avec Louve Grise, sous la lueur opalescente de la lune qui se levait, baignant de sa douce clarté plaines et forêts.

FIN

Milton Keynes UK
Ingram Content Group UK Ltd.
UKHW030907151124
451262UK00006B/949